※鸣谢溧阳市政协教文卫体和文史委员会、无锡市演艺中心支持出版，深表感谢！

宋仁年戏曲影视作品选

宋仁年 著

中国戏剧出版社

图书在版编目（CIP）数据

宋仁年戏曲影视作品选 / 宋仁年著. -- 北京 : 中国戏剧出版社, 2021.6
ISBN 978-7-104-05099-5

Ⅰ. ①宋… Ⅱ. ①宋… Ⅲ. ①戏曲文学－剧本－作品综合集－中国－当代②电影文学剧本－作品集－中国－当代③电视文学剧本－作品集－中国－当代 Ⅳ. ①I23

中国版本图书馆CIP数据核字(2021)第114530号

宋仁年戏曲影视作品选

责任编辑：齐　钰　赵成伟
责任印制：冯志强

出版发行：中国戏剧出版社
出 版 人：樊国宾
社　　址：北京市西城区天宁寺前街2号国家音乐产业基地L座
邮　　编：100055
网　　址：www.theatrebook.cn
电　　话：010-63385980（总编室）
传　　真：010-63383910（发行部）

读者服务：010-63381560
邮购地址：北京市西城区天宁寺前街2号国家音乐产业基地L座

印　　刷：无锡易杰印刷有限公司
开　　本：787mm×1092mm　1/16
印　　张：32.25
字　　数：310千字
版　　次：2021年6月　北京第1版第1次印刷
书　　号：ISBN 978-7-104-05099-5
定　　价：138.00元

《宋仁年戏曲影视作品选》编委会

顾浩：男，汉族，1940年1月出生，江苏通州人，原名顾惠明、顾金锁。中国作家协会会员，江苏省文学艺术界联合会名誉主席。曾任中共第十三、十四次全国代表大会代表，中共第十四届中央委员会候补委员，中华人民共和国第九届全国人民代表大会代表，南京市委书记，江苏省委副书记，江苏省政协副主席，江苏省文联主席，江南诗友书社顾问，《中国当代诗人词家代表作大观》编委会顾问。出版著作有《金陵春草》《江海涛声》《盛世风情》《神州凯歌》等新古体词集。

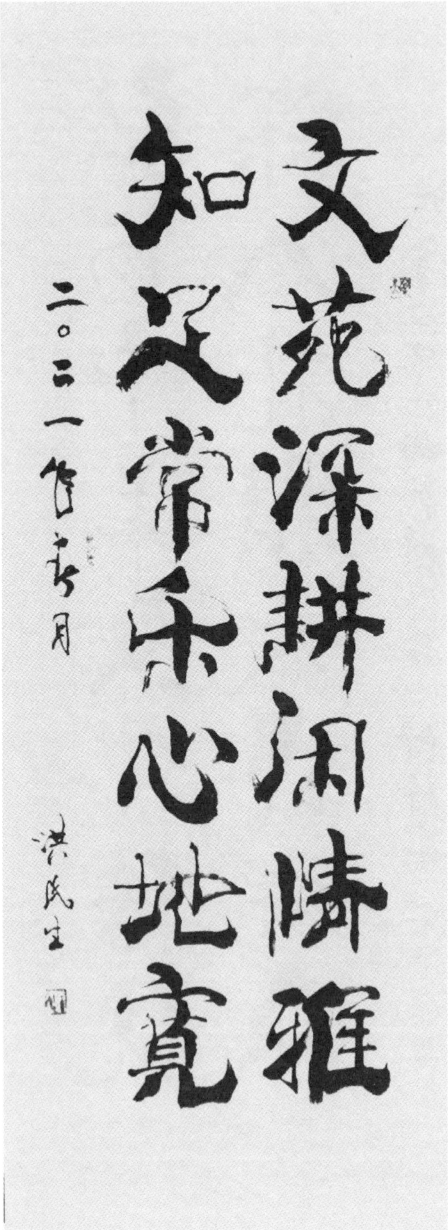

洪民生：1933年1月出生，浙江宁波人。电视艺术家，高级编辑、书法家。1960年毕业于中国人民大学新闻系，留校任教。1962年进入中央电视台，1980年起任副台长，1988年兼任总编辑，1993年任中国电视艺术委员会副主任兼秘书长、中国书法家协会理事。现任电视戏曲研究会会长、电视文艺研究会常务副会长、中国广电总局老年书画院顾问、中国书画名家网艺术顾问。

鸣　谢

值此《宋仁年戏曲影视作品选》出版之际，作者谨向多年来一直关心支持此书写作出版的江苏省委原副书记顾浩先生、中央电视台原副台长洪民生先生、常州市政协副主席顾森贤先生、溧阳市原市长王家富先生、溧阳市政协主席狄立新先生、溧阳市副市长张爱文先生、溧阳市原市委宣传部部长沈福新先生、溧阳市原常务副市长彭留双先生、溧阳市原政协副主席宋兆林先生、溧阳市族群文化研究会会长宋小华先生、溧阳市族群文化研究会副会长刘阿龙先生、武进新开区佛教协会会长大林禅寺达胜方丈、无锡太湖教育发展基金会许益超会长、无锡太湖教育发展基金会周小莺副会长、北京茂华控股集团总裁朱晓东先生、江苏苏华建设集团总经理宋健先生、无锡市惠山区原文化体育和旅游局符志刚局长、无锡华泰投资置业有限公司钱中华董事长、无锡锡剧发展促进会戴晓东会长、无锡锡剧发展促进会曹一平执行会长、上海市锡剧戏迷总会史忠良会长、武进戏迷协会费志远会长、靖江市戏迷协会葛宏会长、锡剧泰斗沈派艺术创始人沈佩华老师、江苏省锡剧院院长锡剧王子周东亮老师、国家一级演员著名锡剧表演艺术家李桂英老师、锡剧名家丁甲飞老师、无锡市文化发展集团监事长吴明龙先生，以及我的恩师：《珍珠塔》作者著名剧作家钱惠荣先生、著名锡剧作曲家章德瑜老师致以诚挚的感谢！还有多年来关心支持帮助我写作编印出版此书的亲友及同窗：中国改革报社主编王志、人民日报社记者韩同瑞、江苏作协驻会作家张国擎、常州市文联副主席葛安荣，以及郑其春、史全生、钱栋、陈芳梅、狄爱芝、陶桂林、史俊生、周水保、李建平、邵良、陆瑛、陈志斌、陶洪昌、谈怀华、黄梅芳、姜建松、姜华平、史加强、史国民、史胜海、史国松、狄培清、狄红军、狄震宇、丁鸣江、蒋建华、胡星、莫岚、陈东平、盛福民、周志敏、庄亚平、沈青松、宋留平、子秋、宗伟玲等友仁，并溧阳市族群文化研究会的全体同仁、江苏戏剧界文艺界的众多名师挚友和我的家人，在此，我表示最衷心的感谢！

宋仁年

2021年1月20日

目　录

文痴人生，铸就文学大咖风范

——兼为《宋仁年戏曲影视作品选》序

王小锡

“文痴”两字可谓是对宋仁年文学人生的特写，也是对他这个文学大咖风范的缩写。

在省溧中上高中时，我和仁年是同班同学，也是无话不谈的好朋友，他给我印象最深刻的是爱舞文弄墨。一个十几岁的中学生，他竟敢不时向当地的文艺报刊和广播电台投稿，并且屡被选用。记得他的一首小诗《水田又穿绿新装》是这样写的：“手抓秧苗栽成行，水田又穿绿新装。今日汗流育新苗，来日万顷米粮仓。”这首小诗被《溧阳文艺》选用，这是我辈同学当时想也不敢想的事情。

仁年和我先后毕业于南京师范大学，当时我们还在憧憬未来，两人只要见面，他就会谈文学，尤其是谈鲁迅文学及其作品，并胸存大志，海谈文学创作的愿景，立志今后要走文学创作之路。当时我就想，像他这样痴迷文学创作的人，要不成为文学大咖也难呢！

1976年夏天，仁年被溧阳市教师进修学校请去给全市中学语文教师暑期培训班上课。那时他只是湖边中学的一名语文教师，才25岁，而台下来参加培训的都是在各中小学任教的语文教师，年纪大多在四五十岁，有些老师的教龄都比他的年龄还长，而且市文化馆、文化局、教育局及市委宣传部的领导都来听课，台下的听众看到走上讲台的是一个年轻小伙子，手中拿的是一个临时用糨糊瓶洗净代替的茶杯，都哄堂大笑起来。但一节课听下来，老师和领导们对他敬佩有加，一下课，大家就团团围住他问这问那。仁年讲的是鲁迅小说的作品分析，他从人物形象的刻画到作品结构的设计，从主题立意到语言特点，从当时社会的背景到对传统文化的突破，把作品分析得头头是道，博得大家掌声不断。一星期的课程结束，一纸调令就到了湖边中学，他被调到市文化馆文艺组工作。

他由此进入文学创作的重要平台，成为他文学生涯的转折点。

仁年到文化馆后，受到菡子、陈登科等前辈作家的提携和关心，在陆静芬、奚渭明等领导的支持下，他开始编辑《溧阳文艺》杂志，参与组织全市文化站干部及文学创作培训班的授课工作，他为家乡培养了一大批文学作者，自己也先后在《作家天地》《中华儿女》《青春》《翠苑》《乡土》《民间文学》《山风》等各种正式刊物上发表了中篇小说《豆腐情》、短篇小说《田园情》《相亲》等数十篇文学作品。他二十多岁参加全国太平天国史学术研讨会，被周谷城副委员长称为全国最年轻的太平天国史学研究者。这在20世纪70年代的溧阳文化界，都是首开先河的。他的报告文学被选入《中华儿女》报告文学专集，他的散文被大型文学季刊《山风》刊用，同时，他编写的几个戏曲作品，还多次被当地京剧团和锡剧团搬上舞台，并在参加镇江地区文艺汇演中获得创作奖。为此，他被省文化厅选去参加江苏省首届中青年剧作家读书班，他还成了省市文协、剧协、文艺家协会、民协等许多协会的会员，成为市文化局剧目创作室的专业作家，他曾是“文革”后第一届县文协的副理事长。

正当仁年的文学创作生涯依托溧阳文化馆、《溧阳文艺》《溧阳科技报》以及剧团等平台大展宏图、高歌猛进时，他竟然离开报纸主编兼负责人的位置，搁笔下海去了。我的第一反应是他发痴了，这值得吗？弄得我们这些一直关心他的朋友一头雾水，不知所然。说实话，当时我们想，他若留在原来的岗位上，凭他的能力，会有一个很好的发展前景，因为当时的市委主要领导都很器重他的才华，正在培养他，他已是报纸主编兼负责人，而且省文联民研会曾来调他去《乡土》编辑部工作，他却没去。他突然放弃一切的下海之举，必定会带给他许多未知的人生困惑乃至磨难。更加不可思议的事是，他下海后，每当他事业有成，我们为他庆幸时，他竟然又放弃打下的基础，重新投入一个陌生的新行业，又从头开始奋斗起来。据我所知，他从教育到文化，从建筑业到食用菌业，从制药业到印刷业，从商业到文化传媒业，几乎每三年就换一个新行业，而且都是在事业有成后，突然抛弃一切，清空自己，赤手空拳再打天下，熟悉他的亲友们都骂他是个痴子、疯子！可一个“痴子”做下那么多的成功事业，这是为什么呢？

有一次他来南京看我，我骂他说：“你是否身上哪个地方搭错了一根筋？总是做傻事、疯事！”他笑了笑说：“我下海不是为了挣钱，而是为了扩大生活面，体验各种生活，增加对各行各业知识的了解，所以不断跳槽改行，哪怕是要饭帮人擦皮鞋，我都想去试一试。”他说：“我坐过飞机，乘过油轮，坐过坦克，上过军舰；我坐火车、三轮车、拖拉机，只要有机会，我都会去试试，主要是为了增加知识和感受，以后如果写到这些东西，我就知道该怎么写了。”

我这才恍然大悟，才知道他多次将自己的公司、药厂、印刷厂及自己花上几百万投资建造的房屋及购买的工厂设备，一次又一次无条件赠予他人的根本原因。他说：“我如果背上这些包袱，不清空自己，就不可能有下一次的从头开始。”换句话说，只有不断地折腾，他才可能不断扩大和夯实文学创作的生活平台，才能不断有各类文学作品问世。

仁年是个文痴，但更是个君子！他一生为文而生，别无他求。同时，他为人侠义，心地坦荡，无所欲求，从不后悔。他说，他一生不亏欠他人，真正亏欠的是他的妻女和家人。

其实，仁年还亏欠的是他自己。几十年的下海生涯，从机关到农村，从都市到深山，从内地到湖滨，他吃尽了苦头。应该说，他一生尽做“痴子”，尽做“傻事”，而他从不计较得失，从不追求利益，什么都无所谓，什么都可弃之不要。他总是说“吃亏是福”。然而，从另一个角度看，仁年在亏欠自己中并没有放弃文学，他只爱文学及其创作，他是个典型的文痴！

时至今天，我对他下海折腾多年的经历，才有了一个比较客观的了解和认识，一切都缘于文学，植根于创作。他的人生经历，就是一场体验生活、积累写作素材的采风过程！这在他后来写出的几千篇各种题材的文学文艺文史作品中，已充分体现出来。他折腾多年的经历也说明，我们对他的担心是多余的，他下海多年，并没有放弃写作。自2012年起，他每天早上三点五十分准时起床，赶在上班之前写一篇文稿放进博客，至今已坚持了近十年之久。他在博客和微博的读者点击阅读量已达千万之多，平均每篇不下八百人次，有的高达数万，可见读者对他作品的喜爱和认可。

仁年的文学作品题材广泛，风格独特，寓意深刻，总能让人一口气读完，爱不释手。需要特别指出的是，他的文学作品体裁多样，有长篇小说、中篇小说、短篇小说及微型小说，还有儿童文学、民间故事、传说、诗词、曲艺，等等。他的散文优雅而接地气，总能给你展示出一幅幅江南农村浓郁的乡土风情风貌；他的诗词题材广泛，形式更是丰富多样，有上千首之多；他写下的文稿，有数百万字之多！而他在戏剧作品中的建树，更是众口皆碑，这本《宋仁年戏曲影视作品选》，便是有力的佐证。

仁年在戏曲作品上的创作成就，更是被读者及同仁们交口赞誉，有目共睹。他写下了许多优秀的戏剧剧本，如《雪冤记》《浣纱女》《相亲》《招亲》等大戏小戏，还有许多电视电影文学剧本；近年来他又写下《松梅壶》《玉芝缘》等大型古装戏，他的《庵门试卿》《换玉佩》等折子戏，更受到演艺界名家的一致好评。他还写下了许多反映现实生活、歌颂老一辈革命家的戏剧作品，如《陈赓请客》《团圆饭》《上岗下岗》等小戏及许多小品作品。在这本作品选中，还选入了他创作的九个相声作品，内容个个贴近生活，语言风趣幽默、异彩纷呈。许多人在看了他的文学作品后，都由衷赞叹，称他为大师级的人物，是文学大家！从文痴到大咖，他用几十年的下海经历和一生的创作热情，铸就了横跨各类形式的文学精品的地位，且作品之多，成就之大，在一般人看来，真是匪夷所思！

难能可贵的是，仁年长期以来不图虚名，作品不求发表，自从下海之后，他就不再投稿了，写作纯是出于爱好，是为文学而写。后来有了互联网和博客、微博，他才以“天目湖客”的笔名开始在自己的博客和微博上发表文稿。他的作品，还不断被许多网络文学媒体及报纸杂志选用，被网友博友们转载转发。他对我说：“作品是否发表出版都无所谓，现在有网络，有人喜欢看，我只管写就是了。”

仁年的文学作品，有讴歌伟大时代和英雄人物的，有赞美经济发展和社会进步的，有关注民生的，有弘扬进取价值观的，还有抨击社会各种弊端的，等等。就作品风格和表现手法来说，既有现实主义的创作理念，也有展示浪漫情怀的方法。值得赞赏的是，他摈弃华而不实的文字做作，去繁求简，始终以朴实的语言，以文采飞扬的文笔来完成作品的写作，形成生动形象、飞逸潇洒、幽默灵动、亦庄亦谐的语言风格，这一点，在他的戏曲作品中也有充分的体现。可以说，不管是从题材和内容来看，还是从文学的体裁和形式来说，他的作品是百科全书式的剪影和缩影，是满满正能量的心灵鸡汤。

我是从事哲学伦理学理论教学和研究工作的，仁年是从事文学创作和研究的，尽管我们俩在不同的学科从事各自喜爱的事业，但是，我们的心灵是相通的。我们经常在相互欣赏和鼓励的同时，共同探讨人文社会科学学科交叉和学科融合的美好前景。仁年是谦虚好学的自由学者，他还经常听取同学和文友们对他作品的意见和建议，以至于他的文学作品能更臻于成熟，越发诱人和感人。难怪他的文学作品总是很接地气，且拥有越来越多的读者和粉丝。

为此，作为他的同学和朋友，我们一直期盼他的文学作品能尽快结集出版，以飨更多的读者。而他的各种文学作品，如果都整理结集出版，估计应有数十本之多！

现在摆放在我面前的《宋仁年戏曲影视作品选》，是他在戏曲作品方面的力作，可惜他以前写下的许多上演剧本和获奖作品，如《雪冤记》《浣纱女》《相亲》等戏曲文稿已经散佚，无法收编进这本集子了。他的戏曲作品，从戏曲语言、人物设置和结构技巧等方面来看，显示出他对戏曲创作十分娴熟，作品凸显了作为文学灵魂的伦理观念，奏响了爱国、奉献、仁爱、和谐、友善、敬业等主旋律，鞭挞了腐朽没落的价值观及其恶行。因此，这本《宋仁年戏曲影视作品选》，将会在文学发展和社会主义文化建设方面起到独特的作用。

这本书值得好好品味和研读！

不得不说的是，仁年离开家乡近三十年了，现在还定居在外地，但挥之不去的是浓郁乡情，乡愁乡忆是他的精神常态，他是溧阳的游子，也是家乡的骄傲！他的许多作品，写的都是乡情乡事乡友。是啊，我们这些游子，回家乡是一种慰藉，更是一种精神享受。因此，我们经常相约回家乡和亲友同学见面小聚，每次相聚，他都会谈到文学的百事百态，谈小说、散文、诗词、戏曲的写作，这几乎都是我们见面开谈的主要议题。在我们眼里，仁年是无时无地不文痴，无时无地不大咖！

近代法国哲学家、史学家、文学评论家泰纳曾说：“如果一部文学作品内容丰富，并且人们知道如何去解释它，那么我们在这部作品中所找到的，会是一种人的心理，时常也就是一个时代的心理，有时更是一个种族的心理。”当然，我认为，这一定也是愉悦和进取的心理。愿读者从《宋仁年戏曲影视作品选》中获得愉悦和进取情感。

是为序。

王小锡，江苏溧阳人。哲学博士，享受国务院特殊津贴，南京师范大学教授、博士生导师，中国伦理学会名誉副会长、经济伦理学专业委员会会长、中央马克思主义理论研究和建设工程首席专家、国家社科基金重大项目首席专家。相关学术著作分别被翻译成英文、德文、日文、韩文、泰文、塞尔维亚文等，在海外出版。

佛缘、戏缘与文缘

达　胜

我和宋老师的相遇、相识和相知，是偶然的机缘，也是一种佛缘、戏缘和文缘的时空交集。

岁月冲淡了许多人生的记忆和热情，世事多变，也改变了许多人的人生及命运。有些人和事，虽然会在生活中不断有交集，但大都是擦肩而过，匆匆而来，悄然而去，并没给人留下太多的印象，或者说改变双方人生的轨迹。

然而有些人和事，一经相识相遇，则会被对方深深地吸引，成为良师益友，甚至改变两人的人生和命运。

这就是缘。

三年前，宋仁年老师到他的朋友——幽兰书画院汪院长那儿去喝茶叙旧，而我酷爱书法，也正好在那里习字。宋老师突然来了，就这么简单，在汪院长的介绍下，我们相遇相识相知了，并且一见如故，非常合缘。

我邀请宋老师和汪院长隔天一起到寺院喝茶。虽然很忙，而且离寺院有几十里之远，但他仍是一口答应，第二天便和汪院长联袂而来，我感到十分高兴。相识是有缘，相聚是有缘，相知更是有缘。我们一起煮茶品茗，他听我谈佛讲经，谈佛院寺庙的沧桑岁月、历史变迁、各种故事传说，他听得十分认真，极为虔诚，给我留下深刻印象。

首次来到大林禅寺，他兴致极高，当即利用手机微信，写下我们相识交往中的第一首诗，并当场在微信上转发赠送与我。

今特抄录如下：

谒常州大林禅寺

宋仁年

晨起沐浴身，偕友谒大林。达胜方丈师，引我古寺行。
寺殿巍峨阵，龙碑立钟亭。法界高楼耸，玉佛宝相尊。
佛堂诵经声，善男信女诚。禅房赐禅坐，禅茶款友仁。
寺院几废兴，佛道一脉承。千年六百载，庄严佛地存。
释迦牟尼身，塑像堪称精。四大金刚神，雄伟比天宁。
东院龙母井，奇事世闻名。项女投井时，白龙飞天升。
龙女不舍亲，遗珠还母恩。天旱祈雨神，有求必有应。
八百炼丹仁，院中高台存。羽人乘鹤去，紫霞成仙名。
疯癫携道僧，宝玉禅寺隐。佛光照塔顶，白鹭绕飞行。
佛道两千春，世代有贤圣。慧根开慧眼，慧眼观世人。
世人浑浊钝，圣贤存慧心。佛我皆为缘，高僧大德成。
历代祖师尊，弘法传梵音。慧轮佛在心，横岭播善行。
身披袈裟衣，脚蹬芒鞋轻。山中修寺庙，大林始创兴。
宝刹禅寺成，太祖御赐名。云边上高台，竹里寻幽境。
了悟众山僧，无上入法门。普度众生去，慈航济生灵。
古寺历沧桑，静海重振兴。正修成智正，正信偕正行。
佛前躬伏身，佛缘由心生。佛来灵气护，佛去留祥云。
我今谒大林，心佑护众人。人间有正道，国泰民安宁。

注：今日偕友赴大林寺访谒宝刹，达胜方丈全程陪同，相识是缘，盛情感怀，特留此诗记之、谢之。

这是一首五言叙事长诗，并且一气呵成，他不仅写下了谒寺的过程和诵经的感受，而且比较完整地记录了大林禅寺的各种历史传说，以及千年古寺的沧桑变迁，我惊叹他的才思和敏捷、佩服他的文采和才华，更感动于我们的相识和缘分。

我由此感觉，佛从心生，他与佛有缘。

随着我们的交往日渐增多，当年的相识之缘已变成弥久的友情。三年多来，宋老师已经为大林寺写下了上百篇各种体裁的文稿，除了诗歌散文之外，他还特意以大林寺为背景，以大林寺的历史传说为题材，写下了几十万字的戏曲作品及电视文学作品。为此，他多年来经常参与大林寺的各种佛事活动，经常在大林佛学院聆读佛经，听法师授课，论经讲学。他还常在大林书画院观摩字画，会师待友，参与了大林寺的许多宣传文化工作。大林寺清静幽雅的环境，深厚的佛教文化底蕴，绵延不断的梵呗钟音，给了他源源不断的创作灵感，使他收获了丰硕的创作成果。

宋老师一生经历丰富，阅历广泛。他毕业于南京师范大学中文系，在中学教过书。1976年下半年，他被调到市文化馆文艺组工作，在奚渭明、虞幼竞、夏云心、朱加农、赵敦津等老师和同事的带动下，他开始学习戏曲创作，写出了许多剧本，并被当地剧团搬上舞台，参加会演。他曾是个专业作家，在市文化局剧目工作室工作。他在溧阳市做文学文艺杂志和报纸的编辑、主编及负责人达12年之久，每年组织举办文学文艺青年写作培训班，培养出了一批文学新人和作家。

后因为工作变动等原因，他搁笔20年不再从事文学文艺作品创作。

2008年之后，他在南京师范大学中文系老同学、著名作家葛安荣的批评催促下，开始放下繁芜，逐步从企业中脱身而出，恢复写作。他的人生经历丰富，知识渊博，才思敏捷，十余年间便写下了三千余篇各种体裁的文稿，涉及文学、文艺、文史、新闻等几大领域的几乎所有体裁，对一般作家来说，这简直是不可思议的事情，毕竟一个人的人生经历和知识面及时间都有限，很难全面介入各种文体作品的创作。但他由于工作需要，一生中涉及的行业众多，所以他各种题材的文章都写，各种文学体裁的作品都有。他的报告文学作品，20世纪80年代被选入《中华儿女》报告文学专集；20世纪70年代便在《翠苑》《青春》《作家天地》《山风》《乡土》等正式期刊上发表过中篇小说、短篇小说、散文、民间故事等多篇文学作品；他的小戏作品，曾在地区会演中获得创作奖；他二十多岁写的论文，就被选送通过参加了全国太平天国史学术研讨会，成为当时参加会议的学者中最年轻的学者；他甚至还应邀参加过国际食用菌学术会议。

他为人低调，一般情况下从不主动投稿。他把写作当成娱乐消遣和爱好，当成学习和磨砺。他以前曾有许多戏曲和小说作品文稿发表在省地市县的多家杂志报纸上，竟被他当废纸全都处理了，可见他对“名利”二字看得极轻。应该庆幸互联网的问世，自2012年起，他用“天目湖客”的笔名，在上班工作之余坚持每天晚上十一点睡觉，早上三点五十分起床，在上班前赶写一篇文稿，放在他的博客和微博里，七八年间，已留下两千多篇各种文体的稿子，平均每年竟有两三百篇文稿之多！而其中仅长篇小说、中短篇小说及戏剧、小品、电视连续剧、相声等各类作品，累计就有数百万字。他的微博和博客，至今已有上千万的点击阅读量。如果把他一生所写的文学文艺作品全部编辑出书，恐怕至少能有二十本之多！

宋老师非常喜欢江南地方戏——锡剧。他说他小时候常钻在剧场里看戏，从小就是个戏迷。他在江苏锡剧界有众多朋友。国内知名的锡剧名家，几乎都和他有交集。他在常锡地区锡剧界更有一大批亲朋好友，他被聘为锡剧戏迷协会顾问，许多市县戏协剧团都有他的朋友，他经常被邀请去参加各种演出观摩活动和戏迷交流活动。

中国的戏曲和佛教文化有着源远流长的紧密联系。许多家喻户晓的戏曲故事，正是从佛教文化中演绎出来的。我曾有幸多次受著名锡剧表演艺术家李桂英老师邀约，由宋老师陪同去无锡江阴等地观摩名家专场锡剧演出，其情其景，至今历历在目。

这次宋老师收编在书的戏剧曲艺作品，就有几十篇之多，且表现形式多样，这并不包括他以前在文化系统工作时写下的许多上演剧本和获奖作品。他在20世纪70年代末写的大型古装戏——九场锡剧《雪冤记》，曾被当地一民间剧团卖票演出多年，演出场次估计超过百场。他的现代戏《相亲》，曾在地区会演时获创作奖。宋老师在戏曲创作中获得如此成就，除了自己的努力和爱好之外，也有他的戏缘因素。闻名全国的锡剧作家钱惠荣是他的恩师，而著名编导谢鸣老师，则是他戏曲创作的启蒙老师。钱惠荣老师是锡剧《珍珠塔》《红花曲》等剧本的作者，谢鸣老师则是锡剧《双推磨》《拔兰花》等剧本的作者；而全国闻名的戏剧理论大师、南京大学陈白尘教授，则是他在参加省中青年剧作家读书班时的戏剧理论老师。戏剧界许多著名演艺人员，如李桂英、戴晓东、丁甲飞、章德瑜、梅瑞坤、吴明龙、吴翼民、唐天民、史忠良、费志远、徐晓敏、胡星，等等，都是他的好朋友。有这么多的高人指点帮助，活跃在这么多的高端文友和戏友中间，不能不说宋老师不但有文缘，而且有人缘，特别是与戏曲有缘！

这本《宋仁年戏曲影视作品选》，是在王小锡先生的动员催逼下，也是在锡剧界同仁们的极力推动下，才编选出版的。由于其中许多作品题材是以大林禅寺为背景创作的，所以宋老师嘱我也帮他写个序言，我便欣然应允了，这也是缘分，是佛缘、戏缘和文缘的相遇。我相信各位居士和信众，以及演员、观众及广大读者，在看了宋老师的戏曲影视作品选之后，对他的人品和才华，对他的人生和经历，对他对戏剧事业的爱好和贡献，都会有一个全新的认知。

在《宋仁年戏曲影视作品选》问世之际，我在此向宋老师恭贺道喜，一切随缘，善哉善哉。

2018年9月于常州大林禅寺

第一部分

影视剧

12 集文化旅游电视专题动画片

神仙故里　人间天堂

【片 序】

【江南丝竹民乐为片头音乐　航拍镜头　配说明文字】

长荡湖上，皓月当空。涪峰古寺，由远而近。

南山晨曦，弟峰兀立。竹海万顷，旭日东升。

神女湖畔，云雾掩隐。宝藏禅寺，梵呗钟音。

礼诗圩村，荷塘月色。长廊亭台，游人如织。

天目湖中，游艇破浪。曹山花海，笑脸如花。

民居民宿，拱桥风车。山村池塘，古树青藤。

青山石坝，飞瀑流云。御水温泉，鲜花美女。

湿地公园，桥似玉带。男女相依，缓步而行。

岗岭绵延，满山绿坡。采茶新歌，随风荡漾。

一列高铁抵达站台，车站大楼上面：溧阳站。

游客人流潮涌而出站台，欢迎人群挥舞着小旗。

【配动画片头】

霞光中，一辆辆无人驾驶旅游客车在自主前行。

车速由慢变快，客车由近至远。

美丽的1号公路彩虹线，在不断延伸中……

【解说】

这里就是被誉为神仙故里、江南明珠、旅游胜地、人间天堂的溧阳。

这就是闻名全国的溧阳1号公路彩虹线，它被评为全国最美的乡村公路，被人们誉为生态之路、文化之路、旅游之路、富民之路、天堂之路！

这是溧阳人民倾心打造的一张旅游名片。

现在，让我们沿着1号公路彩虹线，跟着摄影机的镜头，来了解一下溧阳的昨天、今天和明天。

【动画】

茫茫天目山脉，绵延无垠，浩渺天目湖水，一望无际。一条绚丽的彩虹，横跨苍穹。彩虹下，一群仙女正翩翩而下。

彩虹慢慢幻变成“神仙故里　人间天堂”片名。

【流动字幕】

协办赞助单位名单：

各有关乡镇、机关部门、企业、单位……

第1集　神仙故里　历史悠久

【配分镜头　视频　照片】

欢迎你来到被称为神仙故里，历史悠久的溧阳，

让我们先向大家介绍一下溧阳的历史。

历史很难用一两句话说清楚、道明白，

还是让我们先读一下唐代诗人李白的一首诗。

【童声朗诵　配文字】

陶令日日醉，不知五柳春。素琴本无弦，漉酒用葛巾。

清风北窗下，自谓羲皇人。何时到栗里，一见平生亲。

【古典乐曲做背景音乐　画外音男女声解说　配解说文字】

这是唐代大诗人李白赠给溧阳县令郑晏的一首诗

作。他十分羡慕郑县令的悠闲生活，说他像东晋的陶渊明一样，葛巾滤酿酒，优雅弄素琴，天天尽兴醉，快活赛神仙。连窗外的五棵柳树都发芽了，他也不知道春天已经来了。每每想到这个酒友知己，他便感到十分亲切。

李白曾经三次前来溧阳游山玩水，访贤会友，寻古觅史，饮酒对诗。

李白在诗中记述了郑晏治下的溧阳人，自称是神话中的伏羲氏后人。

伏羲是我国古籍记载中最早的帝王，他生活在距今7000年至10000年的上古时代。在古代的神话传说中，他的父亲叫燧人氏，发明了钻木取火的技术。而燧人氏姓风，住在溧阳东门的风台（封台）。

而伏羲的母亲华胥女，也是个神女，她住在溧阳昆仑的玉台，位置在今胥渚村。

华胥女还生有个女儿叫女娲，是她创造了华夏人类。

神话中的伏羲和女娲是人首蛇身，两人结合生儿育女，成为华夏人类的始祖。

伏羲是上古时代华胥原始部落中的杰出首领。他生活在华胥国，史称华夏族。

伏羲根据天地万物的变化，发明创造了八卦，成了中国古文字的发端，也结束了“结绳记事”的历史。

他发明了瑟，创作了《驾辩》曲子。

他的活动，标志着华夏文明的起始。

上古时代，由于冰河期周期的变化，导致海平面不断升高或降低，溧阳是陆海连接之处，华胥人生活在山水湖泊之间，以渔猎为生。

华胥文化就是华夏文化，华夏文明是中华文明的源头。因此，中国人被称为华人。

因为上古时代还没有文字可用于记述，神话和传说便成为口口相传的历史。

由于海平面的不断升高，华夏文化自湖泊山水间不断向西北地区迁移，又形成中原文化。随着中原农耕文明的迅速发展、不断壮大，中原农耕文化人称南方以渔猎为生的华夏先人为蛮族。其实，早在六千多年前，华夏人就开始了水稻的栽培。

而正是中原文化和华夏文化的融合，才形成中华文明有记载的历史文化。

溧阳至今留有许多“蛮文化”的记忆。

如“蛮家墩、蛮家塘、蛮家蛇、蛮家婆、蛮好、蛮多、蛮快、蛮香、蛮有用、蛮有出息”等语言和文字，历经千年，至今仍是代代相传。

而女人往往因为生儿育女多，能干而又福气好，被族人称为“蛮家婆”（发家婆）。

“蛮”字在江南吴语中，是具有褒义的。

江南吴语，应是中华文明中最古老的语言文化之一。

伏羲根据天地间阴阳变化之理，创制八卦，即以八种简单却寓意深刻的符号，发明创造了最古老的推算方法：易，用来概括天地之间的万事万物。人类知识，在华夏时代，便呈爆炸式的发展，进入文明时代。

伏羲还模仿自然界中的蜘蛛结网，制成网罟，用于捕鱼打猎。

上古时期，江南及溧阳大部分地方，都是汪洋泽国，这恰恰证明华夏人是生活在江南的湖泊山水之间，靠网鱼猎物而生存的。

有巢氏以洞为穴，垒石为门，建成民居，而被民称为王。

他是中华历史上第一个被民主选举的皇帝，也是人类历史上第一个被民选的皇帝。

我国最早的古书《列子》中，将华胥国称为神仙之国。

它位于台州之北、弇州之西。

台州现属浙江，在溧阳南面。弇州在溧阳东面，即今日苏州太仓。

溧阳正是处在台州之北、弇州之西，属华胥国之地。这片大地正处于沿海地区。

溧阳的昆仑地名，是上古时期留下的。

昆仑，被有关史学家认为是史前华夏民族华胥国的都城之地，并设有东乙门、西川门、玉台门、巴裸门，分别为东、西、南、北四门，其古址在今溧阳城北胥渚村周围。

溧阳北门外的昆仑，是华胥国的国都之地。这里的胥渚村，仍有个地方叫玉台门，从玉台向北不远，还有个地方叫枢巷里，枢巷之南，有个村至今仍叫南方村，即是以枢巷位置命名的。

华胥人以枢巷为华胥国的枢纽经纬，称东为东海，南为南海，西为西海，北为北海。而昆仑居四海之中，称为海内昆仑。

太湖，在华胥国东部，是太阳升起的地方，便称为太湖。

而昆仑西边的湖桥（今胡桥），则是连接黄山湖、千里湖、龙湫湖之间的古桥。直到中华人民共和国成立之前，胡桥地名的“胡”字还是带有三点水的“湖”字。

溧阳及周边地区，至今尚有许多古老而奇怪的地名和村名。

如昆仑、玉台、封台、巴裸、华渚、华堂、夏陵、夏桥、夏庄、华（下）寺、华（夏）河头、华（花、夏）园头、胥江、胥河、胥渚、胥泊、胥伯母、胥洋渚，等等。这些地名，取自华胥国的华胥两字，它们都因是华胥国的属地而被命名为华和胥。

而濑渚、濑阳、濑江、濑河、濑溪、河洛岗、王母岕、雷龙山、堠山、仙山、仙人山、仙人洞、神山、神墩、神堂、秦堂山、社场、社坛、社渚、棠下、望仙桥、招仙桥、遇仙桥、湖桥（胡桥）、观莲桥、凤凰桥、凤凰埂、九龙山、丫髻山、白龙寺、乌鸦山、瓦屋山、曹姥山、（吼）姥山、落步山、落马岭、冶山、石屋山等地名，都有着数千年的口碑传承，有着十分悠久的口传历史和神话传说。

这些地名，至今还流传着许多美丽动人的神话故事和历史传说。

在李白赠溧阳县令郑晏的这首诗里，记述了当时的溧阳唐代先人，都自称为华夏伏羲氏后人的历史，从而恰好证明，溧阳的华地胥地，正是华胥国之地。

李白多次来江南和溧阳采风访友，饮酒吟诗。他对华胥之地和伏羲氏后人，都感到十分亲切，曾有“桃花潭水深千尺，不及汪伦送我情”之诗句。

溧阳许多地名文化和语言，应是远古母系社会时，靠口口相传遗留下来的。因为它们体现出母系社会的特征。在原始社会的生存环境中，女性的生殖功能就显得十分重要。只有大量繁殖人口，人丁旺盛，才能使氏族强盛、发展，避免因部落战争而面临“天崩地陷”的覆灭命运。因此，只有具备无限生殖力的“女娲”才能“补天立极”。

女娲补天立极，撒泥为人，实际上是说女娲造人。

溧阳，就是神话里的伏羲、女娲造人的地方。

原始的社会存在，使先民把对于社会的认识，凝固为一种观念；把认定的真理，凝固为一种信仰，使生殖崇拜变成了一种潜在的力量，而支配着民族的行为。

“女娲造人”神话中潜在的意义，便是把生殖繁育后人，作为一项最神圣最伟大的生育事业而加以颂扬。

溧阳的社场、社坛、社渚、胥渚、胥泊、玉台、巴裸、棠下、胥伯母、王母岕、曹姥山、（吼）姥山、白龙寺、大石山等地名，都是原始神话故事中崇拜女权母系社会的地名，是神仙造人的地方。

这里应是上古时期人类生殖崇拜的文化源头！

难怪这里历史上有许多灵官庙、灵官堂、巴裸门、玉台门、社场、社坛、社渚等建筑物和名称。

这是一片神秘而古老的华夏大地，这是一个神仙都眷恋的人间天堂！神话传说中的田螺姑娘，就在这里喜结良缘！

你可能不会想到，在溧阳上黄夏陵发现的远古遗址中，不但发现了江南剑齿虎的化石，还发现了被联合国认定为中华曙猿的灵长类动物化石，距今已达4500万年以上。

从远古到今天，人类已经有几千万年的进化发展史。而在这几千万年的进化过程中，溧阳无疑是中华文明的源头之一。溧阳人都是羲皇后人，夏陵，就是古代华夏人传下来的地名。

【画外音解说配文字　分镜头随着画外音不断变化】

这里有6000多年前的社渚神墩遗址，它的历史超过良渚文化遗址1000多年。江南地区不断发现的许多史前遗址，如溧阳神墩遗址、秦堂山遗址、常州圩墩遗址、金坛三星村遗址、嘉兴马家浜遗址，等等，其年代大多都在6500年以上。而宿迁顺山集遗址则在8000年以上，东海大贤庄遗址则在12000年左右。近年来，溧阳又在城东燕山片区东滩头，发现一处古代先人聚落遗址，并发现存在环壕。遗址总面积约10万平方米，由于原先遗址上层覆盖村落，地下遗址保存较好。这些石器时代早期遗址的发掘，不但比中原文化遗址要早得多，甚至比江南马家浜文化的时间更早。而这些遗址，都在上古时期华胥国的属地之内。

代表中原文化的仰韶文化、河洛文化的遗址，都只有5000年左右的历史。中华文明具有5000年的历史，是根据中原文化而认定的。

随着江南华夏文化上古时期遗址的不断发现，中华文明的年代，正在不断地向前延伸推进。

从已知的考古发掘来看，华夏文明的历史，已在万年以上。

除了剑齿虎和中华曙猿，及神墩遗址、秦堂山遗址、东滩头遗址，在古老的溧阳地层下面，不知还埋有多少惊人的史前秘密。

这里也是中国吴文化的发源地，吴楚越三国古代文化，在这里交汇交融，形成一些古老而独特的民风民俗，具有悠久的历史文化底蕴。

溧阳地处江南，远古时期面临大海，是咸水与淡水的交汇之处。上古时期即有人类部落活动遗址，是因为溧阳是丘陵山区之地，四周虽是泽国，高地却浮出海面，使之能成为古人栖息繁洐之地，海内昆仑之说，也正是由此而来。

这里不但是中国吴文化的发源地，更是上古华夏文化的源头之一。

史载，春秋时期，溧阳被称为濑渚邑，系吴国属地。公元前541年便建有文字记载的邑治古城，距今已有2500多年历史。而没有文字记载的历史，距今又应该有多少年呢？从遗址发掘的实物来看，人类文明在溧阳地区的生存活动，至少应该在万年以上。

溧阳，被联合国认定为人类的发祥地。

溧阳，一个古老的地名，一个神秘的地方。

这里原是神仙故里，人间天堂！这里既然是中华曙猿的繁衍栖息之地，当然也是人类的繁衍之地、发祥之地。溧阳是华夏文明的源头，也是中华文明的摇篮，更是人类的诞生之地！

第 2 集　古窑之乡　玉石之源

【配分镜头　视频　照片】

你如果不到这古老的溧阳，你就不会懂得这神奇的江南。

溧阳的冶山、石屋山，就是2500多年前欧冶子铸剑的地方，也是欧冶子在全国的四处铸剑遗址之一。

这里青铜器的铸造技术，代表着一段历史时期的辉煌。

你可能不知道，成语“三长两短”，是从溧阳传遍全国的。传说欧冶子在溧阳石屋山上铸剑，久炼不成，忽有所悟，割下青丝，剁下三长两短的五指，投入炉中，火光冲天，终于铸成三长两短五把宝剑。谁遇上这五把剑，都有血光之灾，所以后人才有了“万一有个三长两短”的不祥之语。

溧阳还是古窑之乡，甚至可以称为古代的陶都。

20世纪80年代末90年代初，溧阳旧县城区发现大量汉代墓葬群，墓地出土大量珍贵玉器文物及汉陶制品。

这些陶器，都是距今2000多年前的印纹陶器。

溧阳戴埠牛场村，已发现14座南宋古窑，堪比现在的工业园级的专业生产规模，令人叹为观止，这里被定为省级文保单位。

社渚仙山窑头村，发现多个南宋韩世忠军队使用的军窑，这里是专门烧制大量军用水壶和陶制生活用品的地方，历经1000多年后，至今多处遗址窑门尚清晰可见，是个名不虚传的烧窑专业村。

溧阳还有许多村名地名都带有“窑”字，如姚（窑）巷、窑头村、下窑头、窑场里，等等，证明历史上这些地方都和古窑有关联。

考古人员曾在溧阳南京航空航天大学天目湖校区施工现场，又发现大量古代瓷片。已初步确定，该处有1

座唐代青瓷窑址、1处西周印纹硬陶窑址及汉代墓地和窑器。

这是继戴埠牛场窑群发现之后，溧阳发现的又一处窑群之地！

鉴于唐代青瓷窑址在溧阳地区属首次发现，这对研究溧阳历史及窑文化具有重要意义。而西周印纹硬陶窑址的发现，将溧阳的窑文化历史一下子推到了3000年之前。

溧阳已发现的多处窑址，都有一个共同特点，选址都是靠近山区，因为伐薪用柴方便。溧阳多山多矿多柴火的条件，促进了陶瓷业生产规模的形成发展和外延。

这里是溧阳陈曼生壶纪念馆，坐落在华胥故地。

陈曼生在溧阳当了两任知县，前后5年多时间。溧阳至今还流传着陈曼生和狄曼云凄美的爱情故事。

在天目湖东侧的千华寺旁，有一个江南小区茶文化园中的茶庵，传说是茶女狄曼云的出家之处。狄曼云是胥渚里一位狄氏茶商的女儿，当地剧作家将他们的故事编成戏曲演出，欢迎你前往观看。

陈曼生开创了“曼生十八式”的制壶新工艺。

他将紫砂壶由日用品带进了艺术品的新天地。

他是对中国紫砂业的发展、贡献和影响最大的历史文化名人。

因为他，溧阳才成为紫砂名壶之乡。

如果你去天目湖中的绣球岛上抛绣球，一定会看到高达180厘米的天下第一紫砂壶。

这是4500万年前的太湖流域地貌，中华曙猿就繁衍生息在溧阳大地上。

地球三大冰河期的气候变化，使这里的大陆，不断受到地质和海洋循环变迁的巨大影响。

40000年前，这里就有了原始人类的活动。人类对玉石的认识和应用，也随之开始。

这是12000年前太湖流域的地貌。

这里原是一片原始森林，后来又演变成海洋、湖泊、沼地。

10000多年前，华夏先祖有巢氏垒石为门，燧人氏钻木取火，伏羲氏结罟为网，女娲氏炼石补天，使人类文明开始形成，他们都是华夏先民的杰出首领。

在上古华胥国时期，人类文明以爆炸式的形态快速发展着。先民的生活从渔猎生活向农耕生活快速发展，人们开始集居在固定地点耕作生息，村庄城镇开始形成。

据《列子》载，溧阳昆仑是史前华胥国的国都，在今溧阳北门的昆仑之地，史称“海内昆仑”，它四面临海，距今约10000年左右。

史载，溧阳昆仑建有四门，其中南面为玉台门。

太湖流域是华夏文明的发祥起源之地，也是中华玉石文明的源头。

伏羲与女娲，是史前华胥国的杰出代表人物。伏羲创造发明了八卦，成为中国文字的发端，结束了人类“结绳记事”的历史。

传说中女娲补天的彩色石子，就是在华胥国的玉台门炼成，史称昆仑玉、溧阳玉。

在台北故宫博物院内，至今尚有命名为溧阳玉的馆藏珍品。

距今9000年以前，因为气候的变化，海水再次淹没了大陆大片土地。

这里不再适合华夏先民的生存，大部分华夏人携农耕和渔猎文化知识逐步向西部及中原地区迁移，最终形成中原农耕文明的大发展。

溧阳玉随着华胥国的兴衰和迁移，被带到了全国各地。

登昆仑兮食玉英，与天地兮同寿，与日月兮同光！

这是古人对昆仑玉的最美赞词。

在崧泽文化、马家浜文化、河姆渡文化以及良渚文化的遗址中，都存有大量的精美玉石，而这些玉石的材质，经科学检测，是和溧阳梅岭玉的材质一致的。也就是说，梅岭玉在6000年之前，已从溧阳走向全国各地。

而良渚文化距今4300多年，它既可能是华夏文明在江南的延续，也可能是中原文明从北方的回归。

8000年前，随着太湖流域水位的又一次降低，大片土地再次露出水面，太湖流域再次繁荣，也带动了梅岭玉的发展，而华夏文明和中原农耕文明的发展，形成了中华文明，其标志也是玉石文化的发展。

溧阳梅岭玉，则是始终贯穿这一历史文化兴衰发展的代表。

这是东海大贤庄的梅岭玉器，距今10000年左右。

这是宿迁顺山集遗址的梅岭玉器，距今8000年左右。

这是崧泽文化中的梅岭玉，距今6000—7000年。

这是河姆渡文化遗址中的梅岭玉，距今6300年左右。

这是神墩遗址、圩墩遗址、秦堂山遗址、三星村遗址、东山村遗址等地发现的玉器，这是4300年前良渚文化中的玉器。它们的源头都来自溧阳梅岭玉，距今应在6000—8000年。

不断发现的江南史前文化遗址，使长江下游地区的史前考古学踏上了新的台阶，也改变了人们对中华文明形成的认识，以事实纠正了以前认为江南史前文化发展要晚于中原农耕文化的观点和结论。

考古学家苏秉琦先生曾言："过去有一种看法，认为黄河流域是中华民族的摇篮，中华民族文化先从这里发展起来，然后向四面扩展，其他地区文化比较落后，只是在它的影响下才得以逐步发展起来。"

如今在大量的史前遗址面前，这种看法和结论被证明是不全面的，仅溧阳就发现了神墩遗址、秦堂山遗址、东滩头遗址，常州还有三星村遗址、圩墩遗址，其他地级市还有张家港东山村遗址、宿迁顺山集遗址、东海大贤庄遗址，以及周边地区的马家浜遗址、河姆渡遗址，它们的时间距今都在6000年至12000年之间，都远远超过中原文化遗址5000多年的历史。

在人类发展历史上，黄河流域曾起过重要作用，特别是在文明时期，它常常居于主导地位，但在同一时期或之前，其他地区的古代文化也在以各自的特点和不同的途径发展着，其历史则更加悠久。

梅岭玉的出现，与华夏民族的形成和发展有着密切的关系，最早的玉器，无疑是华夏人发现、制作和应用的。这是华夏文明的结晶，是一种前所未有的创新的象征性能力的表现，而梅岭玉正是表现这种象征性能力的载体。

梅岭玉文化的重大贡献，弥补了华夏文明与殷商文化之间的断代文明，是华夏文化的源头，远在上古时代甚至更久远。

在近年来发现的许多江南史前遗址中，大都有用梅岭玉制成的玉器出现。

梅岭玉，中华玉石之宝！它是10000多年前甚至更为悠久的中华文明史的参与者、记录者、见证者！

秀山丽水兮，藏五彩之珍，华夏久远兮，蕴玉石之魂。

毫无疑问，梅岭玉应是中华民族国玉之源，它是华夏玉石文化的标志。

2019年5月28日，在天目湖涵田度假村酒店，召开了“梅岭玉与良渚文明”学术研讨会。

会上展示了各地遗址中发现的玉器珍品实物或照片。

精美的玉雕艺术，古老的历史宝藏，悠久的玉石文化。

所以说，溧阳是窑的故乡，是玉的源头。

这里是溧阳梅岭玉博物馆，它坐落在天目湖旅游中心地段，丰富多彩的玉石展品和历史悠久的文物馆藏，欢迎您前来参观体验！

所以说，溧阳也是历史悠久、名不虚传的古窑之乡、陶瓷之乡、名壶之乡、玉石之乡。

第3集　三湖两山　美景溧阳

【本片以古筝演奏的《春江花月夜》为背景音乐】

今天，让我们沿着365公里长的1号公路彩虹线，领略溧阳古老而美丽的风貌！

365公里，这是一个神奇的数字！如果你每天步行游玩一公里的山水风景、文物古迹，那么你得在溧阳住上一年。

【童声朗诵　配文字】

江南好，风景旧曾谙。日出江花红胜火，春来江水绿如蓝。能不忆江南？

【配分镜头片花　航拍景象　解说文字】

溧阳分南山、北山两大山区，现有30万亩山地。

天目群山逶迤，茅山一望无际。瓦屋云蒸霞蔚，曹山峰峦叠嶂。

溧阳史称“三湖两溪”，有42万亩湖泊。

黄山湖、千里湖、长荡湖，甓溪、濑溪。

日出日落，霞光满天。碧波荡漾，渔歌唱晚。

在秦朝置县前，历史上的溧阳，曾有众多古老的湖泊。如千里湖、梁城湖、黄山湖、龙湫湖、长荡湖；石湫湖、固城湖、东湖、西湖等。溧阳还有堑口荡、南渡荡、前马荡、沙涨荡等大片湿地。这些湿地在雨季汛期能拦蓄上游大量来水，通常都是与湖泊连成一片的。

溧阳的山区原乡，万花锦簇，现存有53万亩林地。

洼地湖泊，鸥鸟成群。桃李芬芳，油菜金黄。

溧阳南西北三面环山，往东一马平川，有98万亩可耕地。

绿野沃土，天然粮仓。南山北水，一望无际。

溧阳现域总面积达1535平方千米。

溧阳现有3个街道、9个镇，2800个自然村，683个姓氏家族，近79万人口。

瓦屋山、大石山、青峰山、云岫山、石屋山、曹姥山、同观佛台等景区航拍镜头，迎面而来。

七彩曹山，美丽花海。神女湖畔，瓦屋宝刹。

溧阳全景地图，化出山水世界。彩虹之路，不断延伸。

万亩油菜花田，蜜蜂采蜜特写。曹山绵延起伏，犹如翠带。

【近镜远镜】

天目湖畔，巨大的热气球飘浮空中，悬挂着“溧阳欢迎您”的长幅。

蛀竹棵山村旅游，中外游客欢声笑语。

天目湖中，满载游客的游艇在破浪而行。

镜湖边上，一辆辆小火车在竹林中穿过。

【配分镜头　视频　照片】

长荡湖、天目湖、神女湖、湿地公园、北湖亭、大溪水库、塘马水库、前宋水库、吕庄水库航拍全景。

青山层叠，绵延远影。湖泊水乡，渔歌唱晚。

水母山、中华曙猿遗址公园。游客们兴致勃勃，指点景况。

这里是长荡湖湿地公园，正在举行国际皮划艇比赛。

这里是天目湖国家湿地公园的姊妹亭、玉带桥。

天目湖国家湿地公园的总面积达11.5平方千米。

【在画外音解说声中　配简洁文字】

弟峰观日出，山岕赏熊猫。竹海坐缆车，镜湖划舟筏。

塘马村、沙涨村、八字桥、礼诗圩、方塘、蛀竹棵等各种古老村落镜头及航拍画面不断闪现，令人目不暇接。

这是舍头桥、观莲桥、玉带桥，溧阳原有256座清代以前的古桥。

溧阳的宋代团城，是全国2864个县级市中唯一保存下来的宋代古城壕。它距今已有1000多年的历史。

团城夜景：曲水长廊，牌坊古桥，戏台楼榭，城郭亭台。

溧阳自秦朝开始置县，县治在今南京高淳区固城镇。

原辖属地含今高淳、溧水、荆溪等地，甚至包括广德、郎溪一些地方。由此可知，濑渚邑在秦置溧阳县前，它的区域面积应在5000平方千米以上，比如今江南一个地级市的区域面积还大！

【男女声画外音解说　配文字】

千里山村，江南明珠。万年古邑，神奇溧阳。

绿水青山，就是金山银山。这就是溧阳人民，美丽而富饶的家园。

让我们继续沿着1号公路彩虹线，游览这风景如画的山水，品味历史悠久的溧阳。去了解一下在这块古老的大地上，有哪些美丽山水和园林景区。

第4集　园林城市　生态乡村

这里是国家5A级风景区，南山竹海风景区。

它位于苏、浙、皖三省交界处。

【童声朗诵　配文字】

一览天目远，三省鸡鸣亮。千山竹海涌，万顷烟波长。

镜湖舟筏，寿星翁雕，竹海熊猫，鸡鸣三省，第一峰峦，御水温泉。这里的美景目不暇接，来访的游客流连忘返。

太白楼、状元阁、五亭园、乐官亭、姊妹亭、甘露亭、凤仪坊、傩文化博物馆、耕渎庐、礼诗圩的廊亭等一一展示。

仅溧阳1号公路沿线，就有220多个乡村旅游景点，60多个驿站驿亭等景观平台，30多座乡村茶舍。民居民宿更是不胜枚举，农家乐、度假村、各类山庄酒店有千余家之多。

溧阳的史侯祠、高静园，是国家3A级风景区。

而水西村新四军江南指挥部纪念馆，则是国家4A级旅游景区。

这里是国家5A级景区，御水温泉景区。

这里是沁谷园休闲度假处，设施齐全，风景优美，位于天目湖与南山竹海的必经之处。

这里是美名远扬的天目湖国家5A级景区。

这里是天目湖水世界：嬉水乐园。

这里是亚洲最大的浆砌石坝——平桥青山石坝。

它的上游水库，连着仙人洞，所以这里也被人称为仙人湖。

如果你喜欢竹海漂流，可以到松岭村去玩。河段全长4.8千米，急流区15个，最大落差约50米，弯道20个，惊险刺激河段达7处，漂流全程约2小时。

这里是曹山风景区的美景。有白露山庄、紫竹林、牛马塘村等乡居民宿。

七彩曹山，慢城生活。远离喧哗，舒适休闲。

这里正在进行的，是曹山文旅项目开工仪式。

这可是个“巨无霸”的大型山水旅游度假区项目，总投资为280亿元。这是溧阳历史上单体投资规模最大的文化旅游项目，在溧阳西部的上兴镇区域内，它的建成将崛起一个全新的生态旅游新城，它将成为长三角地区的后花园。

这对溧阳旅游文化高质量发展具有重大和深远的意义。

【展示规划图景及动画片段。】

这里是正在筹建中的天目湖茶叶小镇。

这里是天目湖茶叶小镇中的核心休闲娱乐区——田雅江南养生休闲文化园，它优雅的风情和独特完备的设施，以及紧邻天目湖东侧的优越地理环境，深受海内外游客的青睐和喜爱。

溧阳地处苏、浙、皖三省交界处，这里的民居建筑有吴文化的特色，体现了徽派建筑的精华。这个江南明清古建筑——桂林山居休闲园，坐落在天目湖畔的桂林村西的竹林之中，吸引着无数中外游客的目光，只要身临其境，无不由衷感叹，流连忘返！

这里是神女湖畔的瓦屋山美景。

云海古寺，翠竹园林，神女相伴，天堂人间。

【童声朗诵　配文字】

瓦屋如云青作花，华阳绛气屋青蛇。

中开百尺仙人掌，摇漾金光落紫霞。

这是大名鼎鼎的元代戏曲家汤显祖留给瓦屋山的诗句。

当地人是这样记述溧阳佛教寺庙的：

【童声朗诵　配文字】

瓦屋山顶有宝藏，报恩寺在天湖旁。

白云飞来云岫庵，京林寺隐曹山冈。

溧阳的佛教文化源远流长，溧阳的寺庙景观遍布山乡。

溧阳有众多寺庙景观，而且历史悠久。

宝藏禅寺、京林禅寺、报恩寺、飞来寺、万寿寺、白云寺、崇宁寺、胜因寺、龙兴寺、圆通寺、千华寺、东岳庙、云岫庵、法慧寺、静修禅院，等等，许多都是千年名刹。

史载，从公元238年始，溧阳就建有龙潭庵、法慧寺等寺庙，距今已有近1800年的悠久历史。这和记载的最早的寺庙白马寺，完全是同一时期的寺庙。

这里是长荡湖美景之一，涪峰远眺，佛光普照。

这里是观山，坐落在烟波浩渺的大溪水库西侧。

大溪水库具有1.7亿立方米的总库容，是溧阳的绿色生态聚宝盆，也是溧阳人民的主要饮用水源之一。

【童声朗诵　配文字】

闻说江南盘白山，异哉仙境在人间。

千年楼阁空中起，一片湖山画里看。

煮药炉边云气湿，步虚坛上雨声寒。

明朝捧诏朝金阙，好借双溪一鹤还。

相传这里卧虎藏龙，虎踞观山顶，蛟藏龙池中。

它们是晋代观山道人李盘白饲养的一虎一蛟。

李盘白常常骑着老虎云游四方，到南渡石街头买菜买豆腐，观山老虎从不伤人，所以人们称观山为仁虎峰，又叫盘白山、龙池山。

这里是三溪围绕的宋代团城，已有1000多年的历史。

名闻遐迩的溧阳太白楼，因李白酒后与张旭吟诗狂草而闻名于世，它耸立在中江、濑水、漕河三水汇流之处。

你若在中秋月夜登高望远，定会看到如此迷人景象：

【童声朗诵　配文字】

三溪抱团城，一水向东流。中江摇明月，载影下溧州。

欢迎您来到四季分明的溧阳！

这是春风送暖，桃李花海的曹山。

这是夏荷初绽，小荷尖尖的原乡。

这是秋风送爽，金果满枝的山村。

这是冬雪满山，竹海瑶池的温泉。

溧阳的乡村美，溧阳的城市也美！

中关村科技工业园，依山环水，似一座美丽的花园。

高静园、凤凰公园、燕湖公园、燕山公园、焦尾琴公园、丁园、沧屿园、五亭园、红泉书屋，等等，它们都是溧阳的历史文化名园，也是展示溧阳族群文化的好地方。溧阳的燕山、屏峰山、仙人山、茭山，如今都在城市中间。溧阳是个美丽的园林城市、山水城市、历史文化古城。

【童声朗诵　配文字】

池波吹粉壁，堂影入中流。似识游鱼乐，忽闻鸣鸟幽。

花开千石丽，叶落半城秋。车马曾经处，苔痕浑欲收。

这是古人描写溧阳北门沧屿园的诗句。

我们至今仍能感受到这个名园的悠久、宁静和幽雅。

美丽的城市园林夜景，幽闲的山村民宿夜景。

凤凰公园荷池边憩歇的人们，丁园甘露寺旁晨练的人们。

高静园太白楼上唱戏的人们，沧屿园内正在读书的学生。

燕湖燕山公园的历届灯会视频，看焰火灯会盛况蜂拥的人们。

南渡北面高耸的宝塔，天目湖国家湿地公园的姊妹亭。

埭头舍头桥倒影，昆仑观莲桥，桂林七孔桥，天目湖玉带桥。

旧县乐官井，乐官亭。燕山公园，西郊焦尾琴公园。

天目湖牌楼夜景视频。方塘航拍的景色。

胥渚古村的水街、上埝村读书台、礼诗圩、塘马村、八字桥、牛马塘、蛀竹棵、庆丰村等美丽乡村景色。古渎原乡耕渎庐，牡丹芍药，花开如云的美景。

溧城镇八字桥村礼诗圩、上兴镇余巷村牛马塘村、别桥镇塘马村、戴埠镇戴南杨家村，都被江苏省认定为首批特色田园乡村。

溧阳是名闻江南的园林城市、宜居乡村，是长三角最美丽的生态后花园。

第5集　族群文化　源远流长

【镜头摇动变换　以焦尾琴音乐为背景音乐】

一辆满载旅客的无人驾驶客车，行驶在1号公路彩虹线上。

【解说　配文字】

现在，让我们带您来感受溧阳古老的族群传统文化。

族群文化中的重要内容，就是祠堂文化、谱牒文化、楹联文化、民俗文化、诗词文化。

让我们带您观看溧阳的祠堂文化和谱牒文化。

溧阳原系丘陵山地，历史上有多次人口大迁徙，史前时代由渔猎文化向农耕文化的发展，使大量原居民迁至平原地区，进入农耕社会。历代多次战争及自然灾害，亦造成大量人口外逃及进入。如吴楚战争、南宋抗金抗元战争、元代农民起义、明末藩党造反、清初抗清战争、清末太平天国战争、近代农民起义、抗日战争，等等，每次社会的巨大变化，都会造成大量人口流动。所以溧阳族群姓氏众多，据公安部门统计，竟达683个。

特别需要指出的是，明朝时建成东坝，溧阳水位下降十多米，导致荡滩干涸，大片平原良田出现，吸引四方人口迁入，使族群姓氏及人口数量大增，至清代后期已有60万人之多。

近年来，溧阳许多姓氏纷纷成立文化研究会。

各姓氏文化研究会牌子不断闪现。

伴随着祠堂的修建，人们开始寻踪溯源，修纂姓氏家谱，至今已有60余家姓氏编修了家谱，涌现出一批关心族群文化事业的热心人士。

各姓氏家谱视频或照片、谱序特写展示。这是溧阳狄氏宗谱，一套竟有57本之多！

在市族群文化工作研讨会上，市政协、市委宣传部、市民政局、市文化局领导出席并讲话。

这是族谱家规的传承。每个宗祠都有类似的家规家训家禁，这是宗祠文化的重要内容。

【童声朗诵　配文字】

一戒不孝不悌，二戒不睦宗亲，

三戒不务恒业，四戒不尚节俭，

五戒赌博偷盗，六戒嗜酒行凶，

七戒不读诗书，八戒争讼衙门，

九戒不承祖训，十戒不完国课。

最近，市族群文化研究会组织专业人员，对全市祠堂建设和家谱编纂展开普查，全市已有60多家姓氏编纂了近百部新家谱，60余家姓氏修建了祠堂。这对族人溯源睦亲、传承家风、教育后代、建设当今和谐社会，有着巨大的作用和深远意义。

让我们参观一下溧阳古今的祠堂建筑。

楠木厅、铁木厅、贞女祠、文靖园、东野堂、史家祠堂、狄家祠堂、袁家祠堂、唐家祠堂、王家祠堂、陆家祠堂、姜家祠堂、马家祠堂、吕家祠堂、缪家祠堂、黄家祠堂、陈家祠堂、虞家祠堂、管家祠堂、戴家祠堂、朱家祠堂、芮家祠堂、谈家祠堂、陶家祠堂、施家祠堂、蒋家祠堂等影像，一一闪现，令人眼花缭乱。

各个家祠的堂匾展示、楹联展示、家族文化和名人展示。

这是各宗氏寻踪溯源、祭祖敬宗、寄托乡思、和宗睦族、激励后辈的地方，也是族群文化的活动场所、教育基地。

这些祠堂建筑，为美丽而古老的溧阳族群文化，留下了历史记忆。

【镜头中画外音男女声解说　以泓口丝弦音乐为背景音乐】

这是雄伟高大的陆家祠堂，高20多米，有七层楼高，为全国祠堂建设中所罕见。它是由陆氏后人捐款近800万元修建的。

这里正在进行缪氏宗祠竣工典礼，宋小华会长等人揭碑仪式视频。

彭马史狄周，是溧阳历史上的五大名门望族。

这里是史侯宗祠，国家3A级旅游景点，素有“江南第一大祠”之称，已有近2000年的历史。

多年来，史氏家族中的精英人士，在宗祠建设中的投资捐款，累计已达亿元以上。

这是刚刚兴建的姜氏宗祠。它场面宏大，布局合理，气象恢宏。

溧阳有众多的企业家，热心于族群文化的公益事业。

这是汉代遗留下来的族群历史文化瑰宝——史侯祠。

史侯祠汉服仪仗队视频、祭祖视频。

这是史侯祠中的历史名人馆。

这是吕氏宗祠中的名人纪念馆。

这是近代名人陶希晋纪念馆。

这是缪氏宗祠的名人雕塑和文化长廊。

这是天目湖太公山航拍的全景图，姜太公正兀立山巅，遥望前方。

这是管家祠堂，这是黄家祠堂，这是马家祠堂，这是袁家祠堂。

这是唐家祠堂，为了节约用地，整个祠堂设计建筑在村边大水塘的水面上。

各级领导或文化名人在参观祠堂建筑和名人画廊。

这是各宗祠会议交流活动视频或照片。

市族群文化研究会理事会和特聘顾问们开会视频。

市族群文化研究会会长在祠堂落成庆典大会上致贺词。

市族群文化研究会年会活动照片、视频画面。

市政协主席狄立新同志正在致辞。

这是省委原副书记顾浩同志给族群文化杂志的题词：弘扬正能量，拼搏新时代。这既是对我市族群文化工作的鼓励，也对我们今后的工作提出了更高的要求。

族群文化杂志特写，题词及文章标题特写。

祠堂里，一白发老翁和小孙子在下象棋。

一群孩子正在参观祠堂名人画廊、二十四孝图。

读书台阅览室，读者在看族群杂志，页面不断翻过。

一群阅读爱好者，正在演播室里举行“美音在溧阳”的朗诵活动。

【画外音男女声解说　配景】

这是正在举办的族群文化杂志读者座谈会。

市族群文化研究会的领导及顾问在会议上。

市族群文化专题研讨会视频或照片。

有关溧阳族群文化工作出版的书籍、杂志、画册、影集展示。

美术、书法、篆刻、舞蹈培训班的老师们在上课。

一群获奖的孩子正在合影。

街镇上、广场上、祠堂里，多位书画家为村民们免费书写春联或“福”字。

看，这就是小朋友们眼中的溧阳1号公路。

这是他们所画的各种族群文化内容的作品，正被编印成连环画册。

溧阳的各个姓氏文化研究会，已成为一支宣传、研究、传承溧阳历史文化、祠堂文化、家谱文化、家族文化、民俗文化的重要队伍。

改革开放以来，溧阳还涌现出一大批企业家，如苏华集团的宋小华先生、鑫隆置业的刘阿龙先生、安顺燃气的邵良先生、天力集团的史俊生先生、鼎邦集团的李建平先生、建工集团的陈志斌先生、保龙设备的周水保先生、第一糖烟酒的陶洪昌先生、宏昌建筑的谈怀华先生，还有正昌集团的陆瑛女士、东方印务的黄梅芳女士等，他们带头践行族群文化和优良家风的传承，不断推动族群文化事业的传承和发展，被推选为市族群文化研究会常务理事。

而宋小华先生，则被推选为市族群文化研究会会长。

这是正在召开的市族群文化研究会会议现场。

这是各姓氏宗亲冬至祭祖、清明祭祖的盛况片段。

【解说　配文字】

今天，我们特别需要向您介绍的是溧阳甓溪虞家祠堂保存下来的书法瑰宝：溧阳《淳化阁帖》石刻。这是全国重点保护文物，全国仅存两套半，系无价之宝。《淳化阁帖》是中国最早的一部汇集各家书法墨迹的法帖，被后世誉为中国法帖之冠和“丛帖始祖”。

而溧阳保存下来的《淳化阁帖》是肃王府的版本，属最好的版本。

第6集　民间艺术　多姿多彩

让我们再来看一下溧阳流传千年的民间文化遗产。

这里正在举行的是竹箦镇第二届民俗文化旅游节的开幕式。

市委常委、宣传部部长张爱文到会致贺词。

这是女子十二乐坊在表演节目。女子腰鼓队在表演节目。

这是竹箦镇乡村旅游协会的揭牌仪式。

这是市体育馆正在举办的第十二届全国舞龙舞狮锦标赛。

这是溧阳民间的女子舞龙队。

溧阳市领导徐华勤、张爱文等出席了开幕式。

徐华勤正在为祥龙点睛。

来自全国各地的47支代表队，近800名运动员参加了比赛。

【以锡剧音乐或评弹音乐为背景　画外音解说　配镜头文字】

溧阳是全国2864个县级市中，唯一保存宋代古团城城壕的城市。

这里是燕湖公园，美丽而宁静，秀丽而端庄！

这里正在举办的是一年一度的宋代团城春节元宵灯会。这里正在举行春节元宵灯会的开幕式，中央电视台正在进行现场直播。

快看，灯会正式亮灯了！遍地灯火辉煌，照亮了燕湖的宁谧夜空！

这一刻，万人空巷，全城瞩目，中央电视台正在现场直播，世界正翘首相望溧阳的美丽风采。

这是雪境中的灯会，这是元宵节会上的各种文艺活动。

一年一度的春节元宵灯会活动，是溧阳人每年春节的一场盛宴。一场灯会，点亮一座城市，一次活动，温暖一座城市！

燕湖，溧阳人心中的灯湖！

欢迎您到溧阳来欢度春节，共度元宵佳节！

溧阳丰富的民间文化，众多非物质文化遗产，足以让您流连忘返。

由公园到街头，从书场到剧场，从平民百姓到名家名角，这里的文艺演出活动几乎天天不断。

【视频】

这是当地剧作家写的影视戏曲作品选集。

茶楼上，著名锡剧表演艺术家李桂英在弹唱评弹。

燕湖之畔的溧阳演艺中心舞台。

京剧名家李胜素正在演出戏曲节目。

观众如痴如醉。演毕，掌声如潮！

江苏省锡剧团溧阳分团正在演出锡剧《珍珠塔》。

演员及乐队起身谢幕。

【画外音解说　配文字　视频】

锡剧名家、梅派艺术创始人梅兰珍女士，出生在溧阳东门。

溧阳籍著名锡剧表演艺术家杨企雯艺术馆展示。

锡剧名家、王派艺术创始人王兰英女士，曾在溧阳国华剧团从艺。

姚澄演出视频，许美霞及再传弟子胡婷婷演出视频。

市文化馆组织的戏迷、演员们，正在广场上演出戏曲剧目。

别桥舞龙灯的演出视频，上沛唢呐的演奏视频。

贝桥马灯的演出视频，乘马圩冻煞窠的演出视频。

前马舞青狮的演出视频，嵩里跳蟠神的演出视频。

社渚傩戏博物馆及傩戏的演出视频，泓口丝弦的音乐演出视频。

戴埠太平锣鼓的演出视频，燕湖灯会活动的视频。

别桥原乡放荷灯的视频，天目湖龙舟比赛的视频。

长荡湖国际皮划艇比赛活动正在进行中。

经过数千年历史传承，这些活跃在民间乡村的溧阳族群民间文化活动，至今生生不息，代代流传。

这是一位农民画家画的溧阳码头街长幅图景，它堪称溧阳的清明上河图，他还画了许多重大历史题材的百米长卷。

这是上黄农民工匠制作的九层宝塔和九龙椅。

他曾在故宫修理古木雕刻房屋，这些都是他自己设计制作的作品。

这位上沛农民工匠更是了得，他制作了上千件各类木雕佛像，件件栩栩如生，让人叹为观止，惊奇不已！

这位农村的老太太手工制作的各种虎头童鞋，许多家长买回去后，却舍不得给孩子穿，怕糟蹋了这件精美的民间工艺品。

这位胥渚村的老太太已经95岁了，她还能清晰记忆吟唱许多古老的民间小调，再现江南农村的民俗文化、生活风貌。

这是一位业余高手手工制作的布塑工艺品，让人惊奇不已，大家也见识一下！

这位业余书法工作者的作品，曾获得国家级大奖。

这位老先生的书法作品，被选中上了邮票。

这位女能人，书法、篆刻样样不凡，屡次获得国家级大奖。

这位工笔画大家的作品，多次被选中出国交流。这里是他的画室和教室。

溧阳许多美术工作者的油画、水粉画、国画作品，屡屡在全国比赛中获得大奖。溧阳是个书画之乡，这位画家的作品，在全国比赛中多次获奖，曾应邀到新加坡出国展览。

获奖人员奖状奖杯展示、作品展示。

他们都不是专业人士，都只是业余作者！

现在你该理解，什么叫“高手在民间”了吧？

这里正在举行的是少儿书画比赛。

这里还有一个从溧阳走出去的书法家，在礼诗圩、塘马村开了书法工作室，以此来培养家乡的书法爱好者。

溧阳的少儿舞蹈节目《大眼睛》，多次登上中央电视台的舞台并获得金奖。

获奖作品视频展示。

他们有的还被国家选派，远赴日本、东南亚等地进行文化交流。

【画外音男女声解说　配景或文字】

这些至今活跃在民间乡村的溧阳族群民间文化活动，经过数千年传承，仍然滋润着这片江南山水福地。

【画外音解说　配景　配文字】

说到溧阳的族群文化、民俗文化，我们得向大家介绍一些溧阳颇有特色的民间族群文化事业，许多还是非物质文化遗产。

首先请大家观看一下，这是溧阳民间的酒文化博物馆，坐落在市中心位置，有数万件酒文化珍藏品。

这是创办人兼馆长陶洪昌先生，他收藏的名酒包罗万象，令人目不暇接，为全国罕有。

这里还有中国竹雕工艺品展览馆，作品琳琅满目，独具一格。它坐落在南山竹海之中，这是溧阳竹文化的集中展示。

这是中国家谱博物馆，收藏着几千部全国各姓氏家谱。它坐落在埭头侯庙内。

这是市档案馆、图书馆、读书台，这里不但是资料宝库，还是读者的精神乐园。

溧阳还建有许多名人纪念馆：这是革命先辈陶希晋纪念馆，这是版画家陈晓南纪念馆，这是蚕桑学家吕鸿声纪念馆。

这是坐落在天目湖畔的梅岭玉博物馆。

这里是曼生壶民间茶院和茶文化博物馆，院主人欢迎你前来参观品茶，谈壶论道。

这是溧阳一位老人家保存的红木雕刻的祖传木床，工艺之精美，令人叹为观止，为民间罕见之古物。

这是耕渎庐民间私人花园，它的始建人是已故乡贤邵余福先生。

这里是天目湖畔的十思园，它既具有苏州园林之玲珑特色，又不缺西湖亭园之秀丽美景。

这里是弘扬茶文化的苏园，它是园主人几十年的倾心之作。

在这里品白茶、论人生，你会觉得心旷神怡。

这是位于上兴镇的佳缘山庄，赵朴初先生为之题匾书名。

这里的民居民宿，圩乡小筑，是民间旅游特色乡村的示范之作。

这里正在举行的是西藏民俗文化村的晚间篝火活动。

这里是大石山庄。四周青峰，环抱一潭碧水。长廊木屋，更显田园风情。

这是具有徽派建筑特色的明清古建筑——桂林山居，它惊羡了多少中外游客、文人雅士。

这里是吴楚农耕文化园，展示的是溧阳农耕文化的一些实物。

现在，我们再请你看一下具有溧阳油文化的百年老厂——江苏正昌集团，居然把一个生产企业，建成旅游景观。

在这里，你看到的不仅是这个建于1918年的百年老厂，看到的不仅是名闻全国的有机油、安全放心油、健康长寿油，你更能感受到的是这家百年老厂的传承人郝波先生，对社会的一种高度的责任感，对消费者的一片至爱仁心，他将溧阳的传统民俗文化遗产，融汇在企业和产品中，使之不断传承发扬和光大。

正道百年，昌盛未来。

第7集　钟灵毓秀　人杰地灵

【男女声解说　配文字】

这是光华中学高中部新校区，它的前身是新四军在溧阳创办的学校。这里正在进行的是陈毅铜像的揭碑仪式。

这是江苏省溧阳中学新校区，是省级重点学校。

这是溧阳开放大学，这是溧阳外国语学校……

这是南京航空航天大学溧阳校园新区，在开学典礼上，300架无人机组成一种独特的开学盛况！

因为溧阳有一个无人机产业园。

这是正在建设中的明顿国际学校，它占地600亩，投资16个亿。全国模范教师、最美乡村女教师史瑞芬，就出在溧阳昆仑街道余桥清水塘小学，她曾受到毛主席的亲切接见。她一心办学的先进事迹，被拍成《乡村女教师》电影搬上银幕。

这里曾走出众多知名的文化名家和历史名人。

著名女作家菡子，出生在溧阳天目湖畔。她曾是全国作协理事、上海作协副主席，她的多篇散文，被选入大中小学语文课本。

中国近代报业创始人狄平子、史量才，都是溧阳人的后裔。

你知道中华人民共和国成立之后，有多少溧阳人被评为两院院士吗?

据资料统计，共有11位溧阳籍科学家被评为两院院士。

他们分别是蔡邦华、狄超白、彭少逸、朱森元、翟中和、沈学础、吴云东、史轶繁、程顺和、庄松林、蒋剑春。

他们是共和国的精英，也是溧阳人的骄傲！他们在自己的工作岗位上，都做出了巨大的成绩，为国家做出杰出贡献。

许多溧阳籍的专家学者教授、博士生导师，为我国各行各业的发展，都做出了重大贡献。如经济学研究学者周淑莲先生、科学哲学和市场经济学研究学者狄仁昆先生、伦理学研究学者王小锡先生、微电磁研究加拿大工程院院士吴柯先生、被誉为中国最年轻科学家的汤心溢先生、获国家科技进步特等奖的宋洪昌先生、我国电脑研究“红学”的创始人彭昆仑先生、获国家科技进步一等奖的张林元先生、当选为亚太理论与计算化学家协会主席的吴云东先生、版画家陈晓南先生、蚕桑学家吕鸿声先生、联合国畜牧专业委员会会员沈和湘先生、我国著名机械工程专家史维祥先生，等等，他们都是所在行业和学科专业的带头人，都是博士生导师。其中王小锡、沈云志、翟中和等数十人还享受国务院特殊津贴。

溧阳还有许多杰出人士，他们不但是名闻中外的专家教授、博士生导师，还是著名的教育家，如沈和湘校长、陈万年先生、王柯敬先生、姜丹书先生、陈晓南先生、陈少亭先生、古元先生、王若舟先生、蒋星煜先生，等等。

这是市委领导正在接见从国外归来的科技人才。溧阳籍科技人员在海内外工作的数以万计，而家乡正是他们的根！

从唐代到清代，溧阳共有200余人进士及第，这个数字，在全国都居于一流位置。

历史上，在科举考试中问鼎三甲的溧阳人，多达8位。

其中两位是状元，一位是元代的普颜不花，一位是清代的马世俊。

马世俊在溧阳众多的古代文人之中，是文化造诣最高和艺术作品最多的人，可惜流传下来的不多。

明末则有宋之绳名列榜眼、陈名夏名列探花。

陈名夏在清顺治年间，官居大学士，为宰相之职。

清代则有黄梦麟、任兰枝名列榜眼，任端书考中探花。

而任兰枝和任端书是父子关系，真是一门双杰。

天目湖半岛上，状元阁内外景。

溧阳两位姓氏先祖，唐代宰相宋璟和清代宰相史贻直，都是名垂青史的中兴能臣。而宋璟更是五朝元老，位列中国历史上“四大清官”之首。宋璟的嫡子长孙迁居溧阳后，历代都是名人辈出。

在历史上，有9人被封为溧阳侯。如果加上王、伯、子、男的封爵，则一共有15人。

他们分别为西汉的刘钦、刘毕；东汉的史崇、陶谦；东吴的潘璋、芮元；晋代的王俊则被封为永世侯；陈代的杜龛；唐代的史务滋（子）、史净滋；宋代的钱时敏（伯）；南宋的李朝正（男）；元代的班都察（王）、纪广；明代的朱聪屦（王）。

梁代的萧若湜被封为溧阳公主。

史际、马一龙、狄斯彬三位进士，明嘉靖年间被称为“溧阳三名士”。

在中国族群姓氏中，有全国史氏家族源出埭头史氏一说。

全国史氏家族历代进士达563人，而官居宰执之人达39位。

仅溧阳史氏家族一门，历代考中进士人员就达34位。

历朝官至宰执之人，有唐代史务滋和清代史贻直两人。

史贻直历经康熙、雍正、乾隆三朝，史称“三朝元老”，为康乾盛世做出重要贡献。

沙涨村现存古文物石刻遗迹。

溧阳沙涨村僄文质僄氏一门，一父五子，兄弟五人登科进士，有“父子两尚书，兄弟五进士”之称。朝廷赐建五桂牌坊，被视为中国封建科举史上的奇迹，几千年间绝无仅有，独一无二。

【画外音男女声解说　配景或文字】

溧阳，自古重视文化和教育，历代都有宗祠支教助学和扶贫帮困解难的义士古风。

各宗祠家谱中都有助学记载，由公堂支助宗族学子求学。

现在，每年都有许多企业家发放奖学金支教助学。

苏华集团宋小华、安顺燃气集团邵良、国强集团袁国强、天力集团史俊生等企业家和乡贤人士，都有多年坚持支教助学、扶贫帮困的感人事迹。而宋小华、邵良等乡贤人士，仅各项社会公益事业的捐资赞助，都已在500万元以上。

溧阳有许多宗祠，多年来一直坚持给宗亲学子们发放助学资金。许多企业家在祠堂建设中的投资，都在几百万元以上，有的高达数千万元以上。

这是中国伦理学会副会长、中国经济伦理学会常务会长、溧阳籍著名学者王小锡教授，正在给溧阳的企业家们讲授族群文化和企业文化。

这是南京大学溧阳籍教授史全生，为溧阳族群史氏文化研究工作写的多部著作。

溧阳是教育之乡、礼仪之乡、文化之乡。

溧阳，自古钟灵毓秀，人杰地灵。

第8集　忠烈家风　侠肝义胆

【太平锣鼓演奏音乐和画面镜头　画外音解说中配镜】

溧阳地处中吴，历史上这里曾是吴楚边境重镇，属吴头楚尾。由于地处吴国边境，这里曾经将星云集。

溧阳还是尚武之乡，历史上村村有练武之处，大都是在宗庙祠堂。

三国东吴名将潘璋，因为活捉关羽，曾被吴主孙权封为溧阳侯。

在溧阳的历史上，曾出现明代抗倭民族英雄史际。他自募义军，自筹军饷，身先士卒，抗击倭寇，使之闻风丧胆！

南宋因抗金抗元而捐躯的名臣赵淮、秦熺、史可法等，都是溧阳籍人士或溧阳人后裔。

这里有岳飞抗金留下的众多遗址和传说，如岳营里、教场里。

溧阳城区曾建有五座尚义牌坊，以表彰历代乡贤名士的尚义之举。

皇上敕封胥泊狄氏家祠为尚义祠。

这里曾是太平天国侍王李世贤的王府之地。

他曾在胥渚村设置买卖街，以方便民间物资交流。

李世贤率部与清军湘军和英国戈登的洋枪队在溧阳地区苦战四年多时间，后因部将吴人杰开门献城而失守溧阳，被迫南下漳州。

连续多年的战争，导致双方军队都在溧阳地区抓丁征兵，青壮年战死战伤无数，农村瘟疫流行，农田无法耕作，人口纷纷外逃，致使农村十室九空，人口由近60万锐减至8万。战后清政府组织大量浙鄂豫皖人口，迁徙至溧阳西部南部山区；而苏浙沪的移民，则大多定居在东部北部的平原水网地带。

溧阳是太平天国的东大门，溧阳失陷，天国灭亡。曾国荃所率湘军，每攻克一城，都实施屠城，史载朝野称其为“曾剃头”。

1864年，太平天国灭亡，南京惨遭湘军屠城。

伍子胥率吴军经溧阳伐楚，楚国灭亡。楚平王被掘墓鞭尸。

人民解放军解放溧阳，人民翻身当家做主，中华人民共和国成立。

溧阳历来是兵家必争之要塞重镇，有东南屏障、金陵门户之称。

自古至今，这里都是尚武之乡，民间习武人员众多，走出许多武术名家及名将。

民国期间，仅溧阳胥泊狄氏一族，一村就出了5位从黄埔军校毕业的将军。溧阳有16位从黄埔军校毕业的将军，许多人牺牲在战场。据20世纪80年代黄埔同学会统计，仅登记在册的溧阳籍黄埔军校学员就有100余人，不在册的学员有300余人，共计500余人。

陈毅、粟裕等新四军将士，在皖南事变后挺进江南，在溧阳水西村成立新四军江南指挥部，溧阳青壮年男女，纷纷参军入伍，为抗敌建国立下丰功伟业。

这是塘马战役纪念碑，罗忠毅、廖海涛等先烈，长眠在这块战斗过的土地上。

这是溧阳人民对祖国的无限忠诚和英勇不屈、无畏精神的体现！

新四军战地服务团女战士，著名溧阳籍女作家菡子，两次作为随军记者，奔赴战场。这在全国是独一无二的。

黄继光舍身堵枪眼的英勇事迹，就是她从战地现场发回的报道。

历史上，这里曾多次爆发过反抗封建王朝统治的农民起义，而且每次都发生在没落皇朝民不聊生的后期。

武术家狄兆龙、王淦昌等八卦掌传人，他们在中国武术界享有盛名，这是他们练武或比赛中获奖的奖状和照片。

历史上，溧阳是个尚武之地，村村都有练武之馆，曾考中8位武进士，武举人几乎每乡都有。

这里是大成拳武馆，来这里习拳练武交流之人众多。

谁能想到武馆主人赵黎，竟是个巾帼英雄！

【以《高山流水》为背景音乐　画外音解说　配景】

溧阳历代流传下多少英烈逸事，让你唏嘘不已，感叹不已！

史贞女和伍子胥的故事，更是流传千古，国人皆知。

唐代大诗人李白三游溧阳，留下众多脍炙人口的诗作。

图像、雕塑、碑亭、祠庙、剧照。

【童声朗诵　配李白诗词】

朝登北湖亭，遥望瓦屋山。天清白露下，始觉秋风还。

游子托主人，仰观眉睫间。目色送飞鸿，邈然不可攀。

长吁相劝勉，何事来吴关？闻有贞义女，振穷溧水湾。

清光了在眼，白日如披颜。高坟五六墩，崒兀栖猛虎。

遗迹翳九泉，芳名动千古。子胥昔乞食，此女倾壶浆。

运开展宿愤，入楚鞭平王。凛冽天地间，闻名若怀霜。

壮夫或未达，十步九太行。与君拂衣去，万里同翱翔。

【画外音解说　配景】

这就是千古传诵的不朽之作《游溧阳北湖亭望瓦屋山怀古赠同旅／赠孟浩然》。

南宋期间，岳飞在这里与金兵多年鏖战，溧阳成为金兵侵犯南宋不可逾越的屏障。岳家军的故事，在溧阳家喻户晓，无人不知。

这里还传颂着南宋溧阳籍抗金抗元名将秦熺、赵淮、史可法等人宁死不屈的悲壮故事。

赵淮妻妾两人，被元军俘获后，在横渡长江的船上跳江自尽，被世人称为“江南烈女”。

溧阳，尚武之乡，侠肝义胆，世代忠烈，家国情怀。

溧阳，翰墨诗情，礼仪之邦，千年古风，经久不衰。

第9集　历代名人　流连忘返

【男女声解说　以焦尾琴音乐为背景音乐】

这位是明朝的刘伯温，到了南山蛀竹棵村的大树下憩歇，坐了800余年，至今不愿离开。

西泠印社八大家之一的陈鸿寿，又号陈曼生，是曼生壶的创始之人。

在清朝同治年间，他到溧阳做了两任知县，共任职5年多。

他与溧阳史氏亲家袁枚是忘年交，两人常在红泉书屋吟诗对文，喝茶饮酒，成为文坛佳话。

这里有唐代县尉孟郊射鸭之堂。

他官职不大，但他的诗词名气很大，《游子吟》是他的传世之作。

这里还居住过东汉大文豪蔡邕。他在吴地溧阳避居，那时他的女儿蔡文姬随父而居，年方7岁。

【童声朗诵　配文字】

焦尾制琴水知音，黄山湖波，舟楫荡桨。一曲天籁，百世流传上埝村。

中郎读书鸟闻声，龙池磐石，空谷回声。万载仙邑，千年遗踪仁虎峰。

这是一位当代文人给蔡邕读书台纪念馆留下的联词。

这里是汉代大文豪蔡邕的读书台，它坐落在观山脚下、黄山湖中。

观山有许多的神奇故事和美丽传说。

【童声朗诵　配文字】

一拳宛在水中央，万顷湖波浸渺茫。

往迹至今惟石户，樵人指点说中郎。

这是宋代文人陈亮游览读书台留下的诗作。

【童声朗诵　配文字】

曲曲清溪映白沙，望中几树桃李花。

世情不到花开处，鸡犬桑麻三两家。

陈亮是这样描述他在读书台前的访古之情景的。

这里是观前村委的上埝前村，是焦尾名琴诞生之地。

焦尾琴由当地盛产的青桐木制成，相传蔡邕闻听农家灶间青桐木燃烧时的裂帛之音，立即从火中抢出断木，后制成焦尾琴。

这里是12岁的蔡文姬学琴之处。

后来她一曲《胡笳十八拍》，名闻中外，传世千秋。

溧阳大溪小学内，一群小学生正在弹奏焦尾琴。

李白、张旭、谢朓、孟郊、陆游、汤显祖、周必大、张孝祥、秦梓、赵葵、唐寅、徐渭、文徵明、马世俊、袁枚、陈鸿寿等历史文化名人，都曾游览溧阳山水名胜之地，并留下许多优美诗文。而秦梓、赵葵、周必大、马世俊等人，本身就是溧阳人或溧阳人后裔。

近代从溧阳走出去的文化名人，更是众多：狄平之、史良、史量才、狄侃……他们都是辛亥革命、五四运动期间名闻全国的溧阳籍文化名人。

宜兴籍的绘画巨擘徐悲鸿，7岁丧母后寄居到溧阳义父陶鳞书先生家中，后由陶先生送至上海学画，拜康有为等人为师，并出洋日本、欧洲求学，终成为近代画坛一代名师大家！

这里展出的是徐悲鸿大师的部分作品。

企业家们在参加族群文化活动时的视频或照片。

各级领导参加各种揭幕剪彩活动的资料。

第10集　孝子故里　长寿之乡

溧阳不仅是长寿之乡，更有着深厚的长寿文化底蕴。

南山竹海景区长寿文化广场，巨大的金色寿星雕像特写。

一群老人正在和寿星图合影。

孟郊《游子吟》雕塑特写。

一个小女孩正在认真仰望着。

美丽校园，教室里。

一位女老师正在上课。

【童声朗诵　配文字】

慈母手中线，游子身上衣。临行密密缝，意恐迟迟归。谁言寸草心，报得三春晖。

【视频镜头展示　配解说及文字】

孝子泉边，导游正在给游客们讲孟郊母慈子孝的传说故事。

溧阳各个姓氏家谱中，都有许多孝子孝行的故事。

长寿老人故里，孝子贤孙必多。

祠堂中的二十四孝图文，一群学生正在观看。

宗祠家谱中描述的众多孝子贤孙的故事画图。

现代儿女们的孝行事迹报道。

这里山美水美，自然环境宜人。

你可能还不知道，溧阳不但是全国长寿之乡，还是世界长寿之乡。

美丽乡村安居乐业，孝子故里养生福地，百岁老人到处皆是。

据统计，溧阳近79万人口中，90岁以上老人则有4000多人，占总人口的千分之五以上。

据2019年统计，溧阳百岁以上老人达171位之多，其中男性57人，女性114人，最大的107岁。

这远远超出“中国长寿之乡”与“世界长寿之乡”的评价标准。

南山竹海长寿文化广场上的老寿星雕塑。

在溧阳市别桥镇，户籍人口仅7.1万人，现如今的百岁老人有18位，占别桥镇总人口比例约为25.3/10万，不仅高出溧阳的平均数据，更是远超“世界长寿之乡”标准3倍以上。

因此，溧阳被联合国授名为“世界长寿之乡”.

一个个寿星老人的图像照片不断显来隐去……

这是敬老院，养老公寓中完善的养老设施。

中秋节，工作人员和老人们在一起活动，分发月饼，赏月喝茶。

这位是昆仑街道全国孝亲敬老之星的道德模范杨建琴女士。

春节期间，文艺团体在敬老院慰问演出。

这是政府和民间企业及各界人士给老人们捐赠的生活用品。

这是全国人大代表胡明女士，她是兴竹禽业专业合作社理事长，她正在给敬老院的老人们赠送鸡蛋。她敬老爱老的事迹和创业精神，不仅为乡人赞誉，还受到总书记的亲切接见，这是接见时的照片。

这是敬老院的老人们正在进行娱乐活动。

这家儿孙们正在为百岁老人庆寿。

请看这位太公山上的长寿老人，姓姜名尚号太公，在这里全神贯注，孜孜不倦，要用金钩钓鳌龙，一坐就是3000年了！

溧阳的山好水好物产好，养育了一代代溧阳儿女。

溧阳是个宜居之地，欢迎您来养老定居，颐养天年。

【资料图片或镜头　配文字解说】

历届市委市政府主要领导人员，以及宣传文化部门领导，正在慰问百岁老人。

各地养老院、敬老院活动仪式。冬至祭祖活动中，企业家和祠堂正在为百岁老人及家属发放慰老金。

民间文艺演出团体，正在敬老院内慰问演出。

老人们正在下棋看书，喝茶打牌，其乐融融。

第11集　名茶基地　美味溧阳

【以《采茶舞曲》为背景音乐　动画字幕】

美音自在溧阳，美韵自在溧阳。

溧阳历届茶叶节会议活动盛况，镜头一一展示。

国际茶文化节会议视频照片。

茶叶小镇视频，边界茶叶市场。

现代化的制茶设备和凉茶车间。

东方印务公司胶印车间，正在快速印刷的土特产彩印包装。

茶叶包装品牌及各地销售展示大厅。

环山绕湖的茶园里，姑娘们在《采茶舞曲》的音乐声中采茶送茶。

溧阳的山美，溧阳的水美，溧阳的茶叶更美！

这里是全国闻名的产茶区。

这里是江苏最大的白茶生产基地，这里有6万亩的优质茶园。

在北纬31度、东经119度的地理坐标位置上，溧阳所产的茶叶，质量誉满全国，香飘五湖四海。

茶叶冲泡特写。

陆游的儿子陆子遹，在溧阳任职知县后，爱上溧阳山水，因政绩颇佳，乡民攀辕而留，圣上御准其将溧阳作为家族的始迁地。

他的后人聚居在溧阳北部山区，称为陆笪。

陆氏在溧阳，至今已形成一个庞大的家族。

这是陆氏宗祠，他们供奉的祖先，是陆游和陆羽。

因此，这里有数不胜数的历史名茶，也就不足为奇了。

南山寿眉、前峰雪莲、水西翠柏、沙河桂茗，都是部优国优级产品。

进入新世纪后，这里成为全国最大的优质白茶研发生产基地。

这是天目湖茶叶研究所，坐落在风景优雅的天目湖畔。

这里的山水地理环境，特别适宜种植茶树。

这是天目湖茶叶研究所的两位负责人，他们是两位专家，一对伉俪。

该所现储备珍稀茶树品种已有42个，溧阳黄金茶和溧阳红茶，都是他们研发生产的新品种。

这是有3600亩土地面积的嘉丰科技生态园，坐落在天目湖东侧的群山之中，是溧阳最大的白茶生产基地。它优美的山水地理环境，正被规划建设成一个集饮食娱乐、休闲养老、文化展示、白茶体验为一体的综合性旅游度假区——白茶小镇田雅江南生态旅游度假区。

深厚的文化积淀、优美的山水风景、完善的休闲设施，被人们称为“梦里桃花源”，这里将是长三角最具特色的休闲旅游度假区。

园区规划视频展示。

这是溧阳第一家引进白茶栽培的松岭头茶场。在海拔300米左右的丘陵山区，溧阳的土壤气候条件，特别适宜种植茶叶。

溧阳茶场都坚持绿色发展理念，科学种植，科学管理。

他们使用菜饼、豆饼等有机肥料栽培茶叶，生产出无公害的绿色有机茶叶，深受消费者信赖和欢迎。

这是田家山茶场，山水相依，临湖而驻，它坐落在美丽的天目湖畔，它的产品深受消费者欢迎。

溧阳天目云露白茶，叶肥厚而宽，味鲜爽而醇，在市场享有盛誉。

溧阳天目湖系列白茶，凭借自身得天独厚的山水条件，香飘四海，名闻天下。

它走进了北京奥运会，走进了上海世博会，走进了人民大会堂，走进了党的十八大！

这里每年一度的茶叶节，吸引着四海宾朋、八方来客。

美韵自在溧阳，好茶出在溧阳。

天目湖白茶的品牌，随着茶香美韵，漂洋过海，走遍世界，誉满全球！如今已是天下无人不晓。

【动画艺术字幕：美景自在溧阳，美味自在溧阳】

这里还流传着一首家喻户晓的溧阳民谣。它也是用溧阳特色产品组成的一首诗。据传，它的作者是清代乾隆年间的宰相史贻直。

那么这首民谣已有300年的历史了。

【童声朗诵　配文字】

毛尖花红棠下瓜，黄雀青鱼白壳虾，烧卖馒头鸭浇面，芹菜冬笋韭菜芽。

这些流传数百年的古谣和特产，是由溧阳特有的山水地理环境和传统文化形成的。这家农村专业合作社生产的白芹，在市场上供不应求，十分抢手。

【以古典音乐或戏曲音乐为背景音乐】

溧阳的山美，水美，人更美。

溧阳的民居民宿，遍布山乡。

溧阳的精美特产，一村一品。

这里是沁谷南山欣龙生态园，美丽生态的旅游景点，美味可口的农家菜肴，内容众多的休闲娱乐，一定会让你流连忘返！

【童声朗诵　配文字】

故人具鸡黍，邀我至田家。绿树村边合，青山郭外斜。

开轩面场圃，把酒话桑麻。待到重阳日，还来就菊花。

【视频镜头展示　配文字解说】

这就是古代农家田园的悠闲生活。

民居民宿，在溧阳遍布山村原乡，处处可见。

人们仿佛看到马一龙、史际、狄斯彬、史普、任端书等乡贤人士，辞官归隐之后悠然的田园生活。

溧阳有2000余个村庄，其中有近10万人围湖而居，有数万人以湖为生。

这是名闻遐迩的天目湖鲢鱼、青鱼，大的有一米多长，一百几十斤重。

这是前宋水库湖畔出产的生态稻田青虾，已经誉满江南。

这是长荡湖出产的大闸蟹，被命名为“玉爪龙”，美味誉冠全国。这是螃蟹专业市场正在发往全国各地的产品。

这里不仅有黄雀、獐鸡、青鱼、白壳虾等水乡特产，还有乌米饭、雁来蕈、冬笋、板栗、野猪肉等山村美味。

这是一家专业生产溧阳特产的企业，它生产的白芹、白鱼、白茶、扎肝、雁来蕈、乌米饭等农家特产，堪称溧阳农家菜中的“三白三绝”。

溧阳南渡春刚农场，组织农业科研人员多年攻关，培育出一种优质高产的香粳稻新品系，已进入示范推广阶段。

你如果下次再来溧阳旅游，特色香粳软米饭，将会让你一饱口福!

这里是山美水美的江南明珠，更是全国闻名的美食之乡。

溧阳的天目湖砂锅鱼头，无人不晓。

溧阳人说：“没吃过天目湖砂锅鱼头，你等于没到过溧阳！”

这里是五星级天目湖宾馆，它坐落在美丽的天目湖畔。

这位就是天目湖砂锅鱼头创始人朱顺才大师。

他烹制的特色砂锅鱼头，招待过一百多个国家的贵客嘉宾。

其中好多还是国家元首、政府领导人、外国驻华大使。

凡吃过他烹制的砂锅鱼头的客人，都会要求和他合影留念。

今天，我们也来和他合拍一张。

第12集 承前启后 不忘初心

【镜画中男女声解说 配文字】

如今，这块古老而神奇的土地，正在焕发出勃勃生机！

溧阳已是全国文明城市、中国优秀旅游城市、国家卫生城市、国家环保模范城市、中国最美旅游休闲度假城市、中国长寿之乡、世界长寿之乡、中国建筑之乡、江苏省建设现代化城市试点县市……

这一块块金字招牌，凝聚着溧阳千年古城的历史底蕴，体现着溧阳人民的勤劳和智慧，展示出这个美丽城市的青春活力。

这片神奇而古老的土地，这个美丽如画的山水世界，吸引着海内外众多客人来这里观光旅游、投资创业、定居养老。

溧阳的工业企业，改革开放以来，也有了让人翘首瞩目的飞速发展。溧阳2020年位居全国百强县市第25位，溧阳在2020年全国县级市全面小康指数前100名中排第19位。

这是江苏中关村工业园区生产的旅游房车。它们正行驶在溧阳1号公路彩虹线上。

这是江苏上上电缆集团，位居全国第一，世界前十。它的电缆产品上天入海，遨游太空。

这是江苏苏华建设集团有限公司，它多次勇摘全国建筑安装的最高奖牌，成为溧阳市建筑安装行业的领军企业。

这是安顺燃气有限公司，这是天目建设集团有限公司，这是国强建设集团有限公司，这是金峰集团，这是正昌集团，这是华鹏集团，这是溧阳建设集团有限公司，这是科华控股股份有限公司……

这里的旅游事业方兴未艾，这里的历史文化源远流长。

这里还是全国闻名的红色根据地。请参观一下水西村的新四军江南指挥部纪念馆，这是将军碑帖画廊。

这是塘马战役纪念馆。它们不但展示了老一辈革命家的创业立国之路，更召唤着后来人建设伟大祖国的鸿图。

溧阳，在这块神奇而美丽的土地上，曾经创造了许多个全国第一、世界第一。

而苏华人无疑是这支队伍中的佼佼者。

他们先后摘取了中国建设工程鲁班奖、国家优质工程奖、中国安装之星奖、全国化学工业优质奖、全国优秀施工企业奖等多项国家级最高奖项。

他们被誉为这支基建铁军的排头兵，苏华建设集团被评为全国建筑业成长性百强企业。

如今的苏华建设集团，年产值超过128亿元，在本地及外地上交国家的税收，2020年已在6个亿以上.而溧阳的建筑大军，每年完成的总产值都在千亿以上。

溧阳还是名闻全球的起重安装之乡。曾经的一次装吊，就达到17000吨。这一吊，惊天动地，震惊世界。

他们被称为“基建狂人”，创下了一个个史无前例的纪录。

让欧美的装吊企业，在国际市场的竞争中，敬而远之，避之不及。

三峡大坝、辽宁舰、水立方、鸟巢、港珠澳大桥……只要是世界级的巨大工程，都有苏华人参与的身影。2020年初，苏华建设集团参与了武汉雷神山医院的建设，这是工程指挥部给苏华建设集团发来的感谢信。

他们让外国同行目瞪口呆，他们为溧阳、为祖国赢得了一个个巨大的荣誉。

这是苏华人的骄傲，也是溧阳人的骄傲，更是中国人的骄傲。

【镜头中画外音解说　配文字】

像苏华建设集团这样的工程建设队伍，溧阳有几十个之多。

而且个个身手不凡，成绩辉煌。这些琳琅满目的奖杯证书，便是对他们最好的注释。

溧阳的十万建筑大军，遍布全国各地。溧阳的许多建筑企业，已经走向世界。他们不但是建设祖国的排头兵，还是建设家乡、传承族群文化事业的带头人！

他们带头践行不忘初心的宗旨，为溧阳的文化教育事业及扶贫工作，为美丽家乡的建设，做出巨大贡献。他们甚至把扶贫工作，做到在国际国内施工的地方，他们努力帮助当地人脱贫致富，受到一致赞誉。

这是苏华建设集团定点扶贫的黄金山村。

他们中间许多人，被评为中国好人、江苏好人、常州好人、地方乡贤人物。他们受到党和各级政府的表彰，得到当地人民的拥戴和好评。

苏华建设集团领导人宋小华参加国家科技大会的照片或视频。

各类国家级大奖奖牌照片或获奖视频。

市委市政府领导给他颁发特殊贡献奖的镜头或照片。

镜头闪过族群文化研究会各理事单位企业名称或办公高楼。

溧阳建筑安装业完成的国内外各项大工程的照片或视频。

【童声朗诵　配文字】

携友濑江行，登天看摩云。弹指一挥间，屈指四十临。

回首话初程，重忆少壮情。岁月流亘去，沧海变桑林。

科技创新路，汗凝百亿金。小康幸福城，丰碑立古村。

乡贤播美名，而今天下闻。更期苏华人，楼高更一层。

今天，79万溧阳人民、683家姓氏宗亲、十余万名建筑大军，正在市委市政府的领导下，不忘初心，牢记使命，继往开来，与时俱进，迈向更加辉煌的明天！

神仙故里，江南明珠。生态乡村，人间天堂。

欢迎你再来美丽溧阳！

独幕电视剧（动画片）

横山松雪图

片头字幕，画外音旁白：

竹里寻幽径，云边上高台。

深山隐古寺，晨钟惊飞鸟。

这四句联句诗，写的是一位富商给大林寺题诗赠画的故事，虽然已过去了两百多年，至今却仍为人们所津津乐道。

片名：横山松雪图

演职员表……

1. 常州府，墨宝斋门厅

街上大雪纷飞，路上少有行人。

一群人护围着两顶轿子，由远而近，踏雪前来。

史贻直骑着高头大马，随后护卫。

轿子在一高墙大院的门前雪地上停下。

护卫人员立即分列两旁伺候。

一位乔装改扮的京城富商，下轿后来到墨宝斋的大门口，抬头看着门头匾牌。

【镜头定格在门头上的黑底金字横匾上】

特写：墨宝斋。

史贻直也是豪绅打扮，跟在富商身后，寸步不离。

一众随从，皆是家丁打扮。其中一人手持画匣在后。

一个衣衫褴褛的僧人，形同乞丐，正靠在大院门厅旁边的雪阶上，倚墙闭目养神，似醒非醒，似睡非睡，浑身上下，都是雪花。

富商看了看和尚，欲言又止，起步往台阶上走去。

史贻直也侧目看了他一下，稍一停顿，随即紧跟富商，踏上台阶进门。

大门打开一条缝，门童探出半个头张望。见黄爷等人已到，急忙大开正门。

从大门内急急跑出掌柜等人，迎上前来招呼：“黄爷，您今儿个来得特早啊！里边请！里边请！”

富商等人，拱手致礼，鱼贯而入。

掌柜忽见僧人卧在门外墙角，露出鄙视厌恶神态，欲言又止，转身匆忙追入客厅。随即示意门童又关上大门。

和尚一侧身，依然酣睡。

2. 会客大厅内，墙上挂满名家书画

宾主入座，家丁上茶后退下。

掌柜：“黄爷，今天您又带来什么墨宝？也让小的们开开眼界。”

正在作画的画人们，闻声四下围了过来，一一和黄爷等人寒暄见礼。

富商哈哈一笑：“昨日船泊芳茂山下，观景赏雪，回船后就画了一幅《横山松雪图》，今天一早，特来会访中吴各位墨家高手，听听大家高见！”

掌柜：“黄爷，您每日都有新作问世，真乃画界圣手！墨宝斋已经收藏您的多幅墨宝，今日新作快请我等饱饱眼福！”

富商命随从呈上画匣，亲自展开所带的得意之作《横山松雪图》。

画卷慢慢展开，呈现在大家面前的，是一幅气势磅礴、神韵十足的松雪图。但不知何故，后面留下一块空白。

众人看了，个个竖起大拇指，啧啧称奇：“此画大气磅礴，有帝王之气概，真是绝了！”

“此乃前无古人、后无来者、空前绝后的极品之作！”

大家称颂不已：“黄爷此画，当价值千金！”

掌柜看罢：“黄爷，您也是墨宝斋的常客了，今天由我做东，就在这墨宝斋宴厅，让大家陪黄爷等贵客，品酒赏画，一醉方休！”

史贻直道：“掌柜的，黄爷习惯京城的口味，这做东的事儿，还是由我来安排为好。”

回头吩咐随从：“去，把为黄爷备好的饭菜取上来。”

随从甲乙两人，应声而下。

3. 墨宝斋门厅内外

随从甲乙，打开大门，出门到一轿内，拿出备好的手提食盒和坛酒，一一放在门前雪地上，和尚已翻身起来，眼睛盯着两人观看。

两人又进进出出，忙碌着分次送进门去。

和尚闻得菜香，馋涎欲滴，眼看着食盒依次被提进门厅，不断随后踮脚向里面张望。

和尚趁没人时，忍不住打开食盒看看，食盒还冒着热气，便伸手拈出一块鸡肉放进嘴里，吃得津津有味。

和尚眼看着食盒美酒，全都被提进去了，只得又回门旁墙角坐下。眼看要开宴了，也无人出来邀他吃饭，和尚便又爬起来在门口徘徊，后来干脆不请自进，溜了进来，悄悄站在大家身后看画。

众人还在指指点点评画，一片溢美之词，赞不绝口。

突然，和尚开口说话了："掌柜的，依我看来，此画虽好，却没有画完，而且还缺少了一丝生机，此画并没有画活。"

众人闻声一惊，一齐向他看来，却见身后一个衣衫褴褛的和尚，正望着大家憨笑。

掌柜恼羞成怒，怒不可遏，跑过来驱赶和尚道："滚一边去，什么泼皮东西，也来这里胡说八道！你懂个屁呀！"

和尚说："嗯，我就懂个屁，懂个屁也不错啊，请问你懂屁吗？"

掌柜说："我不懂屁！"

和尚说："原来你连个屁也不懂啊！"

富商和众人皆哈哈大笑不止。

富商仔细打量了和尚一番，说："既然这位和尚懂画，就让他给我指点一二。"

掌柜："黄爷，这人不知天高地厚，把他赶走得了！"

富商制止他："让他看看也好。"

掌柜一副很不情愿的样子，示意和尚上前去看画。

富商说："这是在下拙作，还请师父指点！"

和尚双手合十：“阿弥陀佛！施主万福！”

和尚围着桌上画作，拿起放大镜，俯身仔细观看，左看右看，就是一言不发。

和尚越看越是紧张，越看越惶恐不安。

众画人围着和尚，不断讥讽、嘲笑、埋怨、责骂。

画人甲：“你这和尚，真不知天高地厚！你说这幅画没画完倒也罢了，你怎么能说没画活呢？那你倒给我们画一幅能活起来的画，也让我们大家看看。”

掌柜：“我家世代经营这个墨宝斋，却从没听说有人能把画画成活起来的。”

众人也都点头称是，附和着：“就是！就是！”

画人乙催促着：“和尚，你倒也画一幅给我们看看，光要嘴皮子可不行！”

和尚放下手中观看画的放大镜，突然惊恐地朝富商跪下说：“对不起，黄爷，对不起，各位，小人眼花，小人有眼不识泰山，小人一时胡说八道，乞求黄爷饶命。”

富商面无异色，不言不语。

和尚说罢，连连磕头，爬起来左张右望，转身就要逃跑。

史贻直一伸手把他拉了回来，顺手一转，和尚身不由己，转了几圈后，正好跌坐在椅子里。

两个随从，一左一右，将他堵住。

众人七嘴八舌，非要逼他作画不可。

和尚几次站起来想跑，又都被大家拉住摁住，不得已坐在椅子里，急得抱头大哭：“师父啊，徒儿今天闯祸了，徒儿今天没命了！你快来救救徒儿啊！你快来啊！”

众人一阵哄笑："哭有什么用？哭能把你师父哭来啊？你快画一幅能活起来的画啊！"

和尚见被四面围住，实在没法跑了，就拱手说："既然众位非要贫僧献丑，那也行。但我只有喝醉了，才能画出会活起来的醉画。"

富商一笑："来人，赏他一杯好酒。"

随从立即从坛里倒了一大杯酒，递给和尚。

和尚一口喝完，又说："黄爷，酒虽是好酒，但一杯太少，至少要一坛。"

富商说："这里有一坛酒，正好十斤！只要你喝完酒，痛痛快快地给我们画出能活起来的画，别说一坛，连这一桌子酒菜，全都赏赐给你了。"

画人甲说："老爷，你别上他当，他一定是个成天在外面混吃骗喝的无赖之徒。"

其他画人连声附和："定是无赖之徒，根本不会作画。"

和尚说："要我画也可以，可我要在黄爷这幅原图上作画。"

掌柜一听，开口就骂："你这疯癫和尚，活得不耐烦了！"

众画人："这幅画价值千金，岂容你来糟蹋！"

和尚："那我就不必画了。"

富商说："既然师父有此勇气，那就请在原图上画吧！"

和尚对富商说："君无戏言！"

富商说："决不食言。"

众画人皆说："黄爷不可，此画价值千金，千万不要给这和尚糟蹋了！"

史贻直说："黄爷，我相信这位师父，他一定会画好的！"

黄爷颔首微笑。

和尚朝史贻直感激地一揖，双手合十："施主宅心仁厚，胸怀宽大，将来定是国家栋梁、朝廷重臣。"

史贻直示意随从，递上那一坛美酒。

和尚也不含糊，端起酒坛"咕咚咕咚"仰脖子喝了起来，一口气喝了个坛底朝天。

众人面面相觑。

此时的和尚，汗滴如雨，面色泛红，走路跌跌撞撞，已有七分醉意。那提笔的手，哆哆嗦嗦，任凭墨汁滴落在原图画纸上，借着滴落的墨汁，歪歪扭扭地作起画来，不多时就收了笔。只是那片空白处，依然一片空白。

画人们围着画，转了好几圈，也没有看出这画的特别之处，更谈不上画会活起来。

大家都觉得受了莫大的欺骗和羞辱，一个个相互对视交流，掌柜则私下努嘴，示意画人们动手，教训和尚。

画人们挽起了袖子，上前就追打和尚。和尚围着富商转圈，画人们不敢放手打，被史贻直制止了。

富商问道："你画完了吗？"

和尚说："还没有！"

富商："那你继续画吧。"

和尚用嘴吸了一口墨汁，又端起酒杯喝了一口酒，含在嘴里，撑得两腮鼓鼓的，来到画前，左看右转，突然间张开嘴向上空就是一喷，只见那混了酒的墨汁，纷纷扬扬，像蒙蒙细雨，都落到了画图上，慢慢地演化成一朵朵雪花，飘飘洒洒，随风舞动。那漫天飞舞的雪花，衬着苍松翠竹，群山隐约，果然是活灵活现的一幅《横山松雪图》，连空白处也是大雪纷飞。

众人大惊失色，目瞪口呆，无不啧啧称奇。

和尚扔笔拍手，径自来到桌前，狼吞虎咽，大吃大喝起来。

不多时，就风卷残云，桌子上一片狼藉。

酒足饭饱之后，和尚就想开溜，欲离开此地。

富商一使眼色，随从立即把他拦住。

富商拍打着画尺问道：“你叫什么名字？是跟谁学的画？”

和尚口中有食，含糊其词地说：“我叫思缘，思想的思，缘分的缘，是大林寺的和尚，我……我是从小跟我师父学的画。”

富商突然哈哈大笑：“你出家做了和尚，还思念旧缘啊？”

思缘正色道：“黄爷有所不知，佛家讲缘分，万事万物，皆由缘而生，因缘而起，随缘而定！”

掌柜指着和尚骂道：“混账东西，不识抬举，这位爷你也敢冲撞？你知道这位爷是谁吗？这位爷是刚从京城来的大老板，他富甲天下，连整个常州城都买得起，你也不撒泡尿照照自个儿，真是瞎了狗眼！”

和尚恼羞成怒，醉醺醺地说：“你……才瞎了狗眼，你，你，还有你，你们一个个……都瞎了狗眼。我告诉你，整个天下……都是他的。”

掌柜气得七窍生烟，上来就是一耳光，还要再打，史贻直一把抓住他的手腕，方才罢休。

富商疑惑地问和尚：“你凭什么说整个天下都是我的？”

和尚顺势一跪，惶恐地说道：“皇上当年随圣祖爷到大林禅寺巡视，圣祖爷在大林寺御笔题词：‘竹里寻幽径，云边上高台’，就是思缘在一旁研墨侍候的。那一年，思缘才七岁。”

富商脱口而说：“那一年，朕也是七岁。”

此言一出，众人大惊失色，方知富商是当今乾隆皇帝。

众人皆俯伏在地，齐呼：“万岁！万岁！万万岁！”

一个个不停地磕头告饶，诚惶诚恐。

乾隆让大家起身说话，众皆伏地，不敢抬头。

思缘道：“皇上，我师父经常到这个店里，收藏上好的字画。有一次，我师父得到一幅画，仔细观摩后，大为震惊。他曾在护国寺见过皇上的真迹《残荷图》，也临摹了一幅，一对照笔法，竟是毫无二致。方知此画乃出于圣上之手。我从小得师父真传，刚才从画作画法笔锋中，就参透了这幅《横山松雪图》，也定是出自当今圣上之手。”

乾隆哈哈大笑，搀起和尚，感慨地说：“想不到你竟有如此才华，你那师父，想必更是世外高人。朕有一难题，不知你们师徒能否帮朕化解？”

思缘双手合十："皇上请讲。"

乾隆踱着步子说道："有人呢，给我出了这么一对联诗：'深山隐古寺，晨钟惊飞鸟。'要我配上一幅相得益彰的画图。只是晨鸟易描，钟声难绘。更难的呢，还是那个'隐'字，既然隐，就不能露出脊梁、片瓦和飞檐，这真是让朕煞费苦心，百思难解！"

众画人听罢皆摇头摆手表示："我等也画不出来。"

思缘说："如果皇上有心，明天清晨，请带上各位，到横山大林禅寺，喝茶作画，到时我会给皇上一个满意的答复。"

乾隆眼望史贻直，两人微微颔首。

4. 横山大林禅寺，知客厅

清晨。大雪纷飞，满地皆白。

思缘伸着懒腰，打开庙门。

山门外，乾隆、史贻直、掌柜等人，身披雪衣，头顶笠帽，站在雪地中。

思缘惊喜万分地叫道："皇上！皇上！您真的来啦？"

乾隆伸出一根手指，放在嘴上一"嘘"，思缘心领神会，把一众客人，引入寺院。

乾隆边走边说："朕闻'大林禅寺'四字，乃明太祖御笔题匾，果然寺院规模宏大，庙宇巍峨，可怎么院内门前，少有僧众俗人，一片荒凉衰败景象？"

思缘说："皇上，您一进寺院，即能看破真相！"

众人进入大殿，脱去雪衣笠帽，乾隆又问道："思缘，你师父呢？快去传来，让朕一见，朕倒要问个明白。"

思缘闻言，扑通跪倒，哽咽道：“我师父是从少林寺云游而来的高僧，法号达能，已经圆寂五年了。”

乾隆问道：“你师父高寿多少？”

思缘：“103岁。”

乾隆：“已是人瑞了！你师父既已圆寂了，为何当初不告诉朕？你还把朕骗来，到底有何用意？”

思缘讨饶道：“皇上开恩，请让小僧慢慢道来。五年前师父圆寂，把寺庙托付给了我，我却把心思全放在了学习赋诗作画上，别人施舍的银两，全让我用于书画收藏。由于疏于管理，寺庙败落，师兄师弟们把所有的字画席卷一空，全都散去了。寺庙因无僧无众，自然无钱，许多寺殿房舍，已多年未经修缮，眼看就要坍塌了。”

乾隆：“哦，原来如此！”

史贻直：“圣上，臣当年赴京赶考，曾途经大林寺拈香问佛，寺院方丈达能是个高僧，曾言我将遇盛世明主。”

乾隆：“可惜法师已仙逝，而今庙宇却衰败，真是罪过啊！”

思缘：“我虽无钱修缮庙宇，但我也不想让师父一生的心血全毁在我的手里，万般无奈之下，才出此下策，因为只有皇上的到来，才能让那些官吏富商，肯出钱修庙，招僧引人。请皇上恕罪思缘，开恩大林。”

乾隆：“思缘，你字画出众，技法湛然，画画已是出神入化，何不卖些字画，筹资解难，以脱困境？”

思缘：“皇上有所不知，怎奈那些书画藏家，因小僧毫无名气来头，为人又是疯癫古怪，不肯阿谀奉承他们，就是将画白送给他们，也是不肯受的！”

乾隆回头问掌柜："此话属实吗？"

掌柜低首称是。

乾隆恍然大悟："原来你们收藏朕的字画，不是因为朕的字画好，而是因为朕的名头大。"

掌柜等人皆伏地谢罪："皇上圣明！"

思缘："皇上，皇上，小僧绝无此意！"

乾隆转身对史贻直说道："史爱卿，这思缘因学字习画而荒废了寺庙，朕不是也因贪恋诗画而荒废了朝政嘛，朕跟这大林寺和尚，又有何区别？"

史贻直："皇上，朝政并无荒废之事，况深明此理，知之不晚！"

思缘说："皇上，昨日出的那道难题，我会给皇上一个答案的。请皇上从后山沿着石阶小径下去，找到半山腰中的登仙台，那里有个一壶泉溪潭，您在那半山腰里等我，就会明白了。"

乾隆闻言，点了点头道："且待朕去看看！"

5. 登仙台处，一壶泉小溪潭畔

乾隆和随从一行数人，冒雪来到后山半山腰中，果然看到了一块大平台，足有五十平方米，旁边竖立岩石上，写有"登仙台"三个大字。平台旁边有个小溪潭，溪潭上面已结冰盖，但仍有泉水淙淙，溢过潭面，顺着山径小溪，流向竹林深处。

这时，竹林松荫间的石径小路上，走来一个挑水的和尚。

他不是别人，正是思缘。

他从容地来到溪边小潭，用扁担戳破冰盖，打满两只水桶，临挑走的时候，回头朝着乾隆和掌柜等人笑了笑，便径自挑水上山去了。

乾隆目送着思缘走后，吩咐道："立刻回寺。"

随从不解地问："皇上，和尚还没给出答案，就这样轻易放过他？"

史贻直用手中的马鞭在随从的脑壳上一敲，责怪道："榆木脑袋不开窍，圣上已经知道答案了。"

随从莫名其妙地直挠头皮。

6. 大林禅寺，画室内

乾隆回寺后，就迫不及待地让人准备好笔墨纸砚，铺开画作，笔走龙蛇，如有神助一般，在《横山松雪图》的空白处，补上了一幅画。

史贻直看罢，大为赞赏："大雪纷飞，松竹叠翠，一条曲径通幽的石阶雪路，一直延伸到山腰中的冰雪小溪潭边，登仙台上，几个人正在憩歇，一个和尚正在凿冰取水，这说明前面大雪覆盖的山中，必定隐有古刹寺庙，妙！再看那空中杂乱无章的飞鸟，肯定是遭到晨钟的惊扰，纷飞而起。此画让人看后，如入仙境，如闻钟声，如见古寺，妙妙妙！"

乾隆得意之情，溢满脸上。

史贻直："这幅画有声有色，把'深山隐古寺，晨钟惊飞鸟'表现得淋漓尽致，恰到好处，真是妙不可言！妙不可言！"

掌柜惊叹不已："圣上此画，已是无价之宝！"

乾隆幡然醒悟："山外有山，天外有天。这思缘和尚聪慧异常，技高一筹，朕有所不及。思缘给朕上了很好的一课，让朕大彻大悟。朕后悔当初不听爱卿的良言忠谏，只顾学画作诗，游山玩水，置江山社稷于不顾。"

史贻直："皇上深明此理，是国家社稷、黎民百姓之福！"

乾隆长叹："朕下不如思缘，上不达圣贤！要是有你和思缘这样的人，常年陪伴在朕左右，朕就会保持清醒，少有差错了。"

史贻直乘机说道："皇上何不将此《横山松雪图》给大林禅寺呢？"

乾隆："朕亦有此意！"

乾隆说罢，拿起画笔在上面空白处题上诗句：

竹里寻幽径，云边上高台。深山隐古寺，晨钟惊飞鸟。

并在画上题跋及落款处盖上印章。众人皆称贺不已。

乾隆当即宣思缘等僧众觐见，让史贻直将此画赐给思缘。

思缘跪接后说："皇上，思缘……还有一事相求。"

乾隆："不知何事？"

思缘欲言又止："思缘……再不敢乱说了！"

乾隆："恕你无罪，但说无妨！"

思缘："思缘想把皇上所赐之画出售给墨宝斋掌柜，将所得善款用来修缮大林禅寺，以此中兴佛寺，弘扬圣恩。"

乾隆："此乃正事，朕予准许。"

乾隆转身对掌柜说：“你给他百两黄金、千两纹银，收入此画如何？”

掌柜伏地跪言：“叩谢圣恩！”

乾隆对思缘说：“你和朕也是有缘，朕今日再指给你一条财路，朕走之后，你可自立一大林书画坊在寺内，每月出售一些书画之作，以补济寺院费用之需。”

思缘大喜：“圣上有此言，大林将重辉！”

思缘和僧众叩谢圣恩。

史贻直：“自此大林书画，必将名垂千秋！”

乾隆：“待你修缮完毕之后，可将新修缮之大林寺，照景画册，送来京城，让朕和史爱卿也能看看。”

思缘：“善哉善哉！阿弥陀佛！圣上之嘱，思缘谨记心上。”

掌柜：“皇上圣恩浩荡，我等今后定将鼎力资助大林禅寺！”

乾隆转身对史贻直说：“朕作为一国之君，不该沉湎于诗词书画之中，自以为是！朕当学思缘重振大林禅寺之志，朕亦应重振大清朝纲，中兴盛世。传朕旨意，明日一早，启程回京。”

思缘伏地泣拜：“思缘祈望圣驾，再次莅临！”

史贻直俯身领旨：“皇上圣明，臣等遵旨！”

7. 寺院山门外

思缘等僧众及掌柜、画人们，在山门前雪地中为皇上送行。

山道上大雪覆盖，一驿人骑马正直奔山门而来：“急报！急报！京城急报！”

众人惊愕，皆向驿人望去。

驿人下马后跌跌撞撞，来到寺院山门前，方才力竭倒下。

史贻直匆匆赶过去，从驿人手中接过驿报，呈与乾隆。

乾隆打开，御览……

【全剧完】

2020 年 7 月 31 日夜草于苏华集团办公室

2020 年 8 月 2 日夜改定于苏华集团办公室

影视文学动画片

人心不足蛇吞象

片头：

1. 傍晚，天色将暗

远景：

青山绿水，千山绵延，深山峡谷，一望无际。

近景：

崇山峻岭中，一条清江团团围住一座山寨。

云山雾海下面，高山密林之中。

镜头慢慢推近，显出一座深山古寨。

镜头拉近至山寨门楼。

树荫空间里显出三个特写大字：王家寨。

画外音旁白：

在几千年前，这个古老而神秘的村寨，曾经演绎过一个人心不足蛇吞象的神话故事。

在各个片花镜头变换中，画外音在继续旁白：

几千年来，这个故事一直在民间广为流传。

字幕推出：

神话故事剧：人心不足蛇吞象

演职员表……

2. 夜晚

深山老林中的王家寨，笼罩在夜幕之中。

镜头由近而远，变成一片漆黑，偶尔传来几声狗吠声。

镜头再由远而近，看到几点游动的灯笼、火把之光。

近景：

清江围绕的山寨，有一条索桥。

索桥上，人们手持灯笼、火把来来往往。

3. 全景

王家寨内。

王家大院。

近景：

大门内外。

镜头慢慢拉近。

人们进进出出，忙个不停。

镜头拉近至王家大院门楼。

特写：王家大院。

4. 近景

大院内外，张灯结彩。

五十多岁的王员外，率下人站在台阶上，不住地打躬作揖，迎送宾客。

5. 镜头由远而近

陈姑从内院急急赶来，走过一进院子，又跨进一进庭院。

6. 陈姑来到门外禀报：老爷，老爷！

王员外：什么事儿？

陈姑环顾左右客人不语。

王员外退后几步，低声问道：陈姑，到底什么事儿？

陈姑：（附耳轻声说）夫人就要生了！

王员外一愣：哦！是吗？

王员外转身对客人：赵兄、钱兄，夫人怕是临产了，恕老夫不能远送！

宾客们一一道贺之后，相继告辞离去。

7. 高墙深院内

王员外急急随陈姑向内屋走去。

两人走过一进，又是一进，一连走了三进院落，来到夫人卧室。

王员外被一妇人拦在卧室外走廊上：老爷，这里是血地，你不能进去！

王员外只得在走廊上等候。

王员外在房门外焦急地走来走去。

王员外不断拦住进出人员打听情况。

8. 大门“吱呀”一声打开一条门缝，一妇人露出脸庞，朝门外两侧察看

王员外忙迎上前去。

妇人抬脚走出门来。

王员外上前急问：张妈，夫人怎样？

张妈：老爷，夫人年纪大了，看来是难产！你要有所准备！

王员外再三作揖，恳请接生婆努力消难，并不断送银赠钱。

接生婆张妈道谢后，匆匆返身入内。

门“吱呀”一声关上，险些夹住王员外的头。

9. 王员外转身进入中厅，堂中佛像下，香烟缭绕

几个尼姑正在念经唱佛，梵音绕梁。

下人们进进出出，十分忙碌。

王员外拈香上供，一脸虔诚。

王员外俯身跪拜佛像，双手合十，口中念念有词：“大慈大悲救苦救难观世音菩萨保佑！”

王员外在佛像前烧香磕头，祈祷许愿。

10. 忙碌的下人们继续进进出出

人们脸上都是凝重之色，谁也不说一句话。

里外一片可怕的寂静。

王员外在廊檐下走来走去，焦急不安。

11. 门又打开

陈姑匆匆跑出：老爷！老爷！

王员外紧张近前：陈姑，夫人她，她没事吧？

王员外头上汗水淋淋，神情紧张。

陈姑：夫人她……夫人她……

王员外：夫人她怎么啦？

陈姑：她……她终于生下了！生下了！

突然，屋里传出婴儿啼哭声。

王员外长吁一口气：菩萨保佑！菩萨保佑！阿弥陀佛！阿弥陀佛！

12. 陈姑欲回身进屋

王员外拦住欲走的陈姑：陈姑，是男孩还是女孩？

陈姑：夫人生了个大胖公子！恭喜老爷！贺喜老爷！

王员外发赏钱给陈姑及下人。

众人一一致谢。

众人都来唱诺贺喜。

王员外不断发赏钱给下人。

13. 王员外走在大院道上

内心旁白：

谢天谢地，想不到我王某将近花甲之年，竟然老来得子！

王员外：我王家万贯家财，终于有传了！我有儿子了！

王员外在院子里呼来跑去：哈哈哈哈！我有儿子啦！

笑声在夜空中传播远去。

大树上惊起两只飞鸟。

14. 入夜

近景：

王员外家内外。

大厅外。

送礼贺喜的人络绎不绝。

一群孩子在嬉闹放鞭炮。

15. 大厅内

特写：《观音送子图》，高悬中堂。

宴会全景：

一眼望去不见边。

王家正在为儿子王象举办庆贺满月喜筵，大厅筵席间，宾客满屋，笑语喧哗。

近景：

王员外夫妇给来客一一敬酒答谢。

陈姑怀抱婴儿跟随后面。

特写：婴儿镜头。

婴儿眉心间，有一个红色圆点。

画外音旁白：

这就是本片的主人公——王象。

16. 宴会中

人们纷纷献上吉言，恭维王员外。

甲：这孩子一脸福相！

乙：这王象真的与众不同！

丙：是啊！王象王象，帝王之相，不是做王，便是为相！

众人随和：是啊，公子前程不可限量！

众人附和声不断。

王员外乐不可支。

夫妇俩不断弯腰点头，致礼致谢。

17. 一群男亲友在喜筵上猜拳喝酒，嬉闹不停

王员外在劝酒敬酒，与宾客同饮。

夫人：老爷，今天你喝得不少了！

王员外：哎，今天是大喜的日子，能不喝吗？来来来，大家满上满上，一醉方休！一醉方休哦！

王员外醉意微醺，到处敬酒。王象在女宾们手中传来传去。

众人啧啧称赞，夸其福相。

陈姑寸步不离，跟随左右。

王员外和宾客们都喝醉了，趴在桌上。

王员外被家丁送进卧室，家丁退下。

夫人、陈姑架他上床。

18. 深夜，大院内

鼓乐声中，演员们在戏台上唱《白蛇传》。

来客和邻居们熙熙攘攘在台前看戏，有的席地而坐。

台下喝彩声、哄闹声一阵又一阵。

陈姑怀抱王象，陪同夫人看戏。

19. 王员外卧室

一位家丁匆匆赶到，神色慌张：老爷！

王员外酣睡不醒。

家丁急得无措。

家丁摇醒王员外：老爷！你醒醒！

王员外：什么事？

家丁：老爷，不好了！

王员外：何事惊慌？

家丁：老爷，刚才有人来报信，黄鼠岭一伙强人，正向王家寨赶来！

王员外：啊！是那黄鼠岭的一伙强盗吗？

家丁：正是！

王员外翻身爬起，站立不稳，家丁忙扶住。

王员外对其他家丁吩咐：快……快去组织家丁，关上寨门，准备守寨！

众人喏喏而去。

王员外慌忙中穿戴一番。

20. 大院外广场

家丁来到戏台吩咐：老爷吩咐，不要唱戏了，不要唱戏了！强盗要来了！

手下人大呼：寨主有令，大家快回家中拿了武器，去守卫寨门！

众人轰散，乱成一片。

21. 夜色中一群黑衣人骑马往王家寨疾驰而来

寨门前，几个家丁在值守寨门。

守门的头儿对几个家丁说：你们几个在这儿守着，我去喝杯喜酒。

头儿带几个家丁进寨而去。

一黄衣人带一群黑衣人骑马而至。

他们冲过索桥，来到寨前。

来人个个戴着面具。

家丁们上前阻拦。

22. 黑衣人在门楼下被家丁阻挡在门外

黄衣人拔剑指挥打斗，杀死守门人。

手下人迅速移走守门人。

一群黑衣人用巨木撞开寨门。

一群黑衣人在王家寨门楼下鱼贯而进。

一群黄鼠在巷道里乱窜。

23. 巷道上

王员外率家丁们正赶往门楼。

路上与黑衣人相遇，双方打斗。

王员外等人不敌，退回王家大院，关上了门。

24. 黄衣人从楼檐下飞过

一群黑衣人围住王家大院。

几个黑衣人翻墙进入内室。

25. 黑衣人在内室抢劫金银财宝，被家丁们发现，双方打斗，家丁被杀

黑衣人洗劫金银财宝。

陈姑呼叫抓贼，王员外带人赶至。

双方再度打斗。

黄衣人掩护黑衣人劫宝后退去。

26. 几个黑衣人同时在四下点火

一场大火从四面烧起，映红四面江水。

四下里敲锣声、喊叫声、狗吠声骤起。

27. 王员外指挥家丁救火

黄衣人飞镖击中王员外，王员外倒地，被家丁救进屋中。

人们在火海中四散逃命。

火势越烧越旺，到处一片哭喊声！

28. 夜空中

牛头、马面正在半空中俯视。

凡界一片火海。

王家寨门楼在大火中轰塌。

一条青龙从江中飞出，牛头、马面上前拦阻。

牛头：三太子为何至此？

青龙：何人在此放火烧寨？

马面：乃黄鼠岭强盗黄鼠精纵火所致。

青龙：黄鼠精为何要火烧王家寨？

牛头：他们前世有冤仇。

青龙：前世有仇？

青龙看着王家寨火海中窜逃的人们。

29. 镜头拉近

一个母亲怀抱幼子，在不断倒塌的火墙中逃窜，母亲拼命保护孩子，不断躲避火害。

特写：一群黄鼠追在母子后面。

30. 一座座房屋，在大火中轰然倒塌

宾客们在火海中争相逃命，一些家丁在奋力击杀强盗。

王员外在火海中寻觅妻儿，王员外被火墙隔住，无法走近妻儿。

王员外被黄衣人偷袭击中。

一群黑衣人围击受伤的王员外，王员外在家丁保护下边战边退。

王员外被倒塌砖瓦砸中，终于不支倒在火墙下。

许多家丁被大火所迫，跳入江中求生。

31. 近景

一群黑衣人变身黄鼠，一拥而上，抢食王员外尸身。

特写：转眼变成一具骷髅。

黄衣人招手率众骑马退去。

身后黑衣人推着一车车抢来的金银财宝急急上路。

强盗们跑过索桥，转眼消失在山林之中。

王家寨被洗劫一空。

一群黄鼠跟在后面退去。

32. 天空中诸鬼神目睹这一切

青龙与牛头、马面激烈争执。

牛头屡屡阻止：太子不可救人！

青龙：我怎能见死不救？

牛头：我等奉阎王御旨，守候此地，不得让此二人逃匿火海，要带他夫妇去阴曹地府！

青龙：你就忍心让他们母子活活烧死？

马面：他夫妻二人不死，我等怎么回去向阎王交差？

牛头、马面挡住青龙，青龙犹豫，火势又蔓延开来，母子又处火海之中。

众人目睹大火吞没母子及陈姑三人。

33. 俯拍：火海全景

江水被大火映红。

火海中，人声嘈杂，呼救声不断。

王夫人在大火中被烧成重伤。

王夫人踉跄跌倒在地。

怀中婴儿啼哭。

特写：王夫人泪如雨下。

王夫人在大火包围中，解开衣襟，给啼哭的儿子最后一次喂奶。

陈姑赶来，欲救母子。

王夫人挣扎不起。火海越烧越近。

王夫人不断退缩，已是无路可退。

陈姑不顾一切，呼叫着冲进火海，来到夫人身边。

王母拼尽全力将儿子托给陈姑：以后，你就是他的亲娘！

陈姑含泪点头。

陈姑双手接过孩子。王夫人慢慢倒下。

陈姑抱着王象，左冲右突，寻找生路。

四周皆是大火，无路可逃！

34. 青龙飞至大火上空

青龙施法，乌云翻腾，电光闪亮，霹雳声声。

江面上顷刻间风雨大作，一条水柱冲天而起。

35. 天空中诸鬼神目睹这一切

大雨形成一道雨幕，将陈姑二人罩在雨幕之中，大火再也不能近身。

雨幕罩着陈姑两人进退，护佑陈姑二人脱离一道道火海。

36. 牛头、马面拦阻青龙

双方在空中激烈争执打斗。

下界大火熊熊，王家寨人一批批被烧死。

青龙眼看下界拼命逃离火海人群，坚持再降下一阵大雨。

37. 大火终被浇灭

到处是浓烟断垣废墟。

陈姑抱着王象，艰难逃出火海。

38. 青龙注视下界

特写：婴儿在陈姑怀中啼哭挣扎。

陈姑泪流满面，百般呵护。

陈姑摇晃着从废墟中爬起来。

39. 牛头、马面眼见陈姑二人已离火海

牛头、马面同时暗递眼色，突然间对青龙出手。

天空中一声霹雳，雷电交加，两人剑叉同时击中青龙，青龙摇晃不支。

夜空中电光闪闪，雷声隆隆，天崩地摇，一声巨响！

40. 人们抬头仰望夜空

闪电中，一条青龙从云端跌落，坠入山中。

夜幕中划过一道闪光，人们一阵惊呼。

夜空中传来佛音：

王家寨的人们请记住，是龙王三太子舍身降雨，救了你们！

人们纷纷伏地而拜。

陈姑紧紧抱着幼子，跪地望着夜空。

身后是一片废墟和一具具尸体。

41. 黄鼠岭山寨中

一箱箱抢来的珠宝堆满场内。

黄衣盗首（黄鼠精）正与手下喽啰议事。

盗甲：大王，那王家寨已成一片废墟了。

黄鼠精：当年我在灵山天界，偷喝天尊灯油，就是

王象那小子告的密，害得我被天尊打入人间！今天总算报了此仇！

盗甲：大王，为何那条青龙处处与你作对？

黄鼠精：因为我在天尊面前嫁祸于他，说是他让我偷喝灯油的，所以那青龙恨我！

盗丁急急呼报：大王，王家寨大火被青龙降雨灭了！

黄鼠精：什么？又是青龙？

盗丁：那青龙降下大雨，把火灭了！

黄鼠精：那王象烧死没有？

盗丁：报大王，这个不知道！但那青龙被牛头、马面联手袭击，受了重伤，跌落大巴山中了！

黄鼠精：小的们，快快与我搜山，定要抓住那受伤的青龙！

众人：是！

强盗们纷纷上马出发。

马队从山洞口疾驰而出。

42. 黄衣人回忆

黄鼠与青龙在天庭打斗，黄鼠与青龙从天上打到地上，黄鼠不敌青龙，被打翻在地。

如来路过叫停：刀下留人！

青龙押了黄鼠，拜见如来。

如来对青龙说：你愿随我去往西天吗？

青龙：愿尊佛命！

黄鼠：我也愿意！

如来沉思片刻：你有罪孽在身，且去凡间芳茂山黄鼠岭修身养性，参禅打坐，以赎前孽！

黄鼠精：弟子遵命！

如来拂尘一扫，黄鼠翻身跌落云端而去。

43. 全景

山区：大雪纷飞，天寒地冻，北风呼啸。

近景：

少年王象挑着两捆柴，在积雪的山道上行走。

特写：雪地脚印，王象破鞋处露出脚趾。

近景：

古镇集市处，天空飘着雪花，行人稀少，来去匆匆。

王象在一处集镇空地上停下。

两捆柴呈人字形支撑竖在一起。

王象几次招呼卖柴，无人理他。

王象冻得呵手跺脚。

镜头摇向马路对面包子铺。

特写：人们在争相买包子。

一个个大口吃着包子。

近景：

人们手拿口吃着包子，说笑着从王象面前走过。

王象又冷又饿，摸遍全身没有一个铜板。

特写：王象直咽口水，眼睛盯住包子。

镜头又拉近至对面包子铺。

镜头拉近：一个小姑娘在店铺中，小姑娘一直在看着王象。

小姑娘特写：十二岁左右。

特写：小姑娘沉思片刻。

近景：

小姑娘手抓包子，来到王象面前。

特写：王象看着包子，咬着嘴唇。

小姑娘将包子递给他。

王象摇了摇头。

近景：

小姑娘把包子塞到他手上说：你吃吧，你一定饿了！

王象犹豫一会儿，大口吃了起来。

特写：小姑娘看着王象吃包子，脸上露出笑容。

铺子里传来她爹的呼叫声：小翠！

小姑娘答应着，跑了回去。

远景：

小姑娘和一个老汉说话，不时指着王象。

老汉在张望着王象。

小翠不停央求老汉，摇着他的胳膊。

老汉朝小姑娘点点头。

近景：

王象怔怔地看着对面的小姑娘。

王象内心独白：小翠，你真好！

近景：

又一批路人经过。

王象又追着吆喝招呼路人买柴，但无人理睬他。

王象追着央求一穿皮袄的富翁买柴：林老板，你把我的柴买下吧！

特写：林老板极不耐烦，面目凶狠：滚开！

王象边追边说：林老板，你是开药店的大老板，就当积德行善，做点好事吧！

林老板将他一脚踢开，王象倒在地上。

身后几个随从过来，拳打脚踢，喝骂王象。

将王象打了一通，方才扬长而去。

近景：

小翠在对面看着。

特写：小翠眼含泪水。

小翠又抓了两个包子跑过来。

王象挣扎着爬起来。

特写：王象鼻子流血。

王象用袖管擦鼻血。

小翠双手递过两个包子，王象急急摆手。

小翠：你吃吧，不要你钱的！

王象犹豫片刻，从怀里抽出一块布，小心地将包子包起。

小翠催促他吃掉：你快趁热吃呀！

王象：带给我娘吃。

小翠点点头：你把柴卖给我家吧！

王象：你家要买柴？

小翠点头：刚才我跟我爹说了，他说要买你的柴，以后天天买你的柴。

王象挑起柴火，对小翠说：小翠，这柴火，我送给你们店里！

王象从店里出来，手里捧着一篮包子。

小翠和她爹送王象出店上路。

小翠和她挥手告别，两人望着王象远去。

44. 近景

傍晚。

王象挑了一担柴进院子。

王象放下柴，进屋。

茅草床上，陈姑病卧在床。

特写：墙角边一个用砖垒成的小灶里，有小火苗在闪烁，上面一个药罐在冒热气。

小翠正在给陈姑小心喂药。

王象翻遍所有锅碗，找不出可吃的东西。

陈姑：象儿，不要找了，家中早就断炊了。

王象：娘，你还没吃吧？

陈姑：这抓药的钱还是小翠出的！

王象：谢谢你呵！

小翠莞尔一笑，继续喂药。

王象：待我去镇上卖了柴，换点吃的回家。

陈姑：象儿，你和小翠先到后山上摘几个山桃子吃吧。

王象走出茅屋，向桃树林走去。

王象在树上摘桃吃，不时抛给树下的小翠。

小翠在衣兜中藏了些桃子，留给母亲吃。

小翠在树下捡桃子，突然在草丛中发现一条受伤的青蛇。

小翠惊呼：有蛇！有蛇！

王象从树上下来。

青蛇伤重，奄奄一息。

王象与青蛇对视。

王象起身欲走，被小翠拉住：王象哥，这蛇伤得好重！

不远处一群黑衣人走过来。

王象：他们是强盗，快藏起来！

黑衣人边走边说：应该就在附近不远。

王象和小翠躲在树后。

盗甲：大家四下去找，那青龙受了重伤，必然会变回原形，千万不要错过！

盗乙：这么大的深山老林中，藏一条青龙，我们到哪儿去找啊？

众人：不找了不找了，都找了这么久了，到哪儿去找啊！

盗乙：听说那青龙原来是龙王三太子，神通广大，就是找到了，我们也不是对手！

盗丙：我们找青龙，其实是找死！躲它都来不及呢！

盗甲：回去禀报大王，就说那青龙死了，被清江江水冲走了！

众人：对对对，快回去吧！我们都饿坏了！

众山盗翻身上马而去。

王象回顾青蛇，见青蛇向他点头。

小翠：那伙人肯定是找这条青蛇的。

王象：看样子它伤得不轻。

小翠：我们要救救它，不能让它落在那些强盗手中！

王象脱下衣服，和小翠小心翼翼地捧起青蛇，带回家中。

45. 王象和小翠给青蛇清洗伤口，小翠敷上草药包扎

王象找来一个荆条篓子，小翠在里面铺上衣被。

两人小心翼翼地将青蛇放进篓子里。

陈姑在荆篓外面罩了一层布。

小翠与王象告别回家。

陈姑示意王象出门送她。

两人依依难舍，王象目送小翠远去。

夜，王象睡不着，在黑暗中回忆白天救青蛇的事。

陈姑在屋里走来走去，陈姑对着月光回忆——大雨幕罩着她怀抱着王象逃出火海。

陈姑回想青龙跌落大山之中的情景。

陈姑喃喃自语：这条青蛇肯定是降雨的龙王三太子，它是我们的救命恩人！

46. 一群黑衣人满山搜寻青龙，终于在王象家屋后山地上发现血迹

循迹寻找到青龙所在，黑衣人向前搜索而去。

一黑衣人问同伴：会不会躲在这户人家？

同伴：你看这家四面是洞，到处空空，能藏得住青龙吗？

两人边找边向前走去。

月光照在床上，王象正在梦中：

青蛇变成一青衣男子，来到王象面前。

向陈姑、王象叩谢救命之恩。

王象大叫醒来：娘！娘！我梦见青蛇了！

王象告知母亲青蛇入梦之事。

两人立即掌灯去看青蛇，青蛇在荆篓中盘卧。

陈姑掀开围布，只见青蛇两眼放光，似两颗夜明珠，一闪一闪，放着青亮之光。

47. 陈姑要王象跪下，王象不肯

陈姑：它是我们的救命恩人！

王象不信，陈姑逼王象跪下。

陈姑问青蛇：你是不是被打下天界的龙王三太子？

王象：娘，你瞎说什么呀！

陈姑：如果你是龙王三太子，请点三下头！

青蛇果然点了三下头。

王象惊得目瞪口呆。

陈姑：象儿，它就是降雨救你命的恩人。

陈姑开始向王象讲述青龙救火的往事。

回忆镜头重现：王夫人托子陈姑……

王象：娘，你就是我的亲娘！

两人泪流满面。

48. 白天

王象送柴到小翠包子铺，小翠将王象拉至一旁。

小翠：那些黑衣人天天在周围转悠，青蛇藏在你家里很危险的。

王象：我砍柴发现有个山洞，藏那儿最安全！

小翠：那我们去看看那个山洞。

王象和陈姑、小翠三人护送青蛇入洞。

里面一片漆黑，王象不敢进洞。

小翠掀掉荆篓围布，青蛇昂头，目光如炬，照得里面一片光亮。

王象大喜，三人进洞，放下荆篓。

王象交代青蛇：我和小翠会天天送饭进来的。

青蛇点头，王象和小翠掩盖洞口后离去。

青蛇在洞内游动。青蛇变成一青衣男子。

青蛇在运气练功疗伤，旁边放着荆篓。

49. 夜晚

青蛇化成一道青光，在山间飞旋。

青蛇口中衔咬一朵灵芝，飞回洞中。

青蛇用灵芝上的粉敷伤口。

50. 黄鼠精带着一群山盗，来到山头上，四下张望寻找

盗甲：大王，昨晚上有道青光在山腰中飞旋，怕是有神仙降临。

黄鼠精：是青光吗？

山盗：小的们看得明白清楚，是一道道青光在大山中飞来飞去。

黄鼠精：今晚上你们四下在各山头守着，要是青光再现，一定要注意他的出入之处，不可妄动！

众人：知道了，大王！

黄鼠精：既然是青光，可能是那青龙又现身了！

黄鼠精内心旁白：看来青龙伤势好了，我可不是他对手！

黄鼠精率众怏怏离去，黄鼠精忽然半路停住，对山盗丁：你留下，监视王象住屋，不可轻举妄动！

黄鼠精率众山盗化作一阵流星逝去。

夜空中，一阵阵黄鼠和猫头鹰凄厉的怪叫声。

51. 包子铺中

王象和小翠在卖包子。

黄鼠精带着喽啰们，来包子铺吃包子。

吃客们吓得纷纷外逃。

黄鼠精看到小翠漂亮，目光一直盯着她转。

小二送上包子，被打落在地，黄鼠精指名要小翠伺候。

一伙人围着调戏欺侮小翠。

王象上前阻拦被打。

小翠爹忙来圆场赔礼。

黑衣人打人，店里伙计们为此和黑衣人争斗。

黄鼠精百般调戏侮辱小翠。

黄鼠精：小娘子，跟我去山寨做个压寨夫人！

小翠打黄鼠精耳光。

众人打斗，黄鼠精和手下人大开杀戒。

黄鼠精抓了小翠夺门欲出。

小翠爹拦住打斗，救出小翠。

王象持棍和黑衣人打斗。

小翠爹叫王象：快走！你带小翠快逃！

王象拉着小翠逃出。

黄鼠精杀死小翠爹，四下找寻小翠，未果。

黄鼠精叫手下放火烧店。

大火熊熊，包子铺被烈火吞没。

小翠在半路上看到大火。

小翠哭叫着要回头找爹。

王象死死拉住小翠不放。

52. 王象和小翠来至青蛇藏身的洞口

王象发现洞里没有声音。

王象进洞寻找，一条大青“蟒蛇”从里向外面游来。

王象大惊失色，吓死过去。

青蛇知道闯祸，恢复人形。

青蛇将王象抱进洞中，小翠给王象喂山泉水。

王象仍是昏死不醒，小翠悲痛欲绝。

青蛇告知小翠：别急，你从我身上拔下三片龙鳞，再和灵芝煎汤，王象喝了此汤就会起死回生。

小翠半信半疑，青蛇复变为“蟒蛇”。

小翠忍泪拔下三片龙鳞后，青蛇恢复人形。

青蛇取出灵芝交给小翠。

小翠将灵芝和龙鳞一起煎汤。

药罐下火光闪闪。小翠给王象喂汤，王象终于醒来。

53. 王象和小翠坐在山坡上，小翠闷闷不乐

山下清江围绕群山，蜿蜒而去。

王象劝小翠：总有一天，我们会给你爹报仇的。

小翠：现在包子铺没了，我们怎么生活啊？

王象：我去砍柴卖！

小翠：你那柴火，一天能卖几个钱？现在包子铺没了，谁买你柴火？你娘还病在床上，怎么给你娘看病呀？

王象：有了！你不是说青蛇给了你灵芝煎汤，才救了我的命吗？

小翠：是啊！

王象拉起小翠：我们去找青蛇要灵芝！

小翠：干吗呀？

王象：给我娘治病呀！要有多的话，再卖给药店的林老板！

小翠：对！

两人起身去找青蛇。

54. 白天

经过洞中修养，青龙已能自由幻化人形、恢复龙身。

青龙：你们要别的我没有，要灵芝没问题！

青龙立即拿出两朵灵芝：这朵给你娘煎药治病，另一朵可拿去卖给药店。

小翠：这么大啊！

王象：这灵芝能卖多少钱？

青龙说：一两灵芝一两金。

王象：真的吗？

青龙：是的，这是上等赤灵芝，都是长了百年之久，至少能卖十两黄金。

王象大惊：能卖这么多钱吗？

青龙：少了你不要卖。

王象点点头。

王象拿了两朵灵芝，拉了小翠，转身就跑。

55. 家中

小翠用灵芝煎汤喂陈姑。

小翠：大娘，你觉得怎么样？

陈姑：好了！好了！

王象不敢相信：不会吧？

陈姑：胃也不疼了，手脚也灵活了，头也不晕了！

小翠：真是仙芝！

王象立即拿出另一朵灵芝看着，思考着。

王象把灵芝包好藏在怀里。

王象突然拉着小翠就走。

陈姑追着喊：哎哎，你们到哪儿去？

56. 药店里

王象从怀里拿出一个布包，放在柜台上。

王象打开布包，拿出灵芝。

特写：灵芝上有一圈白边晕光。

林老板左看右看，爱不释手。

林老板：你这是从哪弄来的？

王象正要说话，被小翠扯衣制止，王象会意。

王象：这你别管，我只问你要不要？

林老板：要，要，要！

王象：你给多少钱？

林老板：一两银子，怎么样？

王象：这可是百年老灵芝，没有十两黄金，甭谈！

林老板：这么多？

小翠：林老板要是看不中，我们到其他药店去卖。

林老板：别别别，别走！价钱好商量，你还有吗？

王象：有啊，就怕你林老板买不起！

林老板：你还有更好的灵芝？

王象：怎么？林老板不相信？

林老板：好！有多少我收多少，这钱给你，整十两！

王象：一手交钱，一手交货！

合：哈哈哈哈！

林老板送他们出店门：两位慢走，明天见！

57. 屋内

青龙、陈姑、王象、小翠围坐一桌吃饭，王象殷勤地给青龙劝酒添菜。

小翠上下忙碌着。

王象：青哥，你那灵芝还有吗？

陈姑：多亏你那仙芝，治好了我多年的老毛病！

青龙：你们是我的救命恩人，灵芝要多少有多少！

王象：真的？

青龙：不骗你！

王象：那你能先给我十朵吗？

青龙：可以啊，就是一百朵、一千朵也不成问题！

小翠：啊，这么多啊！

青龙：我能把人世间的全部灵芝都找来，你们不信吗？

小翠：信！信！信！

王象：这太好了！娘，我们可以买新房子啰！我可以恢复祖上家业了！

陈姑：你啊，要有你祖上一半家产，那就不得了了！

众人欢笑。

小翠给大家斟酒。

陈姑给大家夹菜。

58. 王象家大院门口

特写：王家大院。

王象和小翠新婚之喜。

人们进进出出忙碌着。

双喜临门，王象在新府第中大办筵席。

各地豪绅官员前来贺喜。

王象陪林老板喝酒，两人谈到灵芝。

王象夸口：这世上没有我采不到的灵芝！

林老板对王象说：你要能采到紫黄赤白黑五色灵芝，我就给你五百两黄金！

王象：那五色灵芝吃了能返老还童，没有千两黄金怕不行吧？

林老板：你啊，心真狠！

王象大笑。

两人碰杯：一言为定！

59. 夜，烛光下

黄鼠精和林老板在一起密谋。

林老板：王象心真黑，一朵五色灵芝，竟开价索要千两黄金！

黄鼠精：只要能得到五色灵芝，吃了它，我就能得道成仙，重新返回天庭。

黄鼠精手下抬来几个箱子。黄鼠精打开箱盖，露出千两黄金。

林老板：你这是拿从王家抢来的钱财，再来买王家的宝贝啊！

两人哈哈大笑。

60. 清晨

王象、小翠来到洞口，王象连击三掌。

青龙从洞中出来，三人望着山峦云海。

王象：这世上有没有五色灵芝草？

青龙：有呀！

王象：在哪儿？

青龙：这灵芝有赤芝、黄芝、紫芝、黑芝、白芝五种，长在四海五山之中。

王象：我是问有没有一朵灵芝有五种颜色的？

青龙：有的，但这五种颜色，是在不同的时间中呈现的。

王象：那五色灵芝长在什么地方?

青龙：五色灵芝是王母娘娘在天山上培育的，要一千年才育成一朵!

王象：要一千年吗?

青龙：那灵芝每两百年变一种颜色，一千年后成熟，就会发出五色光彩云霞。

王象：五色灵芝有什么作用?

青龙：吃了它，能返老还童，起死回生，能助人千年功力!

王象：那可是稀罕的宝贝!

青龙：是的，谁要是盗取五色灵芝，那是触犯天条，将来都会失去双睛，变成瞎子!

小翠说：那我们不能去采五色灵芝。

王象阻止小翠说话。

61. 青龙给了王象一朵大赤芝

王象不肯回去，青龙又给了王象一朵大紫芝。

王象：我想要一朵五色大灵芝!

小翠反对：那采芝人会变成瞎子的!

青龙：五色灵芝不是一般人可用的，凡人用了会招来杀身之祸的。

王象对青龙说：你要是失去双睛，我就养你一辈子!

青龙无语。

62. 天山之中，云蒸雾漫，山腰中洞口

五色灵芝放出五色彩霞光圈。

青龙来到山中，远远望着灵芝。灵芝呈现五种不同光晕色彩。

青龙久久没动。

青龙空手返回。

63. 药店内

王象拿出大灵芝。

林老板：这不是五色灵芝！

王象叫人关上门窗，拉上帘布。

灵芝显现五色光晕。

林老板大喜，忙叫下人抬出几个大箱子，林老板亲自打开箱子。

里面装满金银珠宝。

王象呆呆地看着金银珠宝。

64. 王象陪着林老板在酒楼上大吃大喝

王象喝醉回家，林老板派人跟踪王象。

王象来到洞口，击掌。

青龙出来，从怀中掏出灵芝交给王象。

跟踪人躲在一边偷看。

65. 古镇上

王象醉醺醺地跨进青楼。

一大群女子迎了上来，团团围住他，拥进青楼。

66. 王家

王象醉醺醺地回家，小翠上前扶他，反被他打。

小翠气哭，伤心落泪，陈姑发现后，过来责骂王象。

王象不听母亲劝阻：你又不是我的亲娘，管那么多干嘛！

陈姑伤心欲绝。

小翠帮王象脱鞋，扶他上床。

67. 晚上

黄鼠精率手下去山洞偷灵芝，被青龙发现，双方开打，黄鼠精败逃。

68. 灯下

黄鼠精和林老板在密谋设计。

黄鼠精：一定要设法除掉青龙，害死王象，方解我心头之恨！

手下人来报：老爷，相府派人前来抓药。

林老板：有办法了，待我亲自到相府门上去一趟。

两人耳语。

黄鼠精：好办法，好办法！一定要把我们买灵芝的钱再夺回来！

69. 林老板来到相府，为夫人诊脉看病

林老板开出药方：相爷，这方子我是开了，可我店铺里没有这药材。

相爷：不知是何贵重之药？

林老板：要取五色灵芝煎汤，并以青龙之鳞做引子，方能救治夫人性命。

相爷：请问何处有此奇药？

林老板：常州王象家中，有五色灵芝和龙鳞，就怕他不肯给你配制此药，要取此药，恐须相爷亲自登门！

相爷：这个不难！

70. 相爷亲自登门拜访王象

王象闻听宰相到府，慌忙出迎。

两人在客厅相坐。

相爷许下重诺。

王象点头答应。

小翠、陈姑斥责王象，不该贪图荣华富贵。

王象不理：妇人之见！

71. 青龙和王象在山洞中见面

青龙：上次给小翠取鳞三片，救你性命，就损我三百年修行！

王象：可我也无办法，只得答应了啊！

青龙：你去告知相爷，就说找不到我了，无法取到鳞片。

王象：那相爷肯定会杀了我！

青龙：他还答应你什么？

王象：相爷说了，若是能治好他夫人之病，要赏我千两白银，保荐我做常州知府。

青龙：你啊，不可贪恋财富权势！

王象：我若是取不到灵芝、龙鳞，恐怕母亲、小翠也和我一样，性命难保！

青龙：这……

王象：你就再帮我一次吧！

青龙：可我得告诉你，我再帮你盗来五色灵芝，就再也回不了天庭了！

王象：那你就住在我王家大院好了，回什么天庭！

青龙：仅此一次，下不为例了！

王象：行行行，下不为例，下不为例！

72. 王象做了常州知府

王象坐在知府大堂上。

贺喜的人川流不息。

宰相府派人送来贺礼。

各县官员前来进礼。

王象迎来送往，春风得意。

小翠、陈姑也住进官府。

73. 晚上

陈姑训斥王象：你为官一方，不可贪得无厌。

王象叫小翠送母亲回屋休息。

陈姑摇头，暗自落泪。

黄鼠精夜晚到王象家中偷盗，看到灵芝药酒，便只管偷酒喝。

黄鼠精喝灵芝药酒，大醉，显形为一只大黄鼠。

陈姑回房后，打开房门，突然看到一只大黄鼠，陈姑被当场吓死。

74. 晚上

青龙正在察看陈姑，人们团团围住青龙。

青龙：你母亲的胆破了，是被吓死的！

小翠：你得设法救救我母亲！

青龙摇摇头，十分为难。

王象：上次我被你吓死，不是你救活的吗？

青龙：上次你是被吓昏过去，胆没有破。这次你娘的胆破了！

小翠：就没法子了吗？

青龙：办法倒有一个。

王象：什么办法？

青龙：只有我吐出蛇胆，给你娘吞下，才能救活你娘！

王象：那你快吐呀！

青龙：我如果吐出龙胆，会失去千年道行，真要变成凡夫俗子了。

小翠：这怎么行呢？

王象：凡夫俗子有什么不好！

青龙：你们都出去，没我招呼，任何人不得进来！

75. 青龙于夜间运功吐出龙胆

龙胆像夜明珠似的在房内滚动，落进陈姑口中。

陈姑终于被救活了。

青龙却变成蟒蛇，从窗口爬出，回到山洞之中。

小翠来看陈姑，见她醒了过来。

小翠忙呼唤王象。

王象闻声赶到。

76. 山洞中，青龙躺在床上

小翠：青哥，你没龙胆就回不了天庭了吗？

青龙点点头：我没胆了，我千年修行的功力也就消失了。

77. 常州府里

林老板：王大人，吴国公主生病，皇上发了皇榜，遍寻夜明珠，你知道吗？

王象：有这事儿？

林老板：我刚从京城回来，亲眼看见的！那皇榜贴在四城门上。谁要能治好公主的病，献上夜明珠，还可官封宰相，招为驸马，你何不再去一试？

王象：林老板，这治病我有五色灵芝，可这夜明珠哪儿有啊？

林老板：你府上有啊！

王象：这从何说起？

林老板：你当年救的那条青蛇，他的两颗眼珠，就是夜明珠！

王象：这个……

王象回忆青蛇在洞内目光如炬的情景。

林老板：这皇榜贴在城门楼上，大人何不去揭了下来？

王象：这个……

王象想象与公主成亲、封为宰相的情景。

林老板：这个什么！大人不信，我陪你到城门上去看看。

王象：备轿！

78. 深宫后院

一太监急急报上：

启禀圣上，方才有人在东城门上揭了皇榜！

皇上：是何人揭榜？

太监：是常州知府王象。

皇上：宣他进宫！

79. 报：皇上有谕，宣常州知府王象进宫面君！

王象急急入宫。

80. 皇宫内

皇上：王象，公主之病，太医说需两颗夜明珠护心辟邪，你能取得吗？

王象：圣上，王象有五色灵芝可治公主之病，夜明珠嘛，王象当年救过一条青蛇，他的两颗眼珠，就是两颗夜明珠。王象愿将此宝，献于公主和圣上！

皇上：五色灵芝在哪里？

王象（献芝）：请圣上详察！

皇上：五光十色，果是仙草瑞芝。朕先封你为当朝宰相，待夜明珠取到，许你和公主成婚。

王象：谢皇上圣恩！皇上万岁万岁万万岁！

81. 王象来找青龙索珠

王象：这是圣上旨意，我也没有办法！

青龙：你也知道，这双珠就是我双眼！

王象：若不能献上夜明珠，我全家都有杀身之祸！

青龙：若两颗眼睛都给了你，我就无法看路，就再也出不了这山洞了！

王象：你不给我夜明珠，我们也都没命了。你若给了夜明珠，我们还可以在一起生活。你看不见路，可让母亲、小翠为你引路。

青龙无语，叹了口气：我已至此，活着也是受罪，只是你得了双珠之后，定要善待你母亲和小翠，千万不要再生贪念了！

王象：这个我自知道！

青龙便让王象自己持刀挖取。

王象心狠手辣，竟亲自操刀剜取青龙双睛。

青龙痛不欲生。两颗夜明珠在王象手中熠熠生辉。

王象小心将夜明珠包好，塞进怀里。

82. 太医：皇上，据古医书记载，若得青蛇之心，吃了可以长生不老。

皇上：此话可真？

太医：那青蛇本是青龙，有千年道行，因犯天条，才被打入凡间，如今失去双眼，心中无胆，必死无疑。不如让王象乘机取他之心，皇上吃了，可以长生不老。

皇上：待我传旨王象，命他取那青蛇之心来！

83. 林老板和王象在商议

林老板：那青龙已吐出龙胆，剜去双眼，失去了神力，今后必死无疑。

王象：天界有规，凡是盗采五色灵芝者，必会失去双睛。

林老板：相爷不如一不做二不休，连带取了他的龙心，献给皇上，即可以与公主成婚，招为驸马！

王象不语。

林老板：相爷，你若不取青龙之心，皇上决不会答应！你恐怕不但做不成驸马，反而有性命之忧啊！

王象点头称是，决定回洞内再取青龙之心。

84. 王象回到山洞，青龙失去双眼，根本无法行动

王象：皇上传旨，要取青龙之心，进献皇上。

王象立即遭到母亲、小翠怒斥。

青龙哀告：王象，我已助你当上了宰相，你已是一人之下，万人之上。我如今已失去双眼和龙胆，已经失去功力，又无法行走，如若你再将我心剜出，青龙一命休矣！

王象：要不是我当年救你，你也早就死了！

青龙闻此言无语。王象欲取其心。

小翠、陈姑挺身拦阻，护住青龙。

双方僵持不下。

王象：不是我要取他性命，而是皇上要取他心，我身为宰相，岂能违抗君命！

陈姑：你是个猪狗不如的畜生，贪心永不满足！

小翠：你要取他心肝，除非先把我杀死！

王象：今天我定要剖腹取心，否则难以回禀皇上。你们若不让开，我只能先杀死你们！

85. 洞口

黄鼠精调来手下兵将，将洞口层层围困，呐喊助威。

黄鼠精进入洞内：青龙你听着，今天若不献出龙心，将放火烧死你们，一个不留！

小翠、陈姑斥责黄鼠精：你谋财害人，丧尽天良！

黄鼠精将陈姑、小翠抓住，押为人质，要挟青龙：现在她们全在我手里，你若不答应，全部杀死，一个不留！

青龙：你们若是能放过她们母女，我死而无憾，愿将我心献出！

陈姑、小翠大叫：千万不可！

王象大喜：那你自己动手啊！

青龙：我如今生不如死，献出我心，还能救她们两个不死！

王象：这就对了！

青龙：我要你亲自过来剜心。

王象带剑走近青龙，准备亲自取心。

火把照亮山洞，王象准备动手。

86. 洞口

小翠被抓挣扎，大叫：不可！

陈姑奋力挣脱，挺身阻止王象杀龙取心。

陈姑怒斥王象：你贪得无厌，丧失人伦！

王象坚持要取青龙之心，不听陈姑阻拦。

青龙：我已有眼无珠，有心无胆，也没有任何力气，你们不必阻拦，让王象亲自来取心吧！

王象持刀欲上。

陈姑拼命阻止王象，怒打王象耳光。

黄鼠精挥剑杀死陈姑，欲取陈姑龙胆。

陈姑临死吐出龙胆。

龙胆滚向洞中，被青龙张口吞下。

87. 山洞内

王象一人持刀，一步步走向青龙。

青龙：王象，只要你不再取我心，我可助你登上吴国皇位！

王象：你说什么？你说什么？

青龙：我可助你登上皇帝之位！

王象大喜：我若做了皇上，那就封你为相！

青龙：但我现在有眼无珠，怎么能助你登上皇位呢？

王象：你待怎的，你快告诉我！

青龙：你且先把眼睛还我，待我帮你杀了那皇上，除了那害死你全家的黄鼠精，压住众朝臣，扶你称帝之后，我要再回天庭。

王象：你为何要杀了皇上？

青龙：是皇上逼你们取我眼珠，他有了双珠，又要我的心，所以我要杀死皇上报仇，让你继位，我好再回天庭。

王象：行！一言为定！

王象掏出夜明珠，抛还青龙！

黄鼠精大叫：不可上当！

王象已将夜明珠抛给青龙！

黄鼠精大怒，放开小翠，挥剑向前，直刺青龙！

小翠挺身上前挡剑，奋力救护青龙，被黄鼠精杀死。

小翠倒在青龙怀里：青哥，你给我……杀了王象这个畜生！

青龙得回夜明珠，目光如炬，神力恢复。

青龙放下小翠，一步步走向黄鼠精。

88. 青龙大战黄鼠精，黄鼠精不敌，现出原形，被青龙一剑杀死

黄鼠精现形，变成一只大黄鼠。

青龙剑指王象：事到如今，你竟然天天和这黄鼠精混在一起，人心不足，变得贪得无厌！

王象：我……我不知道他是妖精！

青龙：他不但是妖精，还曾抢你家产，灭你全家，杀死你所有亲人。你却引贼为友，为害忠良，横行乡里，做了宰相，尚不满足，还想弑君夺位，自己称帝！你就是做了皇帝，还要追求长生不老，你这种人，何时才能知足不贪？

王象知道不妙，转身逃出洞外。

青龙将黄鼠精手下一一击杀。

89. 王象拼命逃下山去

青龙化作一道青光追去。

青龙变成一个山洞等着王象。

王象逃到一个山洞口，钻进去躲了起来。

那山洞原是青龙之口，那龙身就是群山。

林老板及随从们也躲进山洞。

洞口变幻成青龙大嘴合上。

王象等人被青龙一口吞掉。

突然地动山摇，山崩地裂，电闪雷鸣。

一条青龙从山中飞腾而去。

【剧终】

2017 年 5 月 18 日—5 月 24 日第一稿于常州百花苑山庄

第二部分

独幕剧

独幕锡剧

陈鸿寿与狄曼云

（又名：紫砂情）

【时间：清明节前后】

【人物：狄曼云、陈鸿寿】

【地点：南山福寿庵茶堂】

【场景：略写】

【幕启】

【幕后伴唱】

福寿庵内设茶堂，

曼云寄居在山庄。

十二年来心暗伤，

难忘当年少年郎。

【曼云上】

唱：每日清晨到佛堂，

拜求观音保安康。

但愿心诚金石开，

今生重见鸿寿郎。

【曼云烧香拜佛后下】

【陈鸿寿肩背行李上】

唱：四面青山茶满岭，

庵前堂后松竹林，
桥下涧溪碧水潺。
塘内鹅鸭绕亭泳，
屋后峰峦层叠翠，
庭前桃李花吐芬。
途经桃源神仙地，
正好歇脚看风景！

寿：好地方，真是好地方啊！

唱：山深林密福寿庵，
室雅茶香庵堂隐。
眼前庵门尚未开，
待我叩门乞茶饮。

寿：（敲门）有人吗？有人吗？有人吗？

【曼云上】

唱：忽听得门外有人叩门铃，
急得我匆匆忙忙来开门。

曼：客官远程来，何事叩庵门？

寿：途经山堂门前，还望姑娘方便，乞赐茶饮！

曼：（开门迎客）如此请进！

寿：谢了！

曼：（旁白）这人有点面熟！客官，你以前到过福寿庵吗？

寿：没有。

曼：客官从何处而来？

寿：我从宜兴丁山而来，前往溧阳，路过此地。初次造访，打扰你了！

曼：哦，无妨无妨！远来是客，且随我来，庵堂用茶。客官请！

寿：姑娘请！

曼唱：我这里转弯抹角将路引，

寿唱：我这里跟前随后进庵门。

曼唱：走过前院到中庭，

寿唱：眼前已经到茶厅。

曼：客官请坐！

寿：谢座！

【陈鸿寿放行李于桌上】

曼：客官你看，我这里有许多名茶佳茗，不知你要品尝哪一种啊？

寿：还请姑娘一一道来。

曼：客官，你听我说。

唱：福寿茶堂禅规定，

上茶还得由客定。

待我先将茶名报，

客官须得答分明。

寿：哦，如若应对不上呢？那又该如何？

曼：如若远来客官眼前是非不分，心中恩怨不明，这喝茶嘛，还得请你另到他处了！

寿：哦，是非恩怨，理当分明！且请姑娘，报上茶名。

曼唱：我先报上铁观音，

且问客官是何因？

寿唱：进庵应先拜观音，

再入茶堂品佳茗。

曼唱：十八御茶在何方，

　　　为何称为御茶名？

寿唱：十八御茶在龙井，

　　　救过皇后娘娘命。

曼唱：齐山云雾为何名？

寿唱：兰花姑娘寄香魂。

曼唱：陆羽宜兴制何茶？

寿唱：阳羡名茶是紫笋。

曼唱：何人制成白莲茗？

寿唱：云谷寺僧名至正。

曼唱：世上茶树多善行，

　　　义高德馨传美名。

　　　若能举出普善茶，

　　　待我即刻奉香茗。

寿唱：前峰雪莲救公主，

　　　南山寿眉将路引。

　　　桂茗普世降瘟疫，

　　　翠柏绿茶高品行。

曼唱：客官果然是高人，

　　　茶姑怠慢多不敬。

　　　待我取出茶中珍，

　　　喜迎贵客临庵门。

曼：客官请稍待，待我取茶来！

寿：有劳了！

【曼云下】

寿：阿弥陀佛！待我拜见观世音菩萨。

唱：菩萨您是慈悲佛，
　　娘娘送子福惠民。
　　慈航普度万劫难，
　　尘帚净瓶救苍生。
　　今日鸿寿拜观音，
　　求您娘娘显神灵。
　　若帮我寻回心上人，
　　我重修庵堂塑金身。

【曼云持茶盘上，内置三盅茶，放至桌上】

曼：客官！

唱：我先敬你雪莲茗，
　　可知茶名啥原因？

寿唱：它蜷身抱团自收紧，
　　　它为茗能屈也能伸。
　　　它形似碧莲香煞人，
　　　它洁身自好慎独身。

曼唱：但愿它一朝舒展如青云，
　　　但愿你富贵荣辱皆不惊。

曼：客官，请用茶！

寿：谢过姑娘！

曼唱：二杯我把翠柏敬，
　　　此茶从来名位尊。

寿唱：香高气爽挺且直，
　　　宁折不弯品位正。
　　　世人当学翠柏茶，
　　　不与奸佞同道行。

曼唱：三杯敬上松梅春，
　　　此茶姑娘亲制成。
　　　寒霜凝冰雪中芽，
　　　与松与梅迎新春。

寿：（惊呼）松梅春？！

曼：正是！

寿唱：忽听得庵堂有茶松梅春，
　　　不由我茗在杯中喜在心。
　　　这庵茶紫玉金砂藏春心，
　　　这佳茗高雅香洁魂魄清。

曼唱：我看他言谈举止不一般，
　　　我看他人品高雅洁且清。
　　　他腹内若无经纬论，
　　　又如何字字句句金玉文？

寿唱：我看她知书达礼人不凡，
　　　我看她言语之中锦绣隐。
　　　她宛容如仙心玲珑，
　　　不料想这深山庵藏卓文君。

【相互对视，圆场后旁唱】

曼唱：他将那松梅壶语暗相衬，

寿唱：她分明茶茗之中藏隐情。

合唱：她（他）音容笑貌似曾相识，
　　　她（他）好似梦中心上人。

曼：客官请坐！

寿：多谢姑娘！我有一壶，请你见教！

【陈鸿寿打开包裹，取出松梅茶壶】

寿：姑娘！

唱：你有茗茶松梅春，

　　味甘香馨沁人心。

　　我有铭壶松梅壶，

　　紫玉金砂珠嵌成。

寿：你且看来！

曼：（惊呼）松梅壶？！

寿：正是！

曼唱：眼前惊现松梅壶，

　　　仿佛又回杭州城。

　　　冰凝红梅雪伴松，

　　　紫玉金砂珠宝珍。

　　　分明是我所赠壶，

　　　果然他是梦里人！

　　　我待上前将他认，唉！

　　　认错郎君难为情！

曼：客官，这松梅壶，它是……是你的吗？

寿：哎，不是我的，难道还是你的吗？

曼：客官，我是说，它真的是你的吗？

寿：不真的是我的，难道是我偷来的吗？

【陈鸿寿喝茶，作不理状，将壶收回藏好】

曼唱：客官你莫将气生，

　　　待我一一来问清。

　　　不知家居在何方，

　　　听你口音外乡人。

寿唱：老家原本在钱塘，

　　　如今住在溧阳城。

曼唱：祖上曾是官宦家，

　　　杭州城里有名声。

寿唱：可是家道早中落，

　　　如今离乡又背井。

寿：咦，你……是怎么知道的啊？

曼：嗯，我会算啊！让我再给你算上一算。

寿：你真的会算？

曼：嗯，算得准不准，客官自知道！你这把松梅茶壶嘛，上面共有十八朵红梅，是用珍珠玛瑙镶嵌而成，原是一位溧阳茶商小姐的心爱之物，传家之宝！

寿：正是！正是！正是哦！

曼：是她临别之际，私下暗许终身，赠送给你的。

寿：正是！正是！

曼：那一年，你才十四岁。

寿：正是！

曼：你的名字中，还有一字，与这庵名相同。

寿：请教何字？

曼：福字在先，寿字在后，应当是寿字。

寿：啊呀呀！你这个姑娘，能掐会算，真如仙人一般！（鞠躬作揖）佩服！佩服！你真乃庵中仙姑也！仙姑也！

曼：我不是仙姑！

寿：哦，你不是仙姑，那你是道姑了？

曼：我也不是道姑！

寿：不仙不道，难道你不是出家人吗？

曼：我没有出家！我……只是这茶堂上的茶姑。

寿：茶姑？那你怎会知道我的家世？你怎么会知道我的名字和年纪？难道，难道，你……你……就是曼云小姐？你是曼云妹妹？

曼：鸿寿哥哥！

寿：曼云妹妹！

曼：鸿寿哥哥！

寿：曼云妹妹！

【两人相拥而泣】

【幕后伴唱】

突然遇到心上人，

又是喜来又是惊。

眼前相拥喜泪落，

恍惚犹如在梦境。

寿唱：曼云妹啊，我找你，

已经找了十二载。

曼唱：鸿寿哥啊，我等你，

已经等了十二年！

寿唱：我想你，长夜孤灯人难眠。

曼唱：我想你，三餐茶饭没滋味。

寿唱：我想你，花开想到花落期。

曼唱：我想你，月缺想到月圆时。

寿唱：我想你，初一想到除夕夜。

曼唱：我想你，春夏想到秋冬季。

寿：云妹！

曼：寿郎！

寿唱：那一年，你举家迁离杭州城，
我千等万等无音讯。
为寻你，我赶考找你到金陵，
寻遍了金陵十八门。
到后来，朝廷命我去海南，
天涯海角我更思君。
宰相他，念我对你一心诚，
荐我溧阳来当县令。
可叹我，踏破铁鞋几十双，
苦苦寻你无踪影。

曼唱：那一年，你我分别在钱塘，
我送你家传松梅珍。
原指望，相伴相随心连心，
能白头偕老度终身。
谁料想，一别竟然十二春，
海角天涯两地分。
那一年，我举家迁居去金陵，
在途中遇盗失亲人。
幸遇师太她救我命，
自此我庵堂暂栖身。
不知你兄长身何处，
我终日思念泪满衾。
我欲拜师太做尼僧，
谁知道师太总不肯。
她说我，今世难以脱凡尘。
说我有，前世姻缘未了情。

寿唱：我身在仕途心在野，

　　　也从来无意坐衙门。

　　　终日寻找你踪影，

　　　为你爱上紫砂珍。

寿：曼云，你看，这些都是我为你做的曼生壶。

曼：曼生壶？

寿：对，曼生壶，共有十八款。

曼：不知因何故，取名曼生壶？

寿：曼云啊！

唱：原以为人海茫茫天涯分，

　　原以为今世孤鸟难同林。

　　我寻到宜兴杨彭年，

　　求他将松梅茶壶双配成。

　　一来思你身何处，

　　二来慰我孤独心。

　　自此后爱上紫砂壶中艺，

　　至今已有五年整。

　　为念你年少梦中心上人，

　　我改名取号陈曼生。

曼唱：听罢鸿寿一番言，

　　　不由曼云喜在心。

　　　果然他是真性情，

　　　果然未忘狄曼云。

　　　但不知取名曼生是何意，

　　　还望你鸿寿哥哥说分明。

寿唱：一盼你曼云生在世，

　　　鸿寿我终能见曼云。
　　　二表愚兄今生愿，
　　　为曼而死为曼生。
曼唱：多谢兄长你情意重，
　　　小妹我今世永记心。
寿唱：你看这件件紫砂壶，
　　　都有那曼生两字为壶铭。
曼唱：待我将壶来细细看，
　　　果然是件件极品壶中臻。
寿唱：你再将壶上铭文读，
曼唱：原来是件件刻有曼生铭。
寿唱：你看这件乳瓯壶，
曼唱：腹部铭文是曼生。
寿唱：这件名叫井栏壶，
曼唱：肩部印章曼生铭。
寿唱：你再看这横云壶，
曼唱：腹部肩部亦曼生。
寿唱：这是石铫提梁壶，
曼唱：铭为曼公是你名。
寿唱：这件壶称半瓦壶，
曼唱：阿曼陀室为铭文。
寿唱：这把名谓合欢壶，
曼唱：铭文叫作曼云吟。
寿唱：这十八款式曼生壶，
合唱：都是为你（我）狄曼云。
曼：呀！

曼唱：寿郎！

他为找曼云到金陵，
他至今仍怀少年情。
他寻遍金陵十八门，
他十二年来未忘云。
他天涯海角都寻遍，
他海枯石烂不变心。
他曼生两字刻壶铭，
他为曼而死为曼生。
他桑连理馆心相依，
他阿曼陀室藏真情。
他爱屋及乌心意诚，
他为曼开馆曼云吟。
他砂壶件件紫玉金，
他铭文字字金玉情。
原以为，我曼云命比黄连苦，
从小遇难失双亲。
原以为，庵门青灯要守一生，
终身孤单苦伶仃。
谁知道，今日得见寿郎来，
方知他，苦苦寻我十二春。
人间有此真知己，
我曼云没枉待此生。
寿郎啊，曼云今日始方知，
我是这，世上最为幸福人。

寿：云妹！

曼：寿郎！

唱：你是那，人中俊杰天上鸟，

而我是，庵堂池中一青萍。

你坐衙门万事多，

我在茶堂虚光阴。

如今你我已不相称，

春燕难随你鸿雁飞。

寿：你……

曼唱：寿郎啊！

我劝你，收起紫壶藏好珍，

我劝你，且忘年少初时情。

我劝你，清正廉明勤为政，

我劝你，莫误锦绣好前程。

寿：唉，云妹啊！

唱：鸿寿改名号曼生，

此生只念你狄曼云。

十二年来遍寻你，

今日相遇在庵堂门。

这分明是观音菩萨唤我来，

这分明是月老再牵红头绳。

这分明是牛郎织女重相会，

这分明是山伯英台续今生。

做什么县令坐什么衙门，

求什么荣华富贵人前尊。

这世上最贵还是自由身，

这世间最好还是性情真。

且待我回去马上奏辞呈，
脱下那红袍皂靴重为民。
到那时无官自然一身轻，
再来这福寿茶堂伴曼云。

曼：不可！

寿：使得！

曼：不可！

寿：使得！我意已决，云妹你不必再劝！

曼：知道了，寿郎！

唱：待等寿郎辞归隐，
曼云敬你白茶茗。
汤色如金世间珍，
甘香绵长味更醇。

寿唱：我与你南山松下读诗文，

曼唱：我与你竹海深处画棋琴。

寿唱：到那时双飞双宿走天下，

曼唱：到那时十八名泉煮香茗。

合唱：从今之后长相守，
夫妻恩爱不离分。

【剧终】

独幕锡剧

庵门试卿

【人物：采苹、师太、方卿】

【地点：大林庵堂门前，一侧置一石凳】

【时间：早晨】

【幕启：佛音声中师太上】

师唱：老爷差人来报信，

巡按今早来庵行。

一是为见小姐面，

二是来接老娘亲。

方才采苹去传讯，

庵门今日喜来临。

【采苹尼姑打扮从庵门内上】

采：师太！师太！

师：采苹，夫人和小姐，她们怎么讲啊？

采：师太！

唱：刚才我去报喜讯，

小姐她，

又是喜来又是惊。

喜他终于来相会，

没断襄阳一脉亲。

师：是啊！那为什么又惊了呢？

采唱：惊他不忘当年恨，

一人先去兰云厅。

不见姑爹和娘亲，

为泄私愤唱道情！

师：阿弥陀佛！阿弥陀佛！这可如何是好啊！

采：师太！

唱：夫人小姐主意定，

叫我庵门试方卿。

师：你是说，不让他进庵门吗？

采：对！

唱：试试他巡按是假还是真，

看看他为人有没有良心！

师：采苹放心，老身依你就是了。

采：我们要把他拦在门外，就是不让他进庵门！

【方卿兴冲冲上】

方唱：昨日见姑兰云厅，

假扮道童羞姑亲。

从来世上势利人，

见利忘义无亲情。

若非表姐情义重，

赠我珠塔送点心。

若非姑爹明大义，

九松亭内许婚姻。

方卿人穷志不短，

决不再回陈府门！

今日里我扬眉吐气心舒畅，

来接表姐鸾凤鸣！

方：两位师太请安了！请问此地可是大林庵堂？

师：阿弥陀佛，正是庵门。

方：哈哈哈哈！

唱：脚踏云边上高台，

风吹竹林踏幽径。

今日鸿运照庵门，

紫霞重光映大林。

师：依贫尼看来，居士必是大富大贵之人哪！

采：哼！师太，依小尼看来，此人倒像是个官家之人，但未必就是富贵之人！

师：却又为何？

采唱：当年他落难来到陈府门，

是前门进来出后门。

方唱：如今我有官再到襄阳来，

无官不进那陈府门。

采：哦！方大爷，这么说，你当真是做官了？

方：是做官了！

采：做的什么官啊？

方：七省巡按！

采：七省巡按？这官好大啊！比我家老爷的官还要大呀！

方：是啊！这位小师太，听你口音，好耳熟呵！

采：方大爷！

唱：你本是吏部之子阁老孙，

你今是新科状元巡按身。

你身在一人之下万人上，

你怎会认得丫鬟小采苹！

方：啊哟哟，原来是采苹姐姐，失礼了！失礼了！采苹姐姐，你……怎么这身打扮？

采：哼！这个嘛，说起来都要怪你方大爷的！

方：采苹姐姐，此话怎讲？

采唱：三年前，

小姐为你珠塔赠，

她母女，

为此闹翻起矛盾。

她一气之下出了家，

我主婢搬进庵堂门。

方：竟有此事？

采唱：她三年没你音和讯，

她以泪洗面哭不停。

她得知你把珠塔丢，

她以为你已丧了命！

她一病不起卧在床，

她万念俱灰看破尘。

她后来见到你母亲，

她离家相伴到庵门。

方：你说什么？你说什么？你说小姐她出家为尼了吗？

师：是啊，小姐她已经出家为尼了啊，已经三年了呀！

方：出家为尼，出家为尼，师太，竟有这等事吗？

师唱：你走后，

你娘千里将你寻，

听说你，

被人所害伤透心。

从此庵中安下身，

一心朝佛念真经。

方：师太，真有此事？

师：真有此事！

方：采苹姐姐，此话当真？

采：此话当真！

方：天哪！

唱：我三年苦读赴京城，

我一心为报姑爹恩。

我扬眉吐气来庵门，

我姑母面前把脸争。

我凤冠霞帔备在府，

我只待表姐穿上身。

我一早赶来接亲人，

我不知她已为尼僧。

我待要进庵去见她，

我定要救她出庵门！

师：且慢！此乃佛门之地，状元公不可擅入！

方：我待要前去见她！我要见她！我要见她！

师：佛门乃清净之地，状元公不可喧哗！

方：这，烦劳采苹姐姐，进去禀报一下！

采：我去了也没用的！

方：有劳采苹姐姐！有劳姐姐了！

采：哼！

【采苹快快不乐下】

师：阿弥陀佛，佛门庵中，没有小姐，只有尼僧。状元公，你请回吧。

方：方才采苹姐姐不是说，小姐她和母亲，都住在大林庵内。

师：那是静心师太。

方：就是静心师太，我也要见她一见。

【方卿欲闯庵门进去，师太再次拦阻】

师：状元公，老夫人早上有言，不得她和小姐同意，方卿不得入庵！

方：方卿不得入庵！母亲真有此言？

师：出家人不打诳语，状元公莫违母命！

方：啊……母亲！表姐！……

【方卿跪下】

方：还望师太慈悲为怀，让我母子庵堂相聚。

师：唉！状元公，你快起来！

【方卿起身】

师唱：你身为当朝新科状元公，

你为何不来庵堂将母请？

你身为陈府门上新姑爷，

你为何不到庵堂将妻迎？

你身为七省巡按到襄阳，

你为何不上御史府衙门？

方：这……

师唱：你为泄心中怨和愤，

你兰云厅去辱姑亲。

你不念母子骨肉亲，

你全无半点夫妻情。

【方卿跌坐在石凳上，羞愧满面】

师：状元公，你还是打道回府去吧！

方唱：一言惊醒梦中人，

羞愧难当箭穿心。

小姐情深我未报，

忘却老娘慈母恩。

姑爹仁义比山重，

却把姑母恨在心。

我如此不知礼义信，

有何面目对亲人！

【采苹慢慢而上，方卿急急迎上】

采：方大爷，刚才小姐说了……

方：说了什么？小姐她说了什么？

采：小姐她……

方：她到底说了什么啊？

采唱：她说道，

今世与你已无缘，

要结连理待来生。

方：啊！今世无缘？要待来生？

采：方大爷，小姐她说，不愿再见你了，你就回去吧。

方：还望采苹姐姐，再去禀报母亲和表姐，就说方卿今日不见母亲和表姐，定是跪身庵门，至死不回的。

【方卿跪求】

方：请采苹姐姐再去禀报！请采苹姐姐再去禀报！

采：方大爷，你起来啊！

方：不起来的。

采：你起来啊！

方：你不进去禀报，我是不起来的。

采：那……嗯……且待我再去禀报夫人和小姐。

方：烦劳采苹姐姐，代我送上一包干点心。

采：什么干点心？

方：实不相瞒，这是皇上御封七省巡按的黄金印。

采：黄金印？是真的吗？

方：可让小姐验来！

采：那好吧，待我送与小姐看验。

【采苹看看跪着的方卿，点点头，表示赞许，然后急急而下】

方：请问师太，母亲她可安好？

师：公子请起来，待贫尼说与你听。

【方卿起身】

师唱：三年前你母来此将儿寻，
闻知道姑母将你逐出门。
她宁死不住陈府内，
在庵堂门外和衣困。
小姐为你来烧香，
求佛保你身安宁。
相遇舅妈在庵堂，
从此她终日不离侍娘亲。

方：方卿再谢师太大德大恩！

【采苹手捧黄金印上】

采：方大爷，小姐让我将这包干点心转还与你。

方：小姐她怎讲？

采：小姐说，事到如今，已为时太晚了！

方：啊！怎么会为时太晚了呢？

采唱：你虽然困龙得珠上天庭，
　　　你可知小姐为你泪流尽。
　　　你虽是瓦片脚踢已翻身，
　　　你可知母亲为你几丧命。
　　　你如今为泄心中怨和恨，
　　　你竟到兰云厅去辱姑亲！
　　　你可知小姐为此多痛心，
　　　你可知老娘为此多伤心。
　　　你心中若是尚有小姐情，
　　　你为何三年时间无音信？

【方卿又一次跌坐于石凳上，然后起身辩解】

方：采苹姐姐，我可是一中状元，就立刻赶回襄阳来了啊！

采唱：你虽中高官回襄阳，
　　　你忘了娘亲养育恩，
　　　你忘了姑爹仁义心。
　　　你忘了表姐赠塔情，
　　　你忘了采苹赠私银。
　　　你一朝得志变小人，
　　　你全无半点礼义信！

方：哎哟哟！这、这……

采唱：你一做高官便忘形，

你满腹都是报复心。

你目中无人无尊长，

你才是芥菜子肚肠小气人！

你不忠不孝无情无义心地不仁，

你恩将仇报乔装改扮羞姑亲，

你让人悔恨难当悲痛肠断失望伤心泪满襟！

【方卿跌坐于地上】

方唱：我听罢采苹一番话，

我似醍醐灌顶将梦醒。

我以为不登高枝不达贵，

我无脸再回襄阳城。

我三年未将音讯传，

我几害亲人送了命。

我行孝不知顺长辈，

我赶考只为人前尊。

我难放心中怨和愤，

我为人计较势利心。

我为官只为图利名，

我待人心中无义情。

我愧对姑爹和娘亲，

我愧对表姐和采苹。

师：状元公，你回去吧！

采：小姐她，不愿再见什么巡按大人状元公了！

方：小姐她……她说，从此不再相见了吗？

采：不见了，你回去罢！

方：这……也罢！

【方卿慢慢起身】

方唱：从此后我方卿抛却黄金印，

　　　从此后我巡按脱下红袍身。

　　　从此后我状元削发进禅寺，

　　　从此后我朝笏放下换佛经。

　　　从此后她在庵堂中做尼姑，

　　　从此后我去寺院里做贫僧。

　　　从此后我功名利禄抛一边，

　　　从此后我四大皆空脱凡尘。

　　　从此后我今生再不把官做，

　　　从此后我今世再不娶他人。

采：方大爷，你不必如此！

方唱：采苹啊，

　　　方卿愧对心上人！

　　　方卿愧对老娘亲！

　　　方卿求你转表姐，

　　　方卿在此将誓盟：

　　　生不同房死同穴，

　　　今生不婚待来生。

采：方大爷，你……你就回去吧！

师：状元公，你……你且回去吧！

方唱：我退下头上金冠顶，

　　　我脱下身上紫金纹。

　　　我今日转身去那关皇庙，

　　　我从此修行念经做行僧。

【方卿脱衣去冠，扔在石凳上】

【方卿跪地拜别】

方：母亲！表姐！

采旁唱：他言语悲戚心凄苦，

师旁唱：他神智恍惚乱了心。

采旁唱：他此情不假是真情，

师旁唱：他为人还是有良心。

采旁唱：我怎忍拆开天作缘，

师旁唱：我岂能棒打鸳鸯分。

合旁唱：今日庵门试方卿，

是真是假已分明。

采：方大爷，你且稍候，待我再去报知夫人、小姐。

【采苹暗自拍手拊掌，高兴而下】

【方卿茫然四顾，欲行离走】

方唱：我被她说得无话讲，

只得黯然回转身，

表姐啊，

但愿你此生安且好，

我修身念经保你康安宁。

师：阿弥陀佛！善哉善哉！公子，你且转回来！

师唱：只要你一片真情出于心，

只要你位高不忘众乡邻，

只要你富贵贫贱志不移，

定能够今日庵门见亲人！

【采苹急匆匆上】

采：方大爷！方大爷！小姐她方才说了……

方：小姐她，她又怎样说了啊？

采：方大爷，小姐说……

采唱：状元公子离庵去，

巡按大人请回程。

小姐今日只想见，

河南表弟血脉亲！

方：表姐说得对哇！表姐说得好哇！

采：方大爷，小姐她和老太太，正在庵内等你呢。有请姑爷！

师：有请公子！

方：多谢师太，多谢采苹姐姐，多谢了！多谢了！

采：好，姑爷，那你就跟我走吧。

方：师太请！

师：公子请！

采：姑爷请！

采唱：采苹前面把路领，

方唱：后面跟我小方卿。

师唱：老尼捧起黄金印，

方唱：去到庵堂见亲人。

采：小姐，小姐，姑爷他接你来啦！姑爷，你看那边，我家小姐她接你来啦！

方：表姐！

师：小姐！

方：快走啊！快走啊！

【众笑，圆场而下】

【幕后伴唱】

今日庵门试方卿，
忙得采苹三报信。
真情假心已试清，
合家团聚在庵门。

（本剧已由章德瑜老师全本谱曲）

新编独幕锡剧

换玉佩

（系《玉芝缘》第四场《撞芝换芝》）

【时间：古代】

【地点：常州大林寺】

【人物：马世俊（公子，简称马）；狄玉芝（小姐，简称芝）；史红仙（丫鬟，简称红）】

【幕后合唱】

御史千金到龙城，

乔装扮成男儿身。

许愿烧香到山寺，

换佩暗许有缘人。

【合唱声中幕启。玉芝主婢女扮男装上】

芝唱：昨日与母回平陵，

今朝许愿横山岭。

穿径越林进寺门，

许愿烧香拜观音。

但愿得观音菩萨显神灵。

红接唱：帮小姐找一个，

才貌双全有情有义，

新科状元好郎君！

芝白：你！看你还敢胡说八道！

【两人追打嬉闹】

【马世俊急匆匆上】

马唱：童儿进兴病情重，

求医无钱请勿动。

回家取来玉芝佩，

药铺抵钱押郎中。

穿山越林来回跑，

心慌意乱急匆匆。

【马圆场撞芝，双方跌倒在地，各自偷视对方】

芝白：喔唷！喔唷！

红白：公子！公子！

马白：啊哟哟，勿好了，我撞了人了！

【马急起身欲扶芝，却被红仙拦住】

红白：勿要你扶我家小……公子！

马白：小生适才是无意冲撞，对勿起了！

红白：撞了人家，光说声对勿起，就算啦？

马白：这个……还请这位小哥见谅！

红白：见谅勿敢，可下次你要再撞我家格小公子，别怪我对你勿客气！

马白：下次再也勿敢了！这位小哥请了！

红白：请了，请了，你想赶我走啊？

马白：小生勿是这个意思！

红白：公子，夫人今天来天王殿里烧香还愿，我去看看伊到了没有。

芝白：也好，你快去早来。

红白：晓得了！

马白：小哥，侬慢走！

红白：我晓得我在这里碍事格，勿用你赶，我也会走格。

芝白：你勿要胡说！

红白：公子，要是他趁我勿在敢欺侮你，你就大声叫我。哼，我叫伊吃勿落兜着走！

芝白：你快去吧！

红白：不去！

芝白：去吧！

红白：（拉芝一旁）小姐，你是不是看上他啦？我看这公子人品相貌都勿错，你可勿要轻易放了他！

芝白：你去吧！去吧！

红白：小姐，你就放心和他谈吧，我到前面去给你望风看人，勿要给老夫人撞上了！

【红仙下】

芝白：公子这般行色匆匆，想必是定有要事在身了。

马白：唉！只因家童病重在床，我是急着要去求医抓药的。

芝白：公子误撞小弟，并勿打紧，但你却勿该用此话诓我！

马白：小生说的实话，怎会诓你？

芝唱：既是家童病在床，

你是主人勿用慌。

打发下人请医治，

何劳亲自抓药忙？

马白：唉！贤弟，你是有所勿知啊！

马唱：我本是溧阳别桥马世俊，

而如今家道沦落如洗贫。
十年来流落横山住坟堂，
多亏他患难之中相依撑。
日里伴我苦劳作，
夜里陪我读书文。
今逢京考日期近，
童儿进兴忽生病。
病情日重勿见好，
怎不叫我急煞人。

芝白：原来如此！

芝唱：公子既是马家人，
马家本是望族门。
高楼房舍进士第，
方圆百里有名声。
如今何故竟至此，
无钱请医看毛病。

马唱：贤弟问起家贫事，
家贫总是有原因。
太祖及第官翰林，
祖父光禄为少卿。
因为勿入严嵩门，
皆被贼党害性命。

芝白：公子原来是忠良之后！

马唱：严嵩差人抄家产，
万贯家财被他吞。
房舍百间连成排，

一把大火烧干净。
良田千顷被他卖，
仅留坟堂地三分。
芝白：原来如此！
马唱：父母怨愤命归阴，
留下年幼马世俊。
流落常州芳茂岭，
放牛樵柴要饭吞。
唯有家童陈进兴，
相依为命情义深。
他如今重病在床命奄奄，
我一早心急如焚请先生。

芝白：但不知先生他是怎么说的？
马唱：他说道，
童儿患的伤寒病，
拖延时日要送命！
芝白：那得赶紧抓药治呀！
马白：唉！
马唱：那郎中先生他说道，
你问诊先交五两银，
我上门再交五两金，
开方须交银十锭，
抓药还须十两金，
只要金银都交足，
还能救他一条命。
芝白：他竟要这么多钱吗？

马唱：他说道，

　　你拖延时日莫找我，

　　回去量量他身尺寸，

　　再到横林街上去，

　　棺材铺把棺材订！

　　如若无钱订棺材，

　　劝你去到黄猫岭，

　　荒草野地挖个坑，

　　破席一卷埋尸身！

芝唱：先生良心虽然黑，

　　治病恐有真本领。

　　钱多也要把病治，

　　总归性命最要紧！

马唱：一钱逼煞英雄汉，

　　何况我是穷书生。

芝白：是呀！那你怎么办呢？

马唱：先生一听没有钱，

　　要我另去找他人。

　　苦苦哀求他不应，

　　急得心中如火焚。

　　想起家中有宝珍，

　　问他可否抵金银。

芝白：先生怎讲？

马唱：先生听说有宝珍，

　　说是可抵金和银。

　　回头再到坟堂门，

急忙取来玉佩珍。
只是为救进兴命，
冒失冲撞有勿敬。
芝唱：听你公子一番言，
小弟心中顿起敬。
你是忠良之后侠义在，
你是官家之后书家根。
你虽然贫穷如水洗，
你仁义道德记在心。
你重情重义勿重物，
你贫寒主仆手足情。
有道是，
井底里栽葱你根基儿深，
宰相府，
山头墙倒地藏有千两金。
祖上留你传世珍，
也是福报回家门。
马唱：我看他神情才貌皆勿凡，
芝唱：我看他言行举止礼义信。
马唱：我看他好比才女孟丽君，
芝唱：我看他犹如当年小方卿。
公子啊，
家珍本是祖上传，
一物在家魂魄定。
我劝你无钱莫去抵家珍，
且先到朋友面上恳恳情。

马白：做啥？

芝唱：借点银子看毛病，

救你家童进兴命。

马唱：勿提借钱倒也罢，

提到借钱伤透心。

那年父母双病亡，

我披麻戴孝去借银，

亲眷朋友都勿肯，

十人看我有九人轻！

芝白：就没有一人肯借你钱吗？

马唱：老远见我转去身，

对面叫他勿答应。

我苦着脸皮去哀告，

都借故装呆打过门。

芝唱：自古道富在深山有远亲，

从来是穷在闹市无人问。

生病落痛自家受，

急难之中难求人。

马唱：要想靠亲戚朋友借到银，

除非是瓦罐撞塌石头井，

除非是田鸡修成蛤蟆精，

除非是黄狗长角变麒麟，

除非是老鼠变象能骑人，

除非是筷子插地出毛笋，

除非是鲤鱼晒干跳龙门，

除非是河蜒长翅会腾云，

除非是湖水倒流上山顶，
除非是东边日头西边升，
除非是满天亮月一粒星。

芝唱：除落土山有高墩，
除落河堤有田埂，
除落庵堂有寺庙，
除落道人有尼僧，
除落朋友有眷亲，
除落远亲有近邻，
除落姨娘有姑母，
除落表叔有舅亲，
舅公舅婆若还在，
外甥有难定照应！

马唱：我的舅公本姓彭，
彭家祠堂在县城。
祖上也是状元门，
溧阳号称第一姓。
我的舅婆周家人，
周家也是官宦门。
家有田地千百顷，
家财都是万贯金。
只是我家落难时，
舅公舅婆已归阴。
只因我家落难时，
连累九族祸殃门。

芝唱：朋友道里你无人助，

亲戚份上又没帮衬。
难怪你要将传家珍，
拿到药店去做押金。
我这里一张银票送给你，
先赠你十两黄金百两银。
一是治你家童病，
二是助你上京城。
马唱：你我本是陌路人，
怎能受你金和银！
芝唱：人人都有急难时，
好汉也须人帮衬。
但愿你，
时来运转有翻身，
一举能题金榜名！
从此平地起高台，
台上又造高楼景。
高楼上面再起塔，
塔上再结黄金顶。
黄金塔顶架天梯，
步步登高上天庭！
又好比，
沙滩困龙遇大水，
冲天一飞入青云！
但愿公子从此后，
上殿朝靴脚上蹬，
下朝乌纱头上顶，

见驾手上捧朝笏，
回乡红袍穿上身。
脱却苦海降福星，
光宗耀祖重门庭。

马唱：多谢贤弟你心肠好，
我今日遇到手足情。
今蒙你赠我金和银，
我愿将家珍来相赠。

芝白：啊哟哟，他这玉佩，怎么与我身佩之物，竟是一式一样？

芝唱：兄长啊，
这玉佩是你传家珍，
还是有人他另相赠？

马唱：当年我用千年芝，
救回义父一条命。
他临别之际玉佩赠，
说是狄府传家珍。
要我急难将它当，
说它值，
百两黄金千两银。

芝唱：不知义父尊姓名？
如今何处在安身？

马唱：十二年来无踪影，
至今未见义父身。

芝唱：我将玉佩交还你，
还望兄长莫离身。

马唱：贤弟啊，我岂能，

无故受你金和银。

还望贤弟来收下，

留你玉佩理该应！

芝白：兄长，小弟倒有一个主意，不知兄长意下如何？

马白：贤弟请讲！

芝白：你我相识是缘，今日何不在大林禅寺观音娘娘佛前，学那梁山伯祝英台，结拜为兄弟如何？

马白：贤弟此言，正合我意。

芝白：来来来，让我们一同进香拜佛。

【旁唱】

焚香许愿进禅寺，

义结金兰拜观音。

大殿佛前跪落身，

拜天拜地拜佛尊。

合唱：菩萨为我做证人，

从此两人勿离分。

【两人拜毕】

芝白：小弟亦有一枚随身玉佩，愿与兄长之珍互作交换，以此为凭。

马白：贤弟如何也有此奇珍宝物，真是奇了！

芝白：你我将此玉佩交换为凭，勿知可好？

马白：如此甚好，如此甚好！你我各自收好了！

【幕后伴唱】

换下玉佩交下心，

从此心心永相印。

自今之后我与你，
今生今世不离分！
马唱：贤弟待我恩情重，
　　　愚兄定当记在心。
　　　他日若有出头日，
　　　定当重谢登府门。
芝白：兄长，你待……怎么谢我啊？
马唱：归你白银还你金。
芝白：这个我不稀罕的！我要你……
马白：要我什么？
芝白：我是只要人不要钱的！
马白：这个嘛！
马唱：这位贤弟眉目清，
　　　风度翩翩少年人，
　　　音容举止像千金，
　　　莫非他是乔装身？
马白：有了，待我试他一试！
马唱：贤弟啊！
　　　待我京试回乡转，
　　　若是金榜能题名，
　　　宝刹为媒佛做证，
　　　我定上门来求婚……
芝唱：兄长说话拎勿清，
　　　葫芦牵进白道藤。
　　　我是贤弟男儿身，
　　　说啥求婚勿求婚！

马白：贤弟莫要生气，是愚兄失言了！

芝白：那你若是考勿中呢？

马唱：我若是名落孙山外，

辜负你贤弟一片心。

从此皈依大林寺，

阿弥陀佛念真经！

芝白：兄长之言差矣！

芝唱：那年我也来此山，

至今已有十二春。

有一书生年尚小，

为我泼墨画丹青。

若论才情试高低，

你我恐怕低三分。

马唱：当年我也在寺中，

题诗卖画挣钱银。

贤弟啊，

一山更比一山高，

强中还有强中人！

芝唱：分明他是画像人，

我今日遇上了梦中人！

马唱：莫非他是女童人，

乔装改扮来山门。

合唱：我待上前来细问，

看他是假还是真！

合白：哎哟哟，勿可也，勿可也。

马唱：女童说得很分明，

再三说是无娘亲。
贤弟今日来烧香，
却是母子一同行。
我若再把话说错，
他定说兄长为人勿正经。

芝唱：我今日改装男儿身，
他兄弟相称在山门。
我若再现女儿身，
岂非被他要看轻。
他若生气拂袖去，
只恐怕兄弟之情化烟云。

马唱：不知贤弟名和姓，
还望告与愚兄知。

芝唱：兄长问我姓名字，
小弟如实来告知。
我半个名字狄玉芝，
半个名叫史云芝。
半是官家半是民，
半是黄金半是泥。
家居溧阳胥渚里，
府在常州御史第。

马唱：贤弟啊，我看你，
不像富家大公子，
好比天上下织女。
你若是一个千金女，
我一定娶你做妻子。

勿管富贵和贫贱，

今生今世勿分离！

芝白：啐！你……你……

芝唱：亏你还是读书郎，

亏你出身进士第，

亏你七岁会写诗，

亏你九岁会编戏，

亏你还在称愚兄，

亏你还在叫贤弟。

你好比，

草桥结拜梁哥哥，

我好似，

英台家中九妹女。

你榆木脑瓜窍不开，

真是个木头棒做成的大呆子！

【红仙上】

红白：公子，公子！

芝白：红仙，什么事啊？

红白：（拉芝一旁）你和他……谈得哪样啦？

芝白：我们……结拜为兄弟了！

红白：恭喜公子，贺喜公子，那你就等着喝交杯酒了！

芝白：啐！

红白：公子，夫人和方丈在藏经楼等你呢。

芝白：知道了！

红白：夫人让我来唤你，要你快些点过去！

芝白：如此，小弟我先告辞了。

【芝施礼掩面含羞而下】

【马欲追赶，被红仙拦住赶回】

红白：姑爷，你就等着喝交杯酒吧！红仙这厢赔礼了！

【红仙回身下】

马白：哎……贤弟，贤弟，你哪里去哉！唉，我这个贤弟啊，他真会开玩笑！啊呀哟！不对哇！

马唱：她半个名字史云芝，
她半个名字狄玉芝。
她赠我金子和银子，
她拉我双双拜天地。
她交换玉佩做凭据，
她分明说是英台女。
她临行含羞掩面去，
她定是御史千金女。
她实是已将婚暗许，
她转身骂我大呆子！

马白：哈哈哈哈！她不是贤弟，她是娇妻哇！我不是兄长，我是姑爷哇！哈哈哈哈！

【马下】

【幕落】

讽刺独幕锡剧

推死人过界

【时间：古代某年三月三日】

【地点：两省两县分界山顶】

【人物：秦安，皖浙两省巡抚（简称：秦）

庄成，巡抚随从（简称：成）

唐塞，浙江东亭县令（简称：塞）

唐青，唐塞儿子（简称：青）

傅衍，安徽西亭县令（简称：傅）

傅妻，傅衍妻子（简称：妻）】

【合唱声中幕启】

界碑巍巍立山顶，

碑东碑西界分明。

昨日碑下荒唐事，

今朝看来笑煞人。

【幕景：两县分界山顶，中有一分界山大石碑，背景有寺庙一角】

【秦、成上】

秦：（唱）

奉旨出京三月整，

乔装改扮察民情。

今日来到东西亭，

但见遍地荒凉景。

秦：庄成！

成：在！

秦：前面引路——

成：是！

（唱）庄成前面将路引，

秦：（唱）两省巡抚后面行。

成：（唱）转眼来到分界岭，

秦：（唱）界碑巍巍立山顶。

成：启禀大人，已到两亭交界之地分界山顶了！

秦：庄成哪！（唱）

两亭地处皖浙境，

鱼米之乡有名声。

如今连年灾不停，

饿殍遍地盗贼生。

成：却是为何？

秦：（唱）

半月来明察暗访查原因，

却原来万事根在两县令。

两位县令不主事，

唐塞傅衍度光阴。

成：大人哪！（板）

今日正好三月三，

两位县令来烧香。

你奉旨巡查到浙皖，

今日应该查一查。

秦：庄成，你来看！

成：大人，看什么？

秦：（唱）看界碑巍巍立山顶，我已有妙计心中定。

成：大人有何妙计，快快讲与我听！

秦：不讲也罢！

成：却是为何？

秦：只怕我讲了出来，你又不肯依我。

成：大人只管讲来，只要用得着庄成，我上刀山，下火海，万死不辞！

秦：一言既出！

成：驷马难追！

秦：好！

成：讲！

秦：（唱）我要你分界碑下装死人！

成：什么，装死人？这……

秦：嗯——怎么啦？刚才还说什么万死不辞哪！

成：嘿嘿！大人，我活泼鲜跳一个大好人，装成个死人，这是何道理呀？

秦：唉！早知道你不肯，不讲也就罢了！

成：好好好！我装我装！可我死了也不明白，大人为何要我装成个活死人？

秦：你听着，乡人都说这两位县令，做官不做事，见死不管，见死不问，见死不救，今日你且在分界碑下，装成死人，待我前去，报与两位县令，看他们倒是问与不问，管与不管，救是不救呀！

成：妙！妙！妙哇！我说大人，小人装死，非同小可，也属触霉头、寻晦气，你……老人家总得有个意思意思……

秦：什么意思？我可没有其他意思了！

成：老爷，你得出点儿彩头呀！

秦：喔，这个嘛，装得好老爷有赏的。

成：装得不好呢？

秦：装得不好啊，老爷有打！

成：乖乖！大人，你别打，别打！待我装个死人也就是了呀！

【庄成在石碑后藏好行李，直挺挺地就地倒下，秦安急忙扶住】

秦：不对！不对！

成：怎么不对？

秦：你得死在分界碑下！

成：为什么？

【秦耳语比画，庄成点头】

【庄成来到分界碑下】

成：老爷，行了吧？

秦：行了！

成：那我死啰！

秦：你就死吧！

成：知道了。

【秦安扶庄成躺下，放好，又盖上些衣服】

秦：待我到那双亭庵中，报与那两位县令，让他们前来查勘断案。（对成）死鬼，等会儿你可不能乱说乱动，我这就报信去了。

【秦安下，庄成坐看四周动静】

【见唐塞父子上，庄成复躺下】

塞：哈哈哈哈！（唱）

三月清明山上来，

求佛拜仙登高台。

一人得道把官做，

鸡犬升天乐开怀。

塞：想我唐塞，三年前捐了个七品县令，想来好不惬意。（板）

出门坐大轿，

随身有听差。

官虽不算大，

七品称芝麻。

活儿没多做，

银子不少拿。

听戏看歌舞，

吃酒带喝茶。

快活似神仙，

自在享清福。

官场上面人都说，

做一天和尚要撞一天钟，

我嘛，连钟也懒得去撞一下！

【两人圆场，唐青被庄成绊了一跤，唐塞又被唐青绊了一跤】

【秦安上，见状，暗笑】

青：爹爹呀，爹爹呀，快快拉我一下！

塞：官帽，我的官帽丢落了，（戴好官帽）真是个饭桶，走路还会跌跟头！

青：爹呀，刚才不知什么东西，绊了我一跤！

塞：待我看来！

秦：（急上）见过大人！

塞：你是何人？

秦：小人乃西亭县人氏，姓秦名安。大人，你看什么？

塞：不知什么鬼东西，绊了老爷我一个大跟头！

青：爹爹，说不定是个金元宝呢！

秦：如此快快看来！

【众人小心上前观看，唐青做拨开衣物状】

青：啊呀！（吓得跌坐于地）呸呸呸！晦气晦气！

（唱）今日出门不吉利，上山碰到一死尸。

塞：（唱）此地是个是非地，是非之地要快离！

青儿，我们快走！

秦：大人，死人事比天大，你身为一县之主，岂可一走了事？

塞：大胆！竟敢拦住老爷去路！

秦：唐大人，这死人躺在分界山上，大人若是不理此事……

青：你……待怎样？你待怎样？你待怎样？

秦：我想……

塞：你……想怎样？你想怎样？你想怎样？

秦：我想要到京州府去告你一状！

青：大胆！你敢？

秦：我有什么不敢，我乃安徽西亭县人氏，又不归你浙江东亭县管辖。

塞：这个嘛！（唱）

我不理来他不依，

还要告状到府里。

若是真的把状递，

我的官帽恐要飞。

想到此处且留下，

装模作样将案理。

塞：青儿，不得无礼！我身为七品县令，父母之官，岂能见死不救，见死不问，见死不管哪！

秦：唐大人所言极是！（对青）还是你家大人明白事理！

塞：嗯，我说秦安，依我看来，这死鬼恐是暴病而亡！

秦：暴病而亡？

塞：对，不如让那双亭庵中尼姑，用张草席，将他埋掉算了。

秦：大人，你如此断理，小人可不服！

青：你敢不服！

秦：我就不服！

塞：那……这事依你看来，如何断理是好？

秦：我又不是知县，当由大人来断！

塞：这个嘛！

【唐塞苦苦思索，焦急不安】

【秦安冷眼旁观，暗中好笑】

【伴唱】

方才是父子上山喜冲冲，

如今是为断死人急惶恐。

且看今日唐知县，

有何妙计出胸中。

塞：（板）

倒霉倒霉真倒霉，

今日碰上两个鬼。

死鬼死了倒好办，

活鬼逼得无路退。

无奈只得细细看，

顿时胸中妙计来。

叫声秦安仔细听，

你与我双亭庵中取笔来！

秦：大人取笔何用？

塞：待我将这死鬼形状，一一写下，也好细细察访查问，断理此案。

秦：是，说得在理。看来这个唐县令，为官尚可，待我即刻取来。

【秦安下】

青：爹，你这是……

塞：你听我说：（板）

略施小计支走他，

唐塞本事比天大。

只要死人推过界，

何愁活人官司打。

青：哦，原来如此，原来如此。高，实在是高啊！

【伴唱】

唐塞知县真荒唐，

死人怎能推过岗。

当官不理民间事，
屁股为何坐公堂。

【伴唱声中，两人四面张望，看有无他人】

塞：（板）
　　未曾动手话先讲，
　　死鬼莫要将我怪。
　　若不将你推过界，
　　秦安不让我下山。

青：（板）
　　若不将他推过界，
　　众人一来走更难。
　　他若是京州府去把状告，
　　我爹爹的官帽戴不长。

【唐塞父子捋袖做准备】

【伴唱】

唐塞知县推死人，
满腹道理讲许多。
一二三四五六七，
甲乙丙丁话不休。

塞：（用力搬头，庄成立起又倒下）唉！
　　（板）死鬼为何如山重？

青：（板）唐青用力推不动。

塞：（板）若是等得秦安到，

合：（板）当着他面怎搬弄？

塞：死鬼啊死鬼！（板）
　　东亭虽是江南地，

连年灾荒米赛银。

米少还当作别论，

木头更是贵如金。

你若是死后仍在东亭境，

只怕是薄皮棺材也难寻。

你若是死后留在东亭境，

到后来遂了饿狗豺狼心。

你若是死后不离东亭境，

只怕是，无棺又无材，狼咬又狗啃，

无人将你葬，无处可安身，

落得个，阎王路上你魂难寻，

判官府里你是鬼也做不成！

今日将你推出境，

实是为你能超生。

超生不要忘恩人，

你保佑我唐塞父子，

太太平平、平平安安、

安安稳稳、稳稳当当将官混！

【两人搬动庄成头脚，往西亭县境内放下】

【伴唱】

情切切来词殷殷，

一番道理感人深。

死人终于推出境，

唐塞知县放了心。

塞：唉，这下可好了！（板）

遇事能推我则推，

百事无了我也了。

唐塞做官有诀窍，

一哄二骗三瞒四推五溜掉。

塞：儿呀，我们快快走吧！

【两人欲下，与秦安迎面相撞】

秦：哎，唐大人，笔墨纸砚全拿来了。

塞：拿来了也好，来了也好哦！你快将那死鬼情形，与我一一报上，待我据实写了下来，回去也好断理此案。

秦：是！大人听着：癸亥年农历三月三日清晨，在两省分界山上分界碑下……啊呀呀，不对，这死鬼怎么换了个地方！唐大人，这死鬼怎么到了西亭县境内？

塞：（掷笔而起）这死鬼既然在西亭县境内，自然与我们浙江东亭县无关，该由安徽西亭县断理！秦安，你可快快前去，报与西亭县傅大人，让他前来断理此案。青儿，我们走！

秦：大人，你……不能走啊！

【秦安三次阻拦不成，唐塞、唐青怒目拂袖下】

秦：唉！庄成！庄成！

成：（坐起）老爷，他们走啦！

秦：你怎么躺到西亭县境内去了，让他父子搪塞过去！

成：大人啊，方才你去拿纸笔时，是那唐塞父子，硬将我推过来的呀！

秦：啊！原来是推死人过界！真是气煞我也！

成：大人，我们走吧。

秦：不行，你且与我再躺在这分界碑下，待我去那双亭庵中，叫来安徽西亭县令，且看他是如何处置此案。

【秦安急急下】

成：唉！（板）

倒霉真倒霉，

活人装死鬼！

唐塞刚刚走，

傅衍又要来。

庄成没办法，

只好再死回。

【庄成复在分界碑下躺下，傅衍夫妻上】

傅：（板）清明山上来烧香，

妻：（板）为生麒麟求娘娘。

傅：（板）生个儿郎称我心，

妻：（板）来年好接七品官。

合：（板）我这里敬罢香火来踏青。

【秦上】

秦：（板）我这里急急忙忙把死信传！

傅大人，大事不好，大事不好了！

傅：何事惊慌？

秦：小人秦安，乃浙江东亭县人氏，适才在这山顶之上，发现一个死人，特来报知大人，请大人快去察看，快去察看哪！

傅：这……夫人，你看这事如何是好哇？

妻：（轻声）不必多管闲事！

傅：对对对！闲事不管是非少，保得头上乌纱帽，本官从来不问闲事！

秦：傅大人，这哪是闲事呵，是人命关天的头等大事啊！你难道也是见死不问，见死不管，见死不救吗？

傅：这……娘子，你看如何是好哇？

妻：这……（旁白）我要是不让他去看，张扬出去，怕是不妥，不妨先让他去看上一看，再作道理。（对两人）那就看一看吧！

傅：秦安，你与本官带路！

秦：是！

【三人依次前行圆场，傅衍上前察看，受惊跌坐于地】

合：啊呀呀！

【伴唱】

啊呀呀，

分界碑下死了人，

黄泉路上有鬼魂。

且看今日傅县令，

如何断理此案情。

秦：傅大人，你，你受惊了！

傅：（爬地而起）娘子！我，我们快走吧！

秦：（一拦）大人，你不能走！

傅：就要走！

秦：（二拦）大人，你不能走哦！

傅：咦！大胆刁民，竟敢拦住老爷去路！

秦：（三拦）大人，真的不能走呀！大人一走，此案怎了？这死鬼怎么办呢？

傅：管他如何！

秦：大人若不处置，小人马上到京州府去报案，告上大人一状！

傅：你……大胆刁民，你敢状告本官？本官岳父大人，乃是当朝……

秦：当朝什么？

傅：嘿嘿，我在朝里是有靠山的！

妻：（制止）嗯嗯……

傅：真是个刁顽之徒，难道你不怕本县……

秦：我乃浙江东亭县人氏，又不归你安徽西亭县管，为何怕你？

傅：大胆！你……

妻：且慢！

傅：娘子！

妻：你身为一县之主，岂可见死不问？（耳语状）还得设法处置！

傅：这……

妻：嗯！

秦：嘿嘿，这位夫人倒还明些事理！

傅：这……这……可如何是好呀？

【伴唱】

方才是夫妻烧香踏青来，

如今是死人面前作了难。

且看今日傅县令，

面对此案怎么办。

傅：（板）

两只耳朵如火烧，一双眼皮别别跳。

今日上山把香烧，烧香惹来死鬼叫。

无奈只得装装样，装样为保乌纱帽。

开口我将娘子叫，下官施礼来请教。

娘子，你先坐坐！我说贤夫人哪，你说此案该如何断理是好？

【伴唱】

世上真有稀奇事，

未曾断案先问妻。

且看今日傅县令，

如何断这为难题。

秦：我说傅大人，这断案的事，是靠你娘子还是靠你哪？

傅：当然是靠老爷我……

妻：嗯……

傅：我的娘子哪！

秦：哈哈哈哈！

傅：笑什么！混账！

秦：是，老爷！

傅：（拉秦至一旁）老爷我与你说句真心话，今后娶妻，千万别讨官家千金小姐。

秦：却是为何？

傅：伺候不起呀！一辈子都敷衍不过来的。

妻：傅衍过来！

傅：是，娘子，傅衍来了！

【傅妻与傅衍耳语，作推死人过界状】

傅：妙！妙！妙哇！（板）

夫人一语开我窍，

闲事少管少烦恼。

做官虽然是非多，

是非不问祸就少。

为官不求有功劳，

但求无过保纱帽。

且依夫人金玉言，

推死人过界将事了。

傅：来人哪！来人哪！秦安，你为何不理本官？

秦：我乃东亭县人氏，不归大人你管辖。

傅：这倒也是！这样吧，我出三钱银子，你帮我将这死鬼推过界去！

秦：不干！不干！

傅：（塞银子给秦）不要响，三两银！

【傅妻一把扯住傅衍耳朵，拉了过去】

傅：娘子，有话好说，有话好说嘛！

妻：好，我说，你听着！（板）

叫声傅衍胆子大，

瞒着老娘搞什么？

你自己有手自己推，

为何要成把银子往外拿。

傅：什么？我还是朝廷命官，一县之主呢！你叫我去推死人？我不干！

妻：当真不干？

傅：当真……不干！

妻：果然不干？

傅：果然……干！干就干！唉！（板）

今日倒了霉，

碰到这死鬼。

夫人怕出钱，

只好自己推。

只要推过界，

老爷好离开。

叫声小秦安，

回去别声张。

你若到处嚷，

老爷名声坏！

秦：死鬼啊死鬼，你可又要活受罪了。

妻：还不快推！

傅：我推！我推！我只好自己动手，亲自来推！

【傅衍在做准备，傅妻四面张望有无行人】

【伴唱】

傅衍知县真糊涂，

娶个妻子赛老虎。

自己若是主意无，

何不让妻代做官。

傅：死鬼啊死鬼，

你可怪不得老爷我哪！（板）

今日老爷来烧香，

你偏偏死在分界山。

你死人不管我活人事，
我活人更比你死人难。
秦：傅大人，你还有何难处呀！
傅：（板）
我的难处你不知，
听我一一说与你。
西亭虽是鱼米乡，
鱼米之乡少鱼米。
十年倒有九年荒，
荒山满眼不见树。
他若死在西亭地，
树皮草根怎充饥？
只怕死鬼到后来，
无衣无被盖，
无遮又无蔽，
无人将他怜，
无处可身栖，
无人做更饭，
无人来烧纸，
只落得阎王路上饿肚皮，
阴间路上鬼哭狼嚎身难支。
秦：如此说来，死鬼呀死鬼，你倒真是死得可怜呀！
傅：（板）
老爷我将你推过界，
实在也是为了你。
你到了东亭有饭吃，

省得在西亭饿肚皮。

你饿鬼变成饱鬼后，

阎王爷见了也欢喜。

但愿你见了阎君多美言，

保佑我子孙万代，代代做官，官运亨通，通通发财，财源滚滚好像长江东流水。

秦：哎呀！总算讲完了。

【伴唱】

西亭县令胜东亭，

情更切来词更殷。

只为死人推过界，

道理说得更分明。

【傅衍推庄成过界，秦安跟在旁边看】

傅：（为求其帮忙，又偷偷塞银子与秦）

（板）若逢有人呼与言，

秦：（板）心知其非口唯唯。

妻：（板）万事推诿敷衍过，

傅：（板）全仗娘子出主意。

秦：天知地知，

傅：你知我知。

秦：昧着良心，

妻：说着谎语。

傅：保得乌纱，

妻：荣耀百世！

合：哈哈哈哈！

傅：秦安，你可到那双亭庵中，禀报东亭县唐大人，叫他速速前来断理此案。

【傅衍夫妇下】

秦：啊呀呀，呸！

【伴唱】

唐塞傅衍将官做，

两个知县一样货。

推死人过界踢皮球，

难怪两县民怨多。

秦：庄成，庄成起来！

成：（坐起，用手捶搓身子）老爷，我的腰都快被推断了，我们总可以回去了吧！

秦：唉！我还想再试他们一次，也许他们刚才是一念之差。

成：还要试？要试，老爷你来装死人吧！我可不装了，推来推去，推个不停，一条命推脱半条了。

秦：庄成，本巡抚因你装死有功，赏你纹银三两。

成：多谢大人！多谢大人！（旁白）一歇歇功夫三两白银，死得值哦！

秦：这是西亭县给的，你还是躺在分界碑下，待我将两位知县同时叫来，且看他们如何处置。

【秦安下】

成：唉！（板）

为试两县令，

三次装死人。

要知真和假，

立即见分明。

【庄成复躺在分界碑下，秦安复引四人上】

合：（板）

娘娘庙里刚坐定，

秦安又来报死讯。

今日烧香惹鬼叫，

叫得老爷不安宁。

秦：两位大人，请看这分界碑下，有个死人……

傅：（板）死鬼明明推出境，

唐：（板）为何又在碑下停。

合：（板）定是东（西）亭断不清，

合：（板）趁我不在推死人。

合：这死鬼原在东（西）亭境内，怎么又推了回来？

傅、妻：是你们推的！

塞、青：是你们推的！

合：是你们推的！呸！（板）

骂声贵县太不该，

定要告你到府台。

你把死人推出界，

知法犯法罪加倍。

秦：两位大人不必相争，依我之言，既在这分界碑下，就当两县联手，合力断理此案才是！

塞：傅大人你看，这死人头在西亭境内，当然应该由傅大人管才是。

傅：岂有此理！唐大人你看，这死者脚底在东亭境内，正是在东亭县倒下的，当然应归唐大人管了。

塞：归你管！

傅：归你管！

合：岂有此理！（板）

叫声大人听分明，

快把死人抬过境。

如若不把死人领，

老爷可要推出境。

秦：啊！你们还要推啊！（板）

大人做事欠思考，

推来推去何时了。

塞、傅：（合板）

管他思考不思考，

推出界碑万事了。

来呀，他们不推，

我们推了过去！

【四人在台上把庄成立起，推来推去，秦安急得追来追去】

秦：别推了！别推了！

合：为何别推了？

秦：既然两位大人无法断理，不妨让我来打鬼断理，问他一问。

合：打鬼？

秦：对！我想这个死鬼该打！

合：为什么该打？

秦：第一，他不该死在今天。

合：对，今天本是老爷我的喜日，他不该死在今天，那就该打！

秦：第二，他不该死在这分界山上。

合：对，扫了老爷游山玩水的兴致，该打！该打！

秦：第三，他更不该死在这分界碑下，害得两位大人推来推去，费神劳力不说，还伤了两位大人之间的和气。

合：对！该打！该打！真的该打！

秦：那我就真的打了。死鬼啊死鬼，你可怪不得我呀，除非你死鬼肯花钱消灾，抛出银子来，我就免打！

成（内白）：啊，真的打呀！那三两银子是保不住了！

【秦安每打一次，庄成就抛出一两银子和腰牌，趁众人争夺银子、腰牌之际】

【秦安、庄成起身溜至碑石后藏身换衣】

傅：死鬼身上抛出来的是什么东西？

合：什么东西？

塞：是银子！

傅：是腰牌！

青：是银子！

妻：是腰牌！

塞、傅：（看牌）啊哟呀，这死鬼原来是两省巡抚秦安秦大人的亲信随从庄成！

合：啊呀呀！大事不好了！（板）

宰相府里无白丁，

随从比我大三分。

今日死在我境内，

浑身是嘴说不清。

拼死不可将步让，

快推死人出县境。

【四人一齐上前，头相撞，各抱头跺脚散开】

【四人在台上争执不休】

青、妻：（板）老娘（子）今日横下心，京州府去把理评！

傅、塞：（板）既然你不将事认，倒叫老爷愤不平！

合：走！走！走！京州府里把理评！

【秦安、庄成穿官服从碑后出】

成：巡抚大人到！

合：啊呀呀，你是……

成：这是两省巡抚秦安大人！

合：参见秦大人！大人远道而来，下官未能远迎，万望恕罪！

秦：你们两位是……

塞：浙江东亭县唐塞拜见大人！

秦：哦，原来是唐县令！

傅：安徽西亭县傅衍拜见大人！

秦：哦，这位是傅县令！两位大人请起！

青、妻：（旁白）这位大人好面熟呵！

秦：两位大人，可还认得我吗？

【两县令抬头，大惊，跌坐于地……】

合：啊呀呀！

【伴唱】

睁眼一看魂魄飞，

眼前分明是秦安。

死人成了巡抚官，

祸从天降难辩白。

秦：东亭县令、西亭县令听着，我奉皇上御旨，乔装改扮，特来东西两亭之地巡查察访。尔等身为七品县令，父母之官，理应报效国家，爱护黎民百姓，可是尔等遇事不管不问，搪塞敷衍，致使两县百姓，屡受灾荒之苦，江南鱼米之乡，竟是满目荒凉，民怨沸腾，尔等知罪吗？

塞、傅：下官罪该万死！罪该万死！

秦：今日两省分界山上，尔等搪塞敷衍，推诿从事，将这庄成推来推去，不敢断理此案，尔等当的什么知县，做的什么父母之官？

塞：大人明鉴，下官处事，从不专横，下官如有鱼肉乡民之事，甘受大人严打！

傅：大人在上，下官为人，小心谨慎，下官如有贪赃枉法之事，甘受大人严处！

秦：掌嘴！（板）

贪赃枉法罪非轻，

无所作为不该应。

若是做官都这般，

国要亡来民遭殃。

塞、傅：大人开恩！下官知罪了。

秦：（板）

唐塞傅衍事不干，

身上枉将官衣穿。

尔等本是父母官，

心里只是想着权。
一骗二推三欺瞒，
面前死人也不管。
对上欺骗将灾瞒，
对下不问不听劝。
天旱水涝全不顾，
百姓遭殃眼不观。
如此下去尔做官，
两地灾祸何时完。
做了县令害一县，
做了州官害一府。
国家重任担尔肩，
万年江山顷刻断。

塞、傅：大人开恩！大人开恩！下官知罪了。

秦：限尔两人，三日之后，即到京州府听候处置！

【秦安、庄成下】

合：大人！大人开恩哪！唉！

【四人垂头丧气，互相埋怨下】

【幕后合唱】

分界碑是分界岭，
当官为民记在心。
遇事推诿不作为，
害国害民害自身。

（注：此剧本写于1979—1981年，时在县文化局剧目创作组工作，此次发博客时略有改动。）

微型滑稽戏动画片

酒葫芦断案

【人物：知县、幕僚、衙役、犯人】

【布景：公堂上置一大酒葫芦】

【幕后合唱】

老爷本是七品官，

人人称作酒葫芦。

每日上堂两件事，

喝酒查书来断案。

【幕启】

【知县一手里抓个酒葫芦，一手中抓本《论语》，踉跄上场】

知县：（板）

酒啊酒，

你装在壶里你是水，

喝到我肚里却闹鬼。

说出话儿老走嘴，

走起路来闪两腿。

半夜为你来找水，

早上醒来又后悔。

说好从此咱拜拜，

一到吃饭又端杯。

喝了一杯又一杯，

世上还是你最美！

知县：美酒啊，你是我，不离不弃，时时相随，从不分开的好宝贝！

【幕僚上老爷】

幕僚：你真的不能再喝了！

知县：没事，老爷我还能喝，我……没醉！

幕僚：我也知道老爷没醉，可升堂时辰到了，你得断案！

知县：那有什么，古人云，半部《论语》可治天下，我有一部《论语》，天天手不离卷，还怕治不了这区区一个小县吗？

幕僚：那是！那是！老爷，你看，这时辰到了。

知县：哦，到了吗？

幕僚：到了！

知县：那可不能误事，咱得上班干活了，升堂！

幕僚：升堂！

【众衙役上，分列两旁】

知县：今日有何事，快快报上堂来。

幕僚：启禀老爷，昨日捕快抓得一小偷，需老爷您断理。

知县：带上堂来！

幕僚：带犯人上堂！

【犯人上】

衙役：（喝道）威——武！

犯人：（板）

倒霉倒霉真倒霉，

栽入捕快手中来。

昨晚偷鸡没抓到，

后来又去把花采。

谁知那女死不从，

高呼救命众人来。

我连滚带爬跑不快，

翻窗跌得脚脖崴。

到后来，那捕快，

钢刀架在脖子上。

我被抓到衙门来，衙门来。

衙役：威——武！跪下！

【犯人跪下】

犯人：见过老爷！

知县：堂下所跪何人？

犯人：小人张三。

知县：所犯何事？一一招来！

【幕僚与知县耳语】

犯人：老爷啊，（板）

小人见酒迈不动腿，

每天都爱喝几杯。

知县：哦，你……也爱喝酒？

犯人：是的。（板）

因为没有下酒菜，

就想偷只公鸡来，

不料那鸡跑得快。

知县：飞啦？

犯人：飞了！

知县：没追到？

犯人：没追到！

知县：飞哪儿去啦？

犯人：老爷容禀，那公鸡儿嘛，（板）

一飞飞到厢房内，

我追到屋里鸡不见。

见一美女独自在，

心中一念生，又想把花采。

谁知她不从，高声来叫喊。

惊得众乡邻，都来把我追。

翻窗出外逃，又把脚跌崴。

跑到弄堂口，遇到一捕快。

钢刀架脖上，把我抓了来，

抓了来！

幕僚：老爷，他是犯偷盗之罪！

知县：待我翻阅《论语》，看看圣人说该怎么断理！

犯人：老爷你是青天大老爷，一定能明断是非！

【伴唱】

世上真有稀奇事，

未曾断案先翻书。

喝酒看书把案审，

且看知县怎断理。

知县：（板）

古人云，

半部《论语》治天下，

我如今，

一部在手不发难。

老爷我，

熟读古书三百卷，

上公堂，

老爷断案有主张，有主张。

【边喝酒边查《论语》】

知县：有了，有了！圣人早在书上写了呢！

幕僚：圣人怎言？

知县：待我先喝口酒，（喝酒）圣人言，朝闻盗（道），夕死可矣！

犯人：（大惊）啊！老爷饶命，老爷饶命啊！

知县：“朝闻盗”就是早上闻盗，“夕死可”就是晚上处死！圣人说要你死，我有什么法子，怪不得本老爷！来人！

衙役：喳！

知县：将此人打入死牢，等到黄昏之后，推出去斩了！

衙役：喳！

犯人：老爷饶命，老爷饶命，小人偷鸡摸狗，罪不至死哪！

知县：这书上说的是圣人之言，饶不得，饶不得！

幕僚：老爷，这……是不是太重了些？

知县：这是依圣人之言，岂会太重！

幕僚：老爷，待我看来。老爷，这圣人所言之道，是道理之道，不是此偷盗之盗。他只是偷盗之犯。

知县：喔，原来是如此之道，待我再细细看来。哦，原来老爷眼花了，此道不是那盗也。

幕僚：老爷明鉴！

知县：大胆犯人，你既是偷盗之犯，想必不是初犯，快将你所犯之事，一一从实招来！

衙役：（吆喝）威——武！

知县：（边喝酒边审问）你招是不招？不招，左右，大刑伺候！

犯人：我招我招！禀大人，小人还曾在寺庙中偷过一口钟。

知县：偷钟？那该治何罪？

幕僚：不知道！

知县：待我再查查《论语》，看看圣人之言怎讲！

【众紧张等待，知县边喝酒边翻书查找】

知县：有了，有了！

幕僚：老爷，圣人怎言？

知县：《论语》云，夫子之盗钟，恕而已矣！

幕僚：老爷，什么意思？

知县：放了！

幕僚：放了？

知县：是的，这是圣人之言，你且看来！

幕僚：夫子之道，忠恕而已矣！老爷，这……不能放！

知县：不能放？

幕僚：不能放！

知县：可圣人云，恕而已矣！

幕僚：圣人云，遇事要三思而行！

知县：三审而行？还要再审？

幕僚：对！还要再审，说不定还有大案在身！

知县：再审？

幕僚：再审！

知县：待我再喝点酒，喝了再审！既然圣人说三审而行，咱就审他三次！

幕僚：老爷，你不能再喝了，喝太多了，会犯糊涂的！

知县：老爷有《论语》在手，有圣人之言，会糊涂吗？嗯？

幕僚：不会！不会！

知县：那好，你且看本县再审！大胆刁徒，你分明尚有重案在身，你当本县不知？如不从实招来，你听我说：（板）

先打一百杀威棍，
再用枷锁枷你身。
白天丢你进水牢，
蚂蟥吸你血，
蚊子将你叮。
夜里丢你在荒郊，
狼吃你的肉，
狗将骨头啃。
到头来，（唱）
牛头马面将你锁，
阎王路上带你行。
催魂符儿锁你魂，

你一条小命活不成。

犯人：老爷，我偷了一口钟，已经招了啊！

知县：你避重就轻，你当老爷喝……喝高了啊？左右，给我大刑伺候！

衙役：威——武！

犯人：大人饶命，小人愿再招！再招！

知县：从实招来，不得隐瞒！

犯人：小人从小子承父业，跟父学盗，偷鸡摸狗，寻花访柳……

知县：那你父亲身在何处？左右，去把他父亲抓来！

犯人：老爷，他三年前酒后偷盗，被人发现，便放火杀人，被处斩刑，已有三载了。

知县：几年？

犯人：三年，整三年了。

知县：待我查查《论语》，看如何给你定罪。

【边喝酒边查书，口里念念有词：“三年三年，整三年了！”反复看了几遍，慌忙起身离座，扶起犯人】

幕僚：大人，你这葫芦里装的是什么酒啊？

知县：孝也！孝也！此人乃大孝子也！

幕僚：他是偷盗之人，怎会是大孝子？

知县：孔子云，三年无改于父之道，可谓孝矣。他子承父业，已经整三年了，原来是个大孝子呀！

幕僚：这也是圣人之言？

知县：（拿《论语》给其看）你看，圣人之言，不差矣！不差矣！这次老爷我没有看错吧？

幕僚：没看错，没看错！孔子真是这么说的！

知县：（对犯人）你确是个大孝子，公差不读圣贤之书，不明圣言之理，把你抓来，还望孝子见谅！见谅！

【众哑然失笑】

幕僚：老爷，他子承父业，虽是孝子，可偷鸡摸狗，也得处罚啊！

知县：说得也是，你偷鸡摸狗，又去采花问柳，应当严加惩处。（翻书未果）这……书上没有，怎么办？

【知县喝酒没有，摇摇空葫芦："没酒了！"】

【打呵欠，欲睡，打呼噜】

幕僚：有！老爷你可不能睡！

【幕僚将其酒葫芦藏起】

知县：哪……儿有？哪儿有酒？

幕僚：圣人云，以其人之道，还治其人之身！

知县：对呀！圣人之言有理，有理！怪不得古人云，半部《论语》可治天下！

幕僚：圣人英明呵！

知县：大胆刁民，本县问你，你平时最怕什么？

犯人：（旁白：这老爷今天喝糊涂了，待我再糊弄他一下）禀告老爷，小人平生有三怕！

知县：有哪三怕？如实讲来！

犯人：小人不敢！

知县：但讲无妨！

犯人：大人哪！（板）

启禀老爷父母官，

小人自幼怕喝酒。

只要做事一出错，

严父罚我把酒喝。

知县：知道了，原来你最怕喝酒。

犯人：（板）

小人第二怕吃鸡，
严父拧耳逼我吃。
吃了鸡脖吃鸡爪，
还逼我吃大腿肉。

知县：怕鸡？嘿嘿，夫人也最怕吃鸡哦！

犯人：（板）

小人第三怕女人，
严父骂我没出息。
采花问柳学不会，
至今还是没老婆。

知县：（板）

一听此言我心喜，
老爷今日治治你。
第一罚你先喝酒，
第二逼你吃只鸡。
第三判你陪女人，
看你出息不出息！
既然你也有三怕，
就用三怕来治你！

知县：好，老爷今天要依圣人之言，以其人之道，还治其人之身！偏要给你这三样东西，来人！

幕僚：小人在！

知县：把他带下去，罚他喝一壶五粮液，吃一只啃得鸡，睡一个三陪女，老爷就不信，治不了你这个混账大孝子！

犯人：多谢青天大老爷！

【知县呵欠，伏案呼噜而睡】

【众哑然】

【幕落】

新编后园会·赠印

（根据钱惠荣《珍珠塔·后园会》改写）

【人物：方卿　陈彩娥】

陈：（唱）自从那年分别后，

闻讯你遇盗我痛断肠。

愚姐再三叮嘱你，

有官无官要回襄阳。

谁知你，

一去三载无踪影。

害得我……

方：怎样？

陈：（唱）害得我爹爹常盼望。

三年来你受尽风霜苦，

只怪我当初留你少主张。

方：（唱）表姐为何这样讲，

你待方家情义长。

三年前你推托点心把珠塔赠，

如今是情更深来意更长。

三年来我人在他乡心在此，

深深怀念，好……

陈：怎样？

方：（唱）好襄阳。

陈：（唱）襄阳虽好是襄阳，

还望你长留襄阳读文章。

方：（唱）表姐情意暖心怀，

只恐我人穷志短气不张。

就像那马尾穿豆腐提不起，

到后来辜负你一片热心肠。

陈：（唱）表弟为人志气强，

日后定能有发展。

我与你朝读诗书同品茶，

到晚上……

方：怎样？

陈：（唱）后园抚琴赏月亮。

恩恩爱爱日子过，

相依相伴不孤单。

方：表姐啊，（唱）

我无官怎能回襄阳，

岂不要愧对你红妆和亲姑妈。

更何况姑爹待我仁义重，

方卿我一日不敢忘心怀。

陈：（唱）纵然你终身不把官来做，

表姐我始终对你挂心上。

有官无官一样过，

你再回襄阳又何妨？

方：（唱）方卿若是白衣郎，

首先愧对你红妆。

陈：（唱）我只要夫妻两相爱，

终身相伴也心欢畅。

方：（唱）方卿我纵然依你来襄阳，

怎无奈母亲流落在他乡。

想到娘亲我心伤，

不见娘亲我心怎安。

陈：（唱）舅妈寻你早到此，

现居城东白云庵堂。

方：（唱）闻听母亲已到此，

满心欢喜愁云散。

多谢你表姐传喜讯，

方卿我……

陈：你怎样？

方：（唱）我送你一礼来致谢！

陈：（唱）表弟何礼来谢我？

莫非是……

方：是啥？

陈：莫非是表弟已经做高官！

方：表姐啊，（唱）

你当年送我珍珠塔，

价值连城贵襄阳，

我今日还给表姐一个金点心。

陈：金点心？

方：表姐，你且来看，

（唱）是七省巡按黄金印章。

陈：七省巡按？表弟，你果然高中了！（唱）

今日里方卿登门不一般，

不由我彩娥心中愁云顿散。

方：（唱）拜见姑爹慰红妆，

陈：（唱）迎来娘亲奉高堂。

方：（唱）辞别表姐庵中去，

陈：表弟，（唱）

愚姐陪你一同前往！

唱词或弹词开篇

鸳鸯骂嫂

呀呀啐……

你们俩，一个道贺一报喜，

要叫鸳鸯去做妾妻。

气得我银牙咬碎怒火起，

禁不住泪如雨下伤心肺，

忍不住心恨生怨悲愤起，

指着鼻子来骂你：

亏你还是亲兄长，

亏你是我哥哥结发妻，

人道是长兄为父嫂为母，

弟弟妹妹要提携。

你明知贾赦是个人渣子，

文不能诗来武不能举。

寻花问柳声名臭，

赌吃嫖娼样样齐。

多少人家受他害，

多少女儿受他欺！

把亲生骨肉送往火坑里，

竟说是荣华富贵攀高梯。

你们是，

瞎了两只乌眼珠，

怀了狼心与狗肺！
说什么做了小妾身有靠，
从此不愁柴和米。
说什么明日进府做夫人，
从今后住高楼来穿绸衣。
既然贾府样样好，
为啥你不自己去？
逼我给人做小妾，
分明要我去做奴婢！
莫以为做了一件大好事，
又是道贺又报喜。
你们是，
对上攀亲附权贵，
对下仗势把人欺。
趁机伸手捞好处，
自己也梦想进府第。
我若是依了你们进贾府，
你们好邀功领赏得势力。
我若是拒绝进府独自飞，
你们俩只好灰头土脸遭没趣。
还是早点将王八脖子缩回去，
不要再在此口舌费。
鸳鸯我万事皆得靠自己，
不要他人多考虑。
你们看贾府丫鬟上百个，
有哪个最后不是被抛弃？

晴雯一死无人管，
金钏儿含恨命亡西。
同胞兄妹亲骨肉，
如若无睹不受理。
火化银子被吞走，
丧事不办赌钱币。
你叫她九泉之下亲妹妹，
一缕游魂安哪里？
纵然是千金小姐林黛玉，
也落得寄人篱下死得凄。
她苏州家产被人吞，
有谁为她争个理？
凤哥儿她落了难，
连亲生哥哥也不救济。
卖了他嫡嫡亲亲外甥女，
赌场酒馆去花费。
就是那宝二奶奶又如何，
一辈子被人利用被骗欺。
只落得活守孤寡伴枯灯，
哪有笑容眉上飞？
你看那贾府荣府大院里，
上下人儿千百几。
个个似有刻骨恨，
人人怀疑互猜忌。
冤冤相报似水火，
难有真心共相依。

在这肮脏的天地里，
善良的羊羔变狐狸。
你们叫鸳鸯贾家去做妾，
分明是将我投入魔窟里！
快与我闭了两张乌鸦嘴，
快快从这里滚出去！
从此后鸳鸯再无亲哥哥，
从此后嫂子莫来我房里。
兄妹之情从此绝，
同胞之亲休再提！

锡剧小戏

团圆饭

（又名：悔悟）

【人物：李妈、李媳、表兄】

【地点：客厅】

【时间：中秋夜】

【幕前合唱】

一曲悲剧示众人，
反贪防腐记在心。
莫道近水鞋总湿，
应知遇财手莫伸。

【幕启：客厅内】

【李妈正在默默收拾整理儿子衣服】

【李媳围围裙上】

媳唱：回想李平被查事，
恍惚依然在梦里。
今日中秋团圆夜，
他却身陷囹圄里。
我虽准备团圆饭，
后悔莫及难忍泪。

【客厅内，李妈呆坐椅上】

【李媳进客厅内，悄然拭泪，强颜欢笑】

媳：妈，今日中秋节，晚饭已经做好了，我们早点吃饭吧！

妈：再等一会儿，平儿他还没回来呢！

【李妈咳嗽不止】

媳：妈，你身体好一些了吗？

妈：没事的，这点儿小毛病，妈能扛得住！

媳：妈，可你已经三天没吃饭了！

妈：我在等平儿他回来，今天可是中秋节啊！他应该赶回来吃团圆饭的。

媳：他……他……他外出开会去了啊。

妈：开会去了，那今晚也该回来了啊？

媳：是的。

妈：那他为什么连电话也没一个？你再打个电话催催他！

媳：可能是手机没电了吧，我也打不进去。

妈：今天是中秋节，是家家户户团圆的日子，我们再等等他吧！

媳：嗯！妈，你……你就先吃块月饼吧。

妈：还是等平儿回来再吃吧！这是我帮他收拾的衣服，我拿进去放好。

【李妈下】

媳：妈……（欲说又止，侧身拭泪）

旁唱：三天前李平被查出事情，
我是刀扎箭穿痛在心。
往年中秋团圆饭，
合家欢乐笑语盈。

谁料今年大祸降，
他受贿被抓进牢门。
往日欢笑今不再，
母子夫妻两地分。
老娘年迈身有病，
我不敢对她告实情。
眼泪忍住肚里流，
转身强作笑脸人。

【李妈复上】

媳：妈，李平他……总会回来的，你放心！

妈：唉，英子！

妈唱：我心儿慌慌眼皮跳，
总怕平儿他出事情。
如今出门车辆多，
酒驾出事害人命。

媳：妈，你又不是不知道，李平他从不喝酒开车的！

妈：那好！那好！

媳：妈，你身体不好，不管遇到什么事儿，你可要当心身体啊！

【李媳进内，表兄手持月饼礼盒上】

兄：姑妈，姑妈！

妈：大侄子啊！你可是个大忙人，今天怎么来啦，有事吗？

兄：姑妈，这是给你买的中秋月饼。

妈：你能来看看姑妈，我就高兴了，还买什么礼品！你把它带回去，给你爹妈吃！

兄：姑妈！

兄唱：刚才我在大街上，

听到众人把话讲。

说是表弟当局长，

贪污受贿已被查。

如今拘留在牢监，

不知是真还是假？

妈：什么？平儿他……他被抓……抓起来了？！

兄：姑妈！

兄唱：大街小巷都在讲，

说他受贿上百万。

前天纪委已登报，

如今立案在审查。

妈：天哪！儿啊！你……你你……

【李妈不支，晕倒在沙发上】

兄：姑妈！姑妈！

【李媳急出】

媳：妈！妈！妈怎会突然晕倒？

兄：刚才我问她表弟被查的事儿。

媳：你，你，你怎么能问这事儿，妈她……她还不知道啊！

兄：唉！

【两人忙扶李妈坐起，喂药、喂水，灯渐暗】

【伴唱】

一声儿啊呼天喊，

晴天霹雳打头顶。

可叹白发老娘亲，

肠断肝碎痛彻心。

【一束灯光照在李妈身上】

【李媳悲呼：妈，妈啊，你醒醒！你醒醒啊！】

【灯复明，李妈慢慢醒来】

妈唱：猛听到平儿贪腐立案查，

　　　好比那晴天霹雳当头打。

　　　骂声我儿你……你不应该，

　　　你怎能贪污受贿钱乱抓。

妈：平儿，你……你好糊涂啊！

妈唱：我前世作了什么孽，

　　　他怎能做官把钱贪！

媳：妈，你……你要保重身体啊！

妈：平儿啊，你……你叫妈有何颜面活在这世上啊！

【李妈手足无措，急得乱转】

兄：姑妈，你要保重身体啊！

妈：平儿，平儿！

兄：姑妈！

妈：哦，你不是平儿！你不是平儿！你是大侄子。

媳：妈，你定定心，坐下喝点水。

【李妈被扶坐下】

兄：姑妈，你不要急！不要急！

媳：妈，你要当心身体啊！

妈：想起来了，想起来了！

媳：妈，你想起什么啦？

妈：这都是妈的错，是我害了他啊！这都是我的错啊！

妈唱：当年他爸在前线，

参加自卫反击战。

战地重伤去世前，

给我写信留遗言。

嘱我养大平儿他，

将来为国做贡献。

媳：（哭泣）妈！

妈唱：那时平儿刚周岁，

我爱他疼他在心里。

日里怕他肚子饿，

半夜帮他盖被衣。

生病抱他去求医，

上学帮他书包提。

指望他长大成人能接班，

指望我养儿防老有靠依。

兄：英子，我觉得表弟平时为人很正直的，口碑也蛮好，怎么会一下子贪污受贿那么多钱呢？他怎么会走到这一步呢？

媳：这……

兄：你啊，你是他妻子，你平时怎么也不管管他呢？

媳：我……唉！说起这事儿，要怪……要怪你啊！

媳唱：三年前你要盖厂房，

你几次求他多帮忙。

你弟当时是所长，

为你征地上下忙。

批你土地十八亩，

你如愿建成了新车间。

兄：是的。多亏表弟帮忙，我才能扩建厂房，完成外贸订单。

媳唱：你年底送来钱三万，

说是给侄女买点新衣裳。

你弟不肯将钱来收，

你转身而去钱放下，

他要我追你来退还。

我捧钱追你到弄堂，

你再三不肯将我拦，

巷口来了人一帮，

我怕被别人看见话乱讲，

你急忙脱身将路赶，

我只好回来钱收藏。

你表弟到此也无奈，

就用它给你侄女置嫁妆，

从此后心中拆了篱笆墙。

那贪污受贿四个字，

就像两只黄鼠狼，

只要天黑人少时，

它就直往家里闯。

后来李平升局长，

手中权力就更大，

总是有人来求他，

批地征用建新房，

事前事后人情多，

慢慢觉得理应当。

日积月累三年多，

累计受贿上百万。

到如今东窗事发被审查，

害得他丢官失职进牢房！

我……我好悔啊！

兄：啊呀呀！如此说来，真的是……是我害了表弟他了！

兄唱：一闻此言我心头惊，

是我害了表弟亲。

当年建厂时间短，

我征地建房天天催得勤。

虽然是手续齐全都合法，

还是要谢他表弟抓得紧。

谁知道酬金变绳索他命，

害得他拆了篱笆打开门，

当干部心中失了准星秤。

从此以后把手伸，

贪腐受贿捞金银。

回想此事是我错，

害他牢里把身蹲。

如今是，

官帽落了地，人鬼分不清。

中秋难团圆，夫妻两地分。

家庭财产名誉地位，

通通丢得干干净净！

兄：表弟，我……我真浑，我好后悔啊！是我害了你啊！

妈：你……你知道平儿在哪儿吗？

兄：听人讲，在南门拘留所里。

媳：妈啊，你坐下，喝口水吧！

妈：我的儿啊！

妈唱：自从你爹去世后，

我母子相依苦伶仃。

一年四季冬夏过，

孤儿寡母多艰辛。

你年幼孩童不懂事，

我娘亲为儿操碎心。

你考上大学到省城，

我伴读打工把钱挣。

好饭好菜尽你吃，

残汤剩羹娘再吞。

后来你把官来做，

光宗耀祖慰娘心。

谁知你贪污受贿迷了性，

到后来见钱眼开把手伸。

【伴唱】

一失足成千古恨，

事到如今罪不轻。

中秋佳节难团圆，

母子夫妻两地分。

兄：姑妈啊，侄儿我好悔恨啊！

兄唱：侄儿愧对姑妈亲，

表弟难报养育恩。

但愿英子多孝顺，

替代我这戴罪人。

媳：妈，你要保重身体，都怪儿媳我！

媳唱：我千不该来万不该，

不该收下那笔礼！

害他从此贪心起，

（哭）如今追悔已莫及。

兄：（跪下）姑妈，都怪我啊！

兄唱：是我害了表弟他，

当年不该送这礼。

三万谢礼如毒品，

推他走上犯罪路。

妈唱：我们这些亲属们，

没能帮他管自己。

当年不知罪孽大，

事到如今悔已迟！

合：是的，我们都有很大责任！

媳：妈，今天是中秋节，我准备了一顿团圆饭，大家一起吃晚饭吧。

妈：我要去拘留所探监看他，你把他衣服带上，再把这顿晚饭也带上，陪他吃一顿监牢里的团圆饭。妈要让他好好坦白认罪，悔过自新，争取重新做人！

媳：对，妈，我们也都要吸取教训，悔过自新，重新做人！

兄：姑妈，我的车子在巷头上，我和你们一同去！

【幕后合唱】

贪腐受贿罪不轻，

一失足成千古恨。

今日一顿团圆饭，

但愿唤醒梦中人。

【剧终】

锡剧说唱

谨以此剧献给我亲爱的母亲和姑妈——

迁户口

（表）：这是一个真实的历史故事，在20世纪60年代中期，两位母亲为了一个孩子的户口迁移，爆发了一场旷日持久的争夺战，一直绵延了十年之久。

合：为将娇儿户口办，
　　两个娘亲痛断肠。
　　亲娘姑娘勿相让，
　　都把户口来争抢。
男：一会儿，亲娘她，
　　将儿拉到东边房。
女：一会儿，姑娘她，
　　将儿拉到西面窗。
男：一个是，满脸是泪如雨下。
女：一个是，悲悲戚戚好心伤。
男：一边是，亲生母亲望穿眼。
女：一边是，恩重姑妈哭断肠。
合：今日里，亲娘她，
　　把儿户口迁回家。
　　骨肉相连扯勿断，
　　扯勿断却理又乱！

男：迁回家，娘心欢，
　　母子两人将证办。
女：日未落，天将晚，
　　后面追来亲姑娘。
男：姑娘她，
　　又是哭来又是喊，
　　又在地上打滚翻。
　　千劝万劝劝勿住，
　　要把为儿拉回家。
女：亲娘说，
　　我儿勿是抱给她，
　　只是寄养到姑家。
　　经济生活我负担，
　　每月都给钱和粮。
男：三次来把户口办，
　　两次都被姑妈拦。
　　好言相劝无商量，
　　只得无功返回家。
女：亲娘她，决心大，
　　再次专程到溧阳。
　　下定决心户口办，
　　要把为儿带回家。
男：姑娘她，急慌张，
　　一哭二闹三撞墙。
　　满脸是泪拉住儿，
　　拼着老命不相让。

合：两娘亲，泪雨滂，
　　都气立一旁话勿讲。
　　个个脸上是泪成河，
　　似箭穿心都痛断肠。
男：姑娘坚决勿放手，
女：亲娘执意手勿撒。
男：姆妈她，泪如雨，
女：姑妈她，哭声响。
男：那泪雨，点点滴在儿心上，
女：那哭声，声声敲在儿心房。
男：我左也思，
女：我右也想，
合：左思右想好为难。
男：这边刚把亲娘叫，
女：那边又把姑娘喊。
合：亲娘姑娘张泪眼，
　　等着为儿来表态。
男：来表态，口难张。
女：未开言，心刀剜。
合：怎忍心，面对娘，
　　再把亲人心来伤。
男：我若是，
　　跟着娘亲回城住，
　　爹娘自然心喜欢。
　　户口迁回城里去，

从今后，

生活工作有保障。

女：现在上学校，

将来进工厂。

往后长大找对象，

从此勿必再犯难。

男：进城从此返回家，

母子团聚娘心安。

女：离乡从此离姑娘，

姑娘肯定把心伤。

男：我若是，

跟着姑娘留乡下，

一年四季种庄稼。

下田地，把活干，

终日累苦似牛马。

女：儿受苦，娘勿忍，

兄弟姐姐要我还。

合：父亲母亲心勿安，

时刻盼儿早回家。

男：亲娘她，三次返乡到溧阳，

女：坚持要，把儿户口来迁办。

男：为的是，将儿迁回宜兴去，

女：为的是，让儿脱离苦农家。

男：进工厂，把班上，

从此好吃供应粮。

女：吃供粮，工资拿，
　　实是为儿来着想。
男：如若年满十八后，
　　不需父母再抚养。
　　政策规定不能办，
　　到那时，一辈子，
　　户口永远落乡下。
女：所以娘亲勿肯让，
　　为儿三次来溧阳。
　　今日娘亲将我带，
　　将儿户口迁手上。
　　姑娘一知心慌乱，
　　可是勿愿也无奈。
男：眼看她，在一旁，
　　悲痛欲绝哭断肠。
女：哭断肠，好凄凉，
　　从此膝下谁承欢？
男：迁回城，好喜欢，
　　从此全家阖团圆！
合：是进城，是还乡，
　　两个娘，两个妈，
　　为儿争吵勿相让，
　　千争万执无法想。
男：到后来，实无奈，
　　私下里，将儿拉。

女：千叮咛，万告诫，
　　要我自己来表态。
男：是上是下叫我难，
女：是回是留我怎讲？
男：倘若一步路走歪，
女：爹娘亲友将怨埋。
男：为儿勿敢望娘亲，
女：是走是留难主张。
男：我今户口迁回城，
女：姑娘姑夫怎么办？
男：二老年迈过花甲，
女：孤老无依心怎安？
合：十年抚育终是空，
　　四季浇灌却无花。
　　养儿原是为防老，
　　竹篮打水空一场。
男：怎能忘，姑妈她，
　　朝夕相依恩情大。
女：含辛茹苦将儿养，
　　日思夜想萦绕怀。
男：我前也思，
女：我后也想，
合：前思后想更觉难！
男：往日里，
　　身在乡下思亲娘，
　　怨娘将儿寄乡下。

女：今日里，
　　娘亲特来将儿带，
　　临行又难舍姑娘。
男：思思思！
女：想想想！
男：思思想想难难难！
女：眼望姑娘痛断肠，
男：我怎忍心对她讲。
女：有心进城去回家，
男：兄弟骨肉勿分散。
合：我一步一步离她去，
　　步步踩碎她心肝！
男：我忍住泪，
女：我暗心伤。
男：我走了回，
女：我离了返。
合：步步路难行，
　　犹如上刀山！
男：一步一回头，
女：热泪盈两眼。
男：两眼望俩娘，
女：俩娘泪千行。
合：酸甜苦辣味千般，
　　如波似浪心中翻！
男：想起十年来，
女：往事历历翻。

男：日里伴姑妈，
女：夜里想亲娘。
男：白天把地下，
女：梦里把学上。
男：三餐野菜粥，
女：天天糠代粮。
男：农家贫如洗，
女：四季少衣裳。
男：三年饥荒度，
女：生活苦磨难。
男：十岁就下田，
女：学把农活干。
男：十一去广德，
女：翻山将岭爬。
男：十二背竹篮，
女：郎溪去采茶。
男：十三下长湖，
女：不怕风浪大。
男：十四到富阳，
女：打工去栽秧。
男：十五生盲肠，
女：昏倒工地上。
男：十六我带班，
女：摇船去海上。
男：受尽风霜寒，
女：迎来梅花香。

男：姑父姑娘养我大，
女：好菜鱼汤儿先尝。
男：今日为儿初长成，
女：她怎舍我离开家。
男：亲娘生我骨肉连，
女：姑娘抚养恩重山。
合：事到如今怎么办？
　　我怎对娘来表态。
男：回头我将双亲喊，
女：将身上前跪俩娘。
男：母莫要争，
女：娘莫要抢！
男：姆妈勿要哭，
女：姑娘勿要喊！
男：莫要为儿扯勿断，
女：莫要为儿把心伤。
合：姑姑爸爸本一家，
　　莫要为儿把脸翻。
男：回头我把俩娘喊，
女：姆妈姑妈都是妈。
男：你俩对儿恩爱大，
女：亲娘姑娘都是娘！
男：双亲都是为儿想，
女：为儿永远记心间。
男：勿管天上和地下，
女：勿管城里和乡下。

合：你们两个都是娘，

都是儿的好妈妈！

2015年2月5日写于常州崔桥梅巷

（注：江南方言，姑娘即姑妈，又称姑姑、姑嬷、娘娘。）

第三部分

大型古装戏

玉芝缘

第一场　画芝遇芝

【时间：明代末期】

【地点：常州大林禅寺门外】

【出场人物：马世俊（马一龙后人）

史夫人（史玉阳夫人）

狄　洪（狄斯彬老家人）

狄玉芝（狄斯彬后人）

方丈、寺僧、书童、随从、百姓】

【幕后合唱】

清明山中大林寺，

神童庙宇画新芝。

太仆夫人来烧香，

观音娘娘送玉女。

【幕后背景：寺院一角】

（若是幻灯背景，可视情节发展需要，不断变换背景图像）

【佛教音乐声中，方丈率众僧人法事过场。众香客陆续上下】

【史夫人偕随从上】

夫唱：新春拜佛到横山，

恰逢法会今开张。

一早来到大林寺，
拜佛求仙来烧香。
佛殿上人来人往信众多，
庙堂前香烟缭绕人熙攘。
但只见，
寺院门外广场上，
茶楼戏台两边排。
今日里，
紫霞山上人喧哗，
大林禅寺好气象。

【方丈从门内上】

方：阿弥陀佛！夫人可是前来进香的太仆府史夫人？

夫：正是，方丈万福！

方：夫人请！

夫：方丈请！

【幕后伴唱】

身随方丈将殿进，
观音像前将身拜。
心中默默将愿许，
为求女儿上高香。

方：请施主求上一签！

夫：待我拜求观音娘娘。

唱：手捧签筒摇一摇，
一支签儿眼前跳。
若得观音送玉女，
重塑金身建新庙。

方：（看签）夫人所诉之愿，恰是祈求观音娘娘送玉女啊？

夫：正是！

方：如此，请夫人暂到寺内禅房用茶。

【夫人随从方丈下】

【马世俊及书童上】

马唱：清明山下结草房，
　　芳茂山上度时光。
　　三载坟堂守孝满，
　　发愤苦读待考场。
　　只因爹娘去世早，
　　我家贫寒苦艰难。
　　闻得庙会人儿多，
　　且来庙堂卖字画。

童：公子，这寺院门外有张大石台，正好用来写字画像，我们就在这里摆个摊子吧。

马：也好，你快备了上来。

【狄洪带女儿玉芝上】

狄唱：春节携女来横山，
　　大林禅寺来烧香。
　　待等正月庙会过，
　　再回溧阳码头街。

芝：爹爹，你快走啊！前面有个茶馆哪！

狄：哦，正好上楼喝茶少歇。

唱：自从离京返乡后，
　　一年四季皆贫寒。

主人蒙冤遭诬陷，

我携小姐避祸乱。

一别六载音讯无，

心中愁苦好凄凉。

借酒浇愁愁不去，

心中更是烦恼加。

芝：爹爹，你可是又想喝茶了呵？

狄：嗯，我就上那茶楼喝上一会儿，你可不要跑远了啊！

芝：爹爹，寺庙那边有个戏台，正在唱戏，我要去看戏。

狄：你可不能走远了，看一会儿戏，就到那茶楼上来找我，等看完庙会，我就带你回胥渚老家东墅堂。

芝：哎，知道了！

狄：慢着，你这玉如意，不要露在外面，这可是咱狄家的传家宝啊！

芝：哎，爹爹，我去啦！

【玉芝蹦跳着圆场】

芝：看戏啰！看戏啰！

【玉芝撞上书童担子】

童：你个小丫头，走路不带眼睛，看我揍你！

【两人追着打闹】

【玉芝躲在马世俊后面】

芝：哥哥救我！哥哥救我！

马：童儿别再闹了，写字画画要紧，快来研墨！

芝：小哥哥，你会画画？

童：我们公子写的字、画的画，那可好了，他是个远近闻名的神童！

芝：什么叫神童啊？

童：神童嘛……就是一岁只会爬，两岁只会哭！

芝：那是什么神童？那是狗熊！

童：可他三岁就识字，四岁会读书，五岁会写文，六岁会写诗，七岁会画画，八岁就会作曲，九岁就会编戏文了！你说他是不是神童？

芝：嗯，他好聪明呵！这画儿真好看，小哥哥，能给我画一张吗？

童：哎，你有钱吗？

芝：钱……钱……没有！

童：没钱，给你画什么画？去去去！

芝：可是，我就想画一张。

马：小妹妹，你想画什么呀？

芝：画一张我的画，还有，画上我的娘！

马：好的，小妹妹，你等一会儿，我就帮你画上一张你的画儿。

芝：太好了，太好了！可是，我没钱。

马：哥哥不要你的钱。

童：那你不看戏去啦？

芝：我要画画，我不看戏了，不看戏了！

童：那你先到这边坐下，待我家公子帮他们写完字，再帮你画像。

马：是啊，你得坐那边等一会儿。可我来问你，你娘她长得什么样，你让我怎么画啊？

芝：嗯……我不知道我娘长得什么样。

童：那就帮你画个丑八怪娘！

芝：你才丑八怪哩！

【夫人随方丈上】

【玉芝追着她，看了又看】

芝：小哥哥，你快来看，我娘长得一定像她！

童：你娘哪有这夫人漂亮！

芝：就和她一样！就和她一样！

马：哦，那就照这夫人画好了。

芝：好好好，你什么时候画好？

马：你先去看戏，过会儿来拿就是了。

芝：谢谢小哥哥，你可不许骗我！

【玉芝高兴下】

【书童吆喝】

童：卖字卖画啰！嗨，我家公子，一岁只会爬，两岁只会哭，三岁能认字，四岁能读书，五岁能作文，六岁能写诗，七岁能画画，八岁能作曲，九岁就能编戏文了。不信大家都来现场看看！

【书童吆喝声引起史夫人注意，夫人唤过随从，来到马世俊摊前】

夫：小哥，你可是现场写诗文、现场画画？

马：夫人，您可当场命题。

夫唱：我想请你画扇面，
　　　回去带给我老爷。
　　　不知公子哪里人？
　　　高堂现居在何处？

马唱：我家居别桥马家村，

父母双亡坟堂住。

今日特来大林寺，

卖些字画谋生计。

夫：公子乃是溧阳别桥马家之人？

马：正是。

夫：公子可知，溧阳有三大名士？

马唱：玉阳公名尊史际，

太仆少卿为名士。

只为严嵩害忠良，

愤而辞官回故里。

夫：那第二个呢？

马唱：环溪公名狄斯彬，

为救乡贤马从谦，

当廷怒斥严嵩贼，

如今流放在蛮夷。

夫：公子所言不虚。

马唱：先祖孟河马一龙，

翰林院内教太子。

人称江南三名士，

德高望重众称誉。

夫：公子，你可是马家一龙，孟河公长山先生后人？

马：正是。

夫唱：当年娘家在胥渚，

家兄建堂尚义祠。

一龙先贤亲作序，

至今高悬在府第。

马：夫人原是环溪公家妹，晚辈叩见夫人！

夫：马公子能否以一龙为诗，为我题画个扇面？让我带给玉阳公史际，让他见物思人，留作纪念。

马：原来是太仆卿史夫人，晚辈有礼了！

夫：我家老爷为溧阳夏庄人士，和孟河公、环溪公同朝为官，又是乡友，自然情重义厚。有劳公子题诗画扇，以作留念。

马：夫人请稍待片刻。

夫：如此有劳公子了。

【马世俊边写边画边吟】

【幕后伴唱】

瓦屋如云春作花，

华阳锋气属青蛇。

中开百尺仙人掌，

摇漾金光落紫霞。

夫：好诗！只是先祖名称一龙，为何降为青蛇？

马：先祖高中进士，才识超人，在翰林院供职，实为人中一龙。但因其父光禄寺少卿马从谦，为严嵩老贼所迫害致死，先祖不屑与奸贼同朝为伍，辞官回乡耕农，自喻为由龙变蛇，故有此一说。

夫：原来如此！

马：其实青蛇即为青龙也！先祖虽是青龙卧洞，可锋气未降也！

夫：小哥果然忠良之后，才气横溢，能否请小哥以这大林禅寺为题，再画一帧扇面？

马：夫人请稍待！

【马世俊又以大林寺白龙井台为诗题扇，边画边吟】

【旁唱】

紫霞山顶有淳风，

项女井中诞白龙。

大林禅寺绕梵音，

八百升仙飞苍穹。

夫：你这是写项村女和王八百道士升天之事吧？

马：夫人明鉴，正是写项村女乘龙升天，道长炼丹成仙之事！

夫：小哥今年，青春几何？

马：虚度一十二春！

夫：你小小年纪竟有如此才华，真是人中之杰！不愧是孟河公之后人！

马：谢夫人夸奖！

夫：赠你十两纹银，小哥请收下，权作润格之酬。

马：有夫人如此奖誉，世俊如沐甘霖春风，不敢再收银子了。

夫：你且收下！

马：不敢！不敢！

童：（旁白）这读书人总是死要面子，家里穷得揭不开锅了，这里还不肯收人家银子！

夫：小哥收下无妨！

马：不敢不敢！

童：（忍不住抢着收下）谢谢夫人重赏！公子如若不收，就是不给夫人面子了！

马：你……唉……谢过夫人！

童：谢过夫人！谢过夫人！

夫：天色不早，小哥，你也该回家了。

马：正是，晚辈谢过夫人关照，后会有期！

【马世俊、书童下，夫人目送，沉思，欲语又止】

夫：这位小哥，为人坦荡大方，不卑不亢，才华横溢出众，真是神童，他日定是前程无量！可叹他父母双亡，实为孤儿，我有心将他收为义子，可又与刚才在庙里烧香许下的愿儿不同，也只得罢了！

唱：方才观音娘娘前，
求佛烧香摇抽签。
许愿再添一女儿，
儿女双福绕膝前。
此事若能有应验，
我定当，
斋醮念佛戒荤吃素，
赈灾济民多行善事。
拜佛烧香，
重塑菩萨供堂前！

夫：呦，天色已是不早，待我告别方丈，起身回府去吧！

【夫人下】

【夜景转暗，风雪骤起】

【狄洪呼叫寻找玉芝上场】

狄：玉芝，芝儿，你跑哪儿去了哇！唉！急死我了！

唱：我到戏楼找芝儿，

里里外外不见人。

方才戏楼散了场，

仍然不见玉芝影。

急得心中慌又乱，

庙前庙后到处寻。

【狄洪边找边喊下】

【玉芝手拿画像欢喜上】

芝唱：哥哥为我画了像，

像上有个小姑娘。

两个酒窝笑嘻嘻，

头发披肩长又长。

旁边画上我娘亲，

从此芝芝有了娘。

待我去把爹爹找，

爹爹看了定喜欢！

芝：哎哟，我得到茶楼去了，去找我爹爹。哎呀，天都要黑了啊，怎么又下起大雪了呢？好冷啊！

【转雪景】

【玉芝圆场，叫爹爹急找下】

【史夫人及随从上】

夫唱：今日横山来烧香，

观音座前将佛拜。

只要坚持善事做，

定有玉女伴清闲。

【转场赶路】

【玉芝哭着喊着爹爹上】

芝唱：不见爹爹发了慌，

　　　芝芝不知怎回家。

　　　天又冷来雪又大，

　　　山高林深心儿怕。

【玉芝四下乱转，哭着喊着爹爹走来走去】

【随从及夫人转上相遇】

夫：小姑娘，这么晚了，你怎么还一个人在这里乱转？

芝：我找不着老爹爹了！（哭）

夫：你是哪里人氏？

芝：不知道，我爹说，我是他在逃难路上捡到的。

夫：你爹叫什么？

芝：叫爹爹！

夫：那怎么办？你是怎么到这里来的？

芝：我家门口有座大石桥，有三个大孔，好大好大的！我和爹爹坐船来的。

夫：那船儿开了多少时间？

芝：一天一夜。

夫：哦，那当在百里之外了，莫非你是溧阳人氏？

芝：嗯！爹爹说，我外婆家在这里，明天带我去外婆家玩。

夫：你认识外婆家吗？

芝：不认识。爹爹说，在好大好大的山里面！

夫：那我怎么送你回家呢？你娘亲在等你回家呢！

芝：我没有娘亲！

夫：你怎么没有娘亲？

芝：可我有爹爹！我爹说，他又当爹又当娘。

夫：你爹呢？

芝：他刚在茶楼喝茶的，可现在找不到了。

夫（对随从）：你们快去茶楼帮她找爹！

【随从们急下】

夫：别怕，我一定会帮你找到你爹爹的。

芝：嗯。

【夫人脱披衣给玉芝披上】

【随从上】

从：夫人，那茶楼早已关门了，不见一个人影儿！

夫：那怎么办？孩子，你几岁了？

芝：我六岁。

夫：那你叫什么名字？

芝：我叫芝芝。

夫：芝芝，你在此等你爹爹，不要乱跑，我去帮你找爹！

芝：我怕！

夫：你爹娘一定会来找你的！

芝：我没娘，我没有见过娘！

【夫人不舍离去，又回头看孩子，玉芝上前拉住她衣服，不肯让她离去】

芝：娘亲，我怕！娘亲，我怕！

夫：娘亲？她叫我娘亲！孩子，你叫我娘亲？

芝：（点点头）你像我娘亲！

【夫人心头一震，回身抱住玉芝】

【玉芝拿出画儿给夫人看】

芝：这是小哥哥刚才给我画的，上面有我娘亲！

从：啊哟哟，夫人，这上面画的娘亲，不就正是你嘛！

夫：呀！

唱：今日方丈对我说，

菩萨送我一女儿。

莫非眼前这孩子，

就是观音送来的。

我且带她回府去，

见了老爷再商议。

夫：小姑娘，你愿否跟我回常州府去？

【玉芝点头同意】

【夫人怀抱玉芝】

芝：娘，我有这个，我爹爹说，这是个传家宝！

【夫人发现玉芝如意宝物，大惊】

夫：啊！玉如意？玉芝佩！

唱：我兄长官居御史在当朝，

这本是狄家世代传家宝。

那一年为奏杜泰贪腐事，

大殿上得罪严嵩把祸招。

马从谦当廷被杖含冤死，

狄斯彬满门受累家被抄。

家破人亡骨肉散，

被谪边陲音讯杳。

这如意，

是当年太后回娘家，

留下的一对传家宝。

价值千金配成对，

为何挂在她襟袄？

莫非她是我侄女亲骨血，

莫非她是我狄家传根苗？

儿啊儿，

你莫要怕，莫心焦，

你且将如意藏在怀抱。

待我把儿带回府，

再帮你，

这苦命的孩儿将爹娘找！

【落幕】

第二场　梦芝采芝

【时间：夜】

【地点：耕读草庐，大林寺前】

【人物：横山寿翁、马世俊、书童】

【幕启：马世俊在挑灯夜读，童儿一旁侍伴】

马唱：　横山脚下结茅庐，

耕读庐中夜作书。

家贫苦寒虽清凉，

在我看来仙不如。

青竹当门翠连山，

一壶泉水煮山溪。

若不生来将书读，

如此山水无一句。

【公鸡打鸣声起】

童：公子你听，鸡都又打鸣了，我们睡觉吧！

马：进兴，你先去睡，我再读一会儿。

童：公子不睡，我也不睡！

马：进兴，古人说，

唱：三更灯火五更鸡，
　　正是男儿读书时。
　　黑发不知勤学早，
　　白首方悔读书迟。

童：公子，天天这么晚不睡，要是生了病，又无钱买药，那叫童儿怎么办？

【马世俊咳嗽不停】

童：还是睡吧，夜来风寒，你都咳嗽好几天了。

马：这样吧，你在桌上打个盹儿，我再看一会儿就睡。

童：嗯。

【童儿呵欠伏睡】

马唱：清风翻书光借雪，
　　　助我静心将书读。
　　　腹有诗书气自华，
　　　下笔才思清泉出。
　　　夜深不觉已三更，
　　　待我稍歇睡一觉。

【马世俊伏案而睡】

【梦境幻现】

【仙翁送仙芝上】

翁唱：我是横山寿星翁，
　　　千年相守灵芝宫。
　　　今日观音命老翁，

仙芝送到茅庐中。

翁：马公子，马公子！

马：哪个唤我？

翁：是老朽哪！

马：不知公公何事相唤？

翁：我奉观音之命，前来告知你一事。

马：何事烦劳公公见教？

翁：在这大林禅寺，紫霞峰下，有一石井，连着镇江金山寺。当年白蛇青蛇水漫金山寺后，循着此井逃回横山，在此井中疗伤练功，后人便称此井为龙女井，井中藏有一宝贝，叫千年灵芝，长在井壁上，你可于今夜三更之后，将其采来，日后必有用处。

马：公公，你怎知那龙女井中，藏植仙芝？

翁：那灵芝是白娘子和青蛇娘子，当年在昆仑山上所盗之仙芝。白蛇所盗之仙芝，为救许仙，已经用掉了，而青蛇所得之仙芝，则藏植于这石井之中，已逾千年。你今去将其采来，若售卖药房，价值千金，若是用来救人，定有起死还魂之功效。你当珍惜此芝，切记切记！

马：叩谢公公！公公为何指我采摘仙芝之路？

翁：吾奉观音之命。

马：公公，古人云，君子爱财，取之有道，此仙芝如此贵重，与我无关，我是不该去采的。

翁：你乃青蛇之后人也，采之无妨。记住，此仙芝只有你一人可采取，若是他人去采，必有性命之灾！

马：知道了，谢公公指点！

翁：我去了，公子记之莫忘，今夜可速采来！

【仙翁隐去，马世俊及书童皆从梦中醒来】

童：哎唷唷，公子公子！

马：童儿醒啦！

童唱：刚才梦中来了人，

马唱：来了白发老寿星。

童唱：说是横山有古井，

马唱：千年灵芝井中生。

童唱：若是采得此仙芝，

马唱：价值可抵千两金。

童唱：若得此芝脱苦海，

马唱：从此鲤鱼跳龙门。

童唱：不知是真还是假，

马唱：要知真假去找寻。

【两人欲出门寻找龙女井。门开又闭，风雪袭人】

童：公子，外面好大风雪！

马：今夜定要采取的！

童：公子，那石井在什么地方？

马：横山脚下，大林寺旁。

童：还有什么标记吗？

马：记得有一石板封住井口。

童：那不就是你前几日摆摊卖字画的地方吗？

马：对了，正是那里。

童：可那里没见石井啊？

马：哦，是的，我们去看了再说。

【换景大林寺前】

【两人顶风冒雪，来到寺中，围着石台看】

马：哦，有了！有了！

童：在哪儿？

马：定在这石板底下！快与我抬起这块石板。

【两人抬下石板，果然有一井口】

马：待我下去看来。

童：还是我下去吧。

马：此事只可我去。

童：公子你要小心。

【马世俊下井，书童紧张守候】

童：今日采得千年灵芝，价值千金，从此之后，再也不用去砍柴打鱼过日子，就连公子赴京赶考的盘缠也不用愁了。公子啊公子，你终于可以跳出苦海了！进兴我也可以跟着公子享享福了！

童：这天气好冷啊！怎么公子下去半天了，还不上来？（对洞口大叫）公子公子！你听得见吗？

童：怎么没有声音？坏事了，若是真要有千年灵芝，定有千年妖仙守护，公子一定是给妖仙吃掉了！

童：我得下去找他，可我若下去找他，真有妖仙怎么办？急死人了，急死人了！

【童儿跪求救苦救难观世音菩萨保佑】

【马世俊手捧灵芝出井】

童：公子，急死我了，你碰没碰到妖怪啊？

马：碰到了青蛇仙子和横山寿翁。

童：啊，真有妖怪啊！

马唱：方才我到井底下，

　　　一见仙芝发灵光。

正要伸手采仙芝，
忽听耳边有话讲。
何人大胆敢来此，
要盗仙芝命先偿。
一道青光眼前闪，
寒风逼人飒飒响。
我忙施礼把话讲，
小人名叫马世俊。
横山寿翁传我话，
说是古井有仙芝。
谓是青蛇娘娘种壁上，
他说道，
你本是青蛇传后人，
但去采来定无妨。
耳边忽听青仙话，
既然如此你采去，
要用仙芝多行善。
横山寿翁把路引，
风送我出石井上。
来来来……

【两人磕头礼拜：先对仙芝拜三拜，再把石板覆井上】

【落幕】

第三场　用芝赠芝

【时间：清晨】

【地点：耕读草庐一角内外】

【人物：马世俊、狄洪、童儿】

【幕景：大雪封山】

【狄洪内唱】

天寒地冻风如刀，

大雪封山路难跑。

【狄洪踉跄上】

狄唱：三天三夜我人未歇，

　　　顶风冒雪四下找。

　　　芝儿不知何处寻，

　　　老汉雪夜落荒郊。

狄：这天好冷啊！

唱：眼前茅庐灯火亮，

　　待我去，

　　半夜求宿把门敲。

【狄洪踉跄挣扎上前】

狄：啊哟！

唱：双腿麻木已冻僵，

　　寸步难行要跌倒。

　　饥寒交迫难支撑，

　　咫尺之路竟迢迢。

　　芝芝，芝芝啊，

纵然你芝儿尚有一命在，

为父我今日恐怕命难保！

狄：大慈大悲的观世音菩萨！

唱：只要你保佑芝儿人无恙，

狄洪我，

黄泉路上也将香烧！

【狄洪挣扎跪行，终于不支，跌倒在雪地上】

【马世俊与童儿从屋内开门上】

童唱：昨夜井中得仙芝，

马唱：今日去卖横山桥。

童唱：从此脱离苦海边，

马唱：光宗耀祖待明朝。

童：公子，这么大的雪，天气好冷啊！

马：要不，我们回去吧，今天就不要去卖那千年灵芝了。

童：不！公子，俗话说，出门无好天，好天不出门，灵芝虽然好，我们更缺钱，还是先把灵芝卖了，有了钱，公子你从此再也不用愁油盐柴米酱醋茶了。

马：童儿说得也是。

童：从此之后，你可以静下心来，日夜苦读诗书，再也不用天天去砍柴打鱼，为生计而劳作受苦了。

马：正是。

童：公子你有了此读书本钱，一定会考中头名状元的。

马：何以见得？

童：你十岁中秀才，十二岁中举人，是公认的神童。如果有了这笔读书本钱，一定会中状元的。

马：童儿，那就快些赶路吧。

童唱：童儿前面把路引，

马唱：后面跟我马世俊。

童唱：昨夜采得千年芝，

马唱：今朝去卖千两金。

童唱：从此公子脱苦海，

马唱：只等鲤鱼跳龙门。

童：啊唷？

童唱：什么东西绊了我？

马唱：莫非路上枯树根？

童：被大雪盖住了，且拨开看看！

马：啊哟哟，是一老人啊！

童：早就冻死了，倒霉倒霉！

马：好像是刚死不久。

童：（试着搬起）你看他像个木头人似的，冷冰冰，硬邦邦，直挺挺，早就死了嘛！

马：唉，他一定是昨夜里跌倒不起的。

童：你怎么知道？

马：你看他头朝向茅庐方向，是想爬着来求救的啊！

童：要是昨晚上能发现他，就有救了。

马：快把他抬到屋里去！

童：人都冻硬了，抬进去干吗？

马：快，救人要紧！

童：救人要救活人，死人怎么救？

【两人把狄洪抬进屋子】

马：老爹！老爹醒来！

童：公子，这人都死了一夜了，还叫得醒吗？

马：哎，有了有了！童儿，你快把那千年灵芝煎汤熬药，让这老爹喝下！

童：什么？用千年灵芝熬药煎汤，让这死人喝？

马：正是！横山寿翁不是说，这千年灵芝能起死回生嘛！

童：公子，你是疯了，还是傻了，尽说胡话儿！

马：童儿，救人一命，胜造七级浮屠哪！

唱：昨日洞中采仙芝，
　　我在井中发下誓，
　　采芝不是为自己，
　　救人救难才是理。

童：公子！

唱：若将仙芝喂了他，
　　千两黄金化成烟。
　　苦难日子无尽头，
　　他年赶考无盘缠。
　　你才高八斗有何用？
　　如何展翅登天梯？
　　若是死人救不活，
　　竹篮打水手空提。

马唱：仙芝本是仙草药，
　　　起死还生应不假。
　　　纵是人死救不活，
　　　心中也是无遗憾。

童唱：就是救活这老头儿，

也是用千两黄金万两银，
换来一个假老爹。
年迈力衰无啥用，
吃饭又将嘴来添。
你自己苦得没法讲，
还害得，
老人跟着受贫贱。

马唱：自古来，
为国当忠为家孝，
忠孝节义要记心田。
王祥卧冰为孝娘，
王华花钱买养爹。
我读书不知忠孝善，
愧对世人和祖先。
快将灵芝煎汤药，
救人性命莫迟延！

童：我……

马：休要再讲了，快去，救人要紧！

【童儿怏怏下】

马唱：这位老爹面慈祥，
好似在哪见过他。
为何深夜来茅庐，
风雪之中将身埋。
但愿得千年灵芝能救他命，
起死回生重返阳。

【童儿端药上，两人用汤匙喂药完】

马：童儿，还有药吗？

童：没有了。

马：童儿，这是千年灵芝，我们再去多煎熬几次。

童：哎！

【马世俊与童儿下】

【狄洪慢慢醒来】

【狄洪灵魂出窍，梦境表演】

狄唱：昏沉沉我魂魄不定，
跟着那黑白无常入了鬼门。
牛头马面将我押，
黄泉路上匆匆行。
眼前看，
一路都是彼岸花。
只见那，
忘川河畔也有一个小桥亭。
才走到，
那奈河桥边望乡台。
猛见得，
有一个俊秀少年拦住身。
他老爹老爹唤不停，
送上了，
一碗汤药热气腾。
一口热汤我喝下去，
三魂六魄又回上了身！
原以为，
是河边亭上孟婆汤。

喝完它，
一脚踏进地狱门。
谁知喝了这汤药，
那黑白无常不见影，
锁魂链儿离了身。
无人再把路来引，
我只得，
阎王路上独徘徊。
一人走走又停停，
停停走走，走走停停，
来来回回，回回来来，
独自一人把路寻。
唉！
这阎王路上路迢迢，
竟然也没有一个歇脚亭。
那十大阎罗也歇礼拜，
都下班打烊关上了门。
鬼官都不办鬼事，
何须开这鬼衙门！
我四下喊冤没人应，
到处都吃闭门羹。
有钱能买鬼推磨，
无钱鬼路也难行，
都不肯收留我这个无钱老汉苦命人！
方才是，
那阴曹地府遇判官，

我急忙上前喊冤声。
他见我两手直摇不搭理，
那头上帽翎儿也晃不停，
直将我，
回头路上赶得紧，
说道是，
是那催命的符儿写错了名，
非要我回头重做阳间人。
我心中悲怨不答应，
那夜叉小鬼露狰狞。
不由分说抓住我，
又拖又拉连推带搡将我赶出阴曹门，
转身一脚踢回程。
狄洪命苦真苦命，
想做鬼也做不成。
我无奈重回还魂路，
起身返程摇摇晃晃、晃晃摇摇，
一步三颤孤苦伶仃出鬼门。

【灯暗转亮，狄洪复卧地挣扎而起】

狄唱：忽听得耳边有人声声唤，
老爹老爹他叫不停。
那声声唤我是何人？
且待我睁开眼睛看分明。

【童儿端药上。狄洪挣扎而起】

童：老爹，你醒啦！公子，老爹他醒啦！呀，这真是能起死回生的仙草啊！

狄：仙草？什么仙草？

童：老爹，你昨夜里冻死在那雪地中，是我家公子救你来家，又用千年灵芝煎汤药给你喝，才让你起死回生的啊！

【马世俊端药上】

马：老爹，你醒啦！老爹真的醒啦！

狄：老朽深感公子大德，谢公子救命之恩！

【马世俊与童儿取药，让狄洪再喝下】

马：老爹好些了吗？你怎会跌倒在雪地之中？

狄唱：公子啊！

五年前，我家主人被贼害，
我怀抱小姐逃劫难。
老家溧阳不敢留，
四下漂流在异乡。
前日大林逛庙会，
不想女儿人走散。
为找她，
我三天三夜没合眼，
夜来漫天风雪大，
手脚冻僵路难爬。
我衣单饥寒身不支，
未到茅庐身已僵。
自知是，
黄泉路上难回返，
一条老命要丢荒山。

马：老爹，你就在此住下也无妨的，待你找到女儿再说。

狄：多谢公子好意！

马：老爹稍待，待我将那第三汤煎药拿来，再让老爹喝下。

【马世俊下】

童：老爹，我家公子为救你，将那价值千金的千年仙芝，都给你煎汤熬药用了。

狄：千年仙芝？

童：老爹，你听我说！

唱：那一天横山仙翁来托梦，
说千年灵芝在龙女井中。
公子他连夜带我采了来，
本可卖千两黄金变富翁。
哪知一早刚出门，
就遇到了你这个倒霉翁，
你冻死在这雪地中。
公子为救你老命，
就用这仙芝熬汤煎药喂了你腹中。
到如今你是起死回生有了命，
可公子那千两黄金影无踪。
读书赶考去京城，
脱贫致富，报国为民，金殿夺魁，
光宗耀祖，统统成了一枕黄粱梦！

狄：啊呀！公子如此大恩，让我如何能报答啊！

【马世俊送灵芝汤上】

马：老爹，你将这第三煎芝汤，趁热喝了吧！

狄：深感公子大德，蒙你用千金之芝，相救老朽一命，老朽已经完全恢复了！你看，腿脚比以前更灵活了！

童：这仙芝还真神了，刚才还是硬邦邦的死人一个，现在竟然生龙活虎，像个小伙子了！

狄：老朽要去寻找女儿，临行前，有一事相求，还望公子答应。

马：老爹请讲！

狄唱：老朽我家有一宝在身上，
它本是太后御赐代代传。
此物为千年灵芝玉如意，
价值千金世间传。
我今将这祖传玉佩留赠你，
公子你急用之时可解难。

马：此乃你祖上传家之宝，又价值千金，世俊何德何能，怎敢受之？

狄：公子，你对老朽有救命之恩，当受之无愧！

马：不敢不敢！这是你狄家传家之物，我与你非亲非故，怎可收下？

狄：这个嘛，老朽有一言，不知可讲不可讲？

马：老爹但讲无妨！

狄：我欲将你收为义子，这样再将此宝传留于你，那就是家传了，老祖宗也就不会怪罪于我了！

马：这个嘛，恐使不得！

童：这个主意好，使得使得！

【童儿抢着代为接过，交给马世俊】

马：如此见过爹爹！

童：我也拜见老爹爹！

狄：哈哈哈哈！

马：爹爹，玉如意我是不敢收的！

童：理当收下，我代公子收下，谢谢老爹爹！

马：童儿，不可！

童：公子，你的仙芝价值千金，他的如意也价值千金，用千金换千金，有何不可呀？何况你们现在是义父义子了。

狄：童儿说得也对，公子还是收下为好，老朽告辞了！

马：爹爹哪里去？

狄：我得去找女儿，如果不找回芝芝，我狄洪愧对列祖列宗！待我哪日找到女儿，一定带她再来看你。

马：爹爹在上，请受世俊一拜！

狄：公子多礼了，老朽告辞了，谢过公子救命之恩！

马：爹爹，世俊随时恭候爹爹回来！

童：老爹爹，你走好，你走好，你走好了啊！

【幕落】

第四场　撞芝换芝

【时间：某日早晨】

【地点：大林禅寺，佛殿内外】

【人物：马世俊、狄玉芝、史红仙】

【幕后合唱】

三月初三正清明，

御史千金出龙城。
大林寺中来许愿，
乔装扮成男儿身。
观音佛前将香拜，
玉佩换来有缘人。

【合唱声中幕启】

【玉芝主婢女扮男装上】

芝唱：今日与母出晋陵，
　　　清早许愿上横岭。
　　　一路行来兴致好，
　　　但愿菩萨显神灵。

红：小姐！

唱：你乔装改扮到大林，
　　你烧香磕头拜观音，
　　你佛座面前将愿许，
　　你拜求菩萨显显灵，
　　你就是为找那一个，
　　当年寺中画像人。
　　但愿当时少年郎，
　　如今已经是一个，
　　风流倜傥才貌双全有情有义，
　　新科状元好郎君。

芝：你！看你还敢胡说八道！

唱：当年元宵在大林，
　　少年才俊画我影。

转眼已过十二春，

此扇岁岁不离身。

但愿有缘重相见，

不负我心拜观音。

红：小姐，那边有个龙母古井台，我们不妨去玩耍一会！

【马世俊急匆匆上】

马唱：童儿进兴病情重，

求医无钱请勿动。

回家取来玉芝佩，

药铺抵钱押郎中。

眼前来到大林寺，

大殿高塔霞映红。

待我进殿烧高香，

保佑进兴去病痛。

【马世俊圆场撞玉芝，双方跌倒在地，各自用扇掩面偷视对方】

芝：喔唷！喔唷！

红：公子！

马：啊哟哟，勿好了，勿好了！

【马世俊急起身欲扶玉芝，却被红仙拦住】

红：勿要你扶我家小……公子。

马：小生适才无意冲撞，失敬了！

红：你撞了我家公子，说声失敬就算啦？

马：这个……还请这位小哥见谅！

红：见谅勿敢，可你下次要是再敢冲撞我家格小公子，别怪我这个小书童，对你勿客气！

马：下次再也勿敢了！这位小哥请了。

红：请了，请了，侬想赶我走啊？

马：小生勿是这个意思！

红：小公子，老夫人一歇歇也要到这观音殿烧香还愿的！我去看看伊来了没有。

芝：也好，你快去早来。

红：晓得了！

马：小哥，侬慢走！

红：我晓得我在这里碍事格，勿用你赶我也会走格！

芝：红儿，休要胡说！

红：小公子，要是有人趁我勿在敢欺侮你，你就大声叫我。哼！我叫伊吃勿落兜着走！

芝：你快去吧！

红：不去！

芝：去吧！

红：（拉芝一旁）小姐，你是不是看上他啦？我看他有点像当年画像的人，你可要问清楚了！

芝：休要胡说！

红：你就放心吧，我到前面去给你望风看人，勿要给老夫人撞上了！

【红仙下】

马：你这个小书童，可真是太厉害了！

芝：还望公子勿要见怪，恕她无礼之过！

马：勿敢！勿敢！

芝：公子这般行色匆匆，想必是定有要事在身了？

马：唉！只因家童重病在床，我是来寺中烧香，请菩萨保佑，还要急着去镇上求医抓药的。

芝：公子误撞小弟，并勿打紧，但你却勿该诓我！

马：小生说的实话，怎会诓你？

芝唱：既是家童病在床，

你是主人勿用慌。

打发下人请医治，

何劳亲自抓药忙。

马：唉！贤弟你是有所勿知啊！

唱：我本是溧阳别桥马世俊，

而如今家道沦落如洗贫。

十年来流落他乡住坟堂，

多亏他患难之中相依撑。

日里伴我苦劳作，

夜里陪我读书文。

今逢京考日期临，

童儿进兴忽生病。

病情日重勿见好，

怎不叫我急煞人。

芝：原来如此！

唱：公子既是马家人，

马家本是望族门。

高楼房舍进士第，

方圆百里有名声。

如今何故竟至此，

无钱请医看毛病。
万贯家财何处去？
一贫如洗啥原因？

马唱：贤弟问起家贫事，
家贫总是有原因，
太祖名叫马从谦，
一朝及第官翰林。
祖父名叫马一龙，
光禄寺中拜少卿。
因为勿入严嵩门，
皆被贼党害性命。

芝：公子原来是忠良之后！

马唱：严嵩差人抄家产，
万贯家财被他吞。
房舍百间连成排，
一把大火烧干净。
良田千顷被他卖，
我主仆流落到观村。

芝：原来如此！

马唱：父母含冤命归阴，
留下七岁马世俊。
无处栖身结草庐，
放牛樵柴要饭吞。
唯有家童陈进兴，
相依为命情义深。
如今他重病在床命奄奄，

我勿能救他心如焚。

今朝一早到镇上，

上门求医请先生。

芝：但不知先生他怎讲？

马唱：他说道，

童儿患的伤寒病，

拖延时日要送命。

可叹我，

手中铜钿无半个，

怎能抓药救病人。

无奈回庐取家珍，

冒失冲撞有勿敬。

芝唱：听你公子一番言，

小弟心中顿起敬。

你是忠良之后侠义在，

你是官家之后书家根。

虽然贫穷如水洗，

有志赶考求功名。

忠孝节义勿曾忘，

仁义道德记在心。

重情重义勿重物，

贫寒主仆手足情。

马：贤弟过誉了！

芝唱：有道是，

井底里栽葱你根基儿深，

山头墙倒地藏有千两金。

祖上留你传世珍，
也是福报回家门。
马唱：我看他神情才貌皆勿凡，
芝唱：我看他言行举止礼义信。
马唱：我看他好比才女孟丽君，
芝唱：我看他犹如当年小方卿。
公子啊，
家珍本是祖上传，
一物在家魂魄定。
我劝你无钱莫去抵家珍，
且先到朋友面上恳恳情。
马：做啥？
芝唱：借点银子看毛病，
救你家童进兴命。
马唱：勿提借钱倒也罢，
提到借钱伤透心。
当年马家富贵时，
助困济贫多少人。
如今马家穷又贫，
亲朋好友无踪影。
那年父母双病亡，
我披麻戴孝去借银。
穷人有心来帮忙，
可是手中无分文。
富人见面装不识，
都借故装呆打过门。

芝唱：除落庵堂有庙门，
除落道人有尼僧。
除落朋友有远亲，
除落远亲有近邻。
除落横山有高墩，
除落河堤有田埂。
姑舅姨娘是至亲，
小辈有难会照应。

马唱：我的舅公本姓彭，
祖上也是状元身。
我的舅婆周家人，
出身也是官宦门。
家有田地千百顷，
家财都是万贯金。
只是我家落难时，
连累九族祸殃门。

芝唱：朋友道里你无人助，
亲戚份上又没帮衬。
难怪你要将传家珍，
拿到药店去作押金。

芝：公子，

唱：我这里一张银票送给你，
先赠你五十黄金百两银。
一是治你家童病，
二是助你上京城。

马唱：你我本是陌路人，

怎能受你金和银！

芝唱：人人都有急难时，

好汉也须人帮衬。

但愿你，

主仆二人相依命，

时来运转有翻身，

此去京城考新科，

一举能题金榜名。

好比是这大林寺，

平地从此起高台，

台上又造高楼景，

高楼上面再起塔，

塔上再结黄金顶，

黄金塔顶架天梯，

步步登高上天庭。

马唱：多谢贤弟心肠好！

我好似，

草鸡变成凤凰身。

为报你赠金和银，

愿将家珍来相赠。

芝：啊哟哟，他这玉佩，怎么与我身佩之物，竟是一式一样？莫非原是配对之物？

芝唱：兄长啊，

这玉佩是你传家珍，

还是有人他另相赠？

马唱：当年我用千年芝，

救回义父一条命，

临别之际赠玉佩，

他说本是狄家珍，

要我急难将它当，

说它值，

百两黄金千两银。

芝唱：不知义父尊姓名？

如今何处在安身？

马唱：十二年来无踪影，

至今未见义父身！

芝唱：我将玉佩交还你，

还望兄长莫离身。

马唱：贤弟啊，我岂能，

无故受你金和银。

留你玉佩理该应，

还望贤弟来收下，

否则愚兄心勿宁。

芝：兄长既说此话，小弟倒有一个主意，不知兄长意下如何？

马：贤弟请讲！

芝：你我今日，相识是缘，何勿在观音娘娘佛前，学那梁山伯祝英台，结拜为兄弟如何？

马：贤弟此言，正合我意。

芝：来来来，让我们一同进香拜佛。

合唱：焚香许愿进大殿，

义结金兰拜观音。

马唱：大殿佛前跪落身，
　　　拜天拜地拜佛尊。
芝唱：菩萨为我做证人，
　　　从此今世勿离分。

【两人拜毕】

马唱：回头我把贤弟叫，
　　　你我兄弟来相称，
　　　问你家居哪一村，
　　　问你真姓和大名。
芝唱：呀！兄长他，
　　　半是问我名和字，
　　　半是问我住哪里，
　　　半是试我真和假，
　　　半是将我身来试。
　　　他那里半是信来半是疑，
　　　我只得半真半假告知你。
　　　我家住京州城外半峰山，
　　　半山腰中半屋住，
　　　柴门半开步半移，
　　　远看四周半是山，
　　　近看眼前半是水。
马：贤弟居处，真是神仙之地也！
芝唱：日出半天东，
　　　日落半天西。
　　　半见月儿圆，
　　　半见星儿稀。

那日下半夜，
银灯半盏提。
半痴半癫半呆思，
我半夜梦见横山白龙女。

马：哦！

芝唱：她要我半月之后来愿许，
先到这半山腰中大林寺。
说是道半路上你会遇到个，
半文半武半贫半富半公子。
半是读书郎，
半像农家子。
半是秀才样，
半似呆木鸡。

马：哎呀呀！贤弟你笑话我了！

唱：我有心搭话你半相知，
你无心撞肩我半勿识。
他说道，
你帮他金银半是缘，
你助他赶考半是期。
常言说，
半山树木半高低，
半路出家有早迟。

马：贤弟，你说的是啊！

芝唱：原以为半是巧遇半是缘，
谁知你半装呆来半装痴。
原以为半是伴来半是侣，

谁知晓半是担心半欢喜。
你半是亲人半是兄，
你半像冤家半像虚。
你待我好像半心又半意，
你对我无没半句真心语。

马：啊哟哟，贤弟，你真的是冤枉我了。

芝：我没有冤枉你的！

马：你真的冤枉我了啊！

芝唱：我这里半躬身子半赔礼，
将小弟身世名字半告知。
只知道半个名字史云芝，
还有半个名字叫狄玉芝。

马：那你到底是姓狄还是姓史啊？

芝唱：父母亲半是山人半为仕，
小弟我半是黄金半是泥。
兄长你半山腰里莫去寻，
半夜里出发赶考你到京城去。
半路上紧抖缰绳催马蹄，
求功名千万勿要半途废。
倘若能考上个一官半职也是喜，
一半为国为社稷，
一半是为你自己。
一半争光为门第，
一半也为我小弟！

马：贤弟所言正是！

芝唱：待到大考之后半月期，

你抽出半天辰光到东门去。
东门有座半峰山，
半峰山下有个半条巷。
半条巷里有个半柳堤，
半柳堤有半牌高楼半边起。
半边楼上半边房，
半边房对半柳堤。
半柳堤上有棵大柳树，
那树干一半嵌在半墙里。
一半对着外，
一半朝着里。
一半垂挂在那湖水上，
一半遮荫盖住御史第。

马：哦，你原来是京州御史府的公子。

芝唱：待到月半时，
半开花月季，
将身来到府半堤。
半是为递投名帖，
半是借故找时机。
半来攀枝聚乡谊，
半来相见会小弟。
有缘自会半途遇，
我定会半推半就央求爹娘松下口，
从此后下半辈子我跟定你，
从此不再半分离。

马：多谢贤弟抬爱！

芝唱：你若是一官半职都无有，

你若是三餐半糠又半米，

半是汤来半是水，

半是野菜半充饥，

也勿要半路出家寺庙去，

半山庙观称贫道，

半路出家念阿弥。

我与你相伴半点不后悔，

半碗菜汤两人喝，

半根萝卜两人吃，

半块饼子再分半，

一半儿留给我，

一半儿递给你，

半饥半饱不喊饿，

半汤半水不嫌稀，

半搀半扶半相依，

决不半途离你去！

马唱：他口口声声半勿离嘴，

却是实实在在真心语。

这样的兄弟哪里找，

这样的真情感天地。

今日大林两相遇，

芝唱：你是尊来我是弟。

马唱：兄弟自有手足情，

芝唱：义结金兰须有据。

马唱：我送贤弟玉芝佩，

芝唱：我赠兄长玉如意。

马：贤弟如何也有此奇珍宝物？真是奇了！

芝：你我将此玉佩交换为凭，勿知可好？

马：如此甚好，如此甚好！你我各自收好了。

【幕后合唱】

收下玉佩收下心，

从此心心永相印。

自今之后佩在身，

今生今世不离分。

马唱：这位贤弟眉目清，

　　　风度翩翩少年人。

　　　音容举止像千金，

　　　莫非他是乔装身。

马：有了，待我试他一试！贤弟啊！

唱：我有心上门来求婚……

芝唱：兄长说话拎勿清，

　　　葫芦牵进白道藤。

　　　我是贤弟男儿身，

　　　说啥求婚勿求婚！

马：贤弟莫要生气，是愚兄失言了！

唱：待我赶考去赴京，

　　若能高中头一名，

　　有心上门来谢你，

　　归你赠金还你银。

芝：这个嘛，你我兄弟之间，勿用你谢的。

马唱：若是高中头名魁，

　　定是勿负贤弟恩。
　　只可惜……
芝：可惜什么？
马唱：可惜你贤弟勿是女衩裙，
　　否则我凤冠霞帔送上门。
芝：这……兄长如何又出此言戏我？
马：心诚而语，并非戏言！
芝：那你若是考勿中呢？
马唱：若是名落孙山外，
　　辜负贤弟一片心。
　　从此我，
　　削发为僧进禅寺，
　　阿弥陀佛念真经。
芝：兄长之言差矣！
唱：那年我来大林寺，
　　至今已有十二春。
　　有一书生年尚小，
　　为我泼墨画丹青。
　　若论才情比高低，
　　你我恐怕低三分。
马唱：人皆道，
　　一山更比一山高，
　　强中还有强中人。
芝唱：赶考求仕是本分，
　　名落金榜也常情。
马唱：当年我也在禅寺，

题诗卖画挣钱银。
有个女童人机灵，
央我帮她画丹青。
莫非他是女童人，
乔装改扮来游春？
我待上前来细问。

马：哎哟哟，勿可也，勿可也，

唱：女童说得很分明，
再三说是无娘亲。
贤弟今日来烧香，
却是母子一同行。
我若再把话说错，
他定说我勿正经。
他若生气拂袖去，
兄弟之情化烟云。
回头我把贤弟叫，
只可惜你勿是贤妹是贤弟，
勿能似鸳鸯双宿又双栖停。

芝：兄长此话怎讲？

马唱：你若是个真女子，
愚兄我，
勿管有无高官做，
一定向你来求亲！
勿管富贵和贫贱，
今生今世勿离分！

芝：啐！你……你，

唱：亏你还是读书郎，

亏你出生进士第，

亏你七岁会写诗，

亏你九岁会编戏，

亏你还在称愚兄，

亏你还在叫贤弟。

你好比，

草桥结拜梁哥哥，

我好似，

英台家中九妹女。

你榆木脑瓜窍不开，

真是个，

木头棒做成的大呆子！

【红仙上】

红：公子，公子！

芝：红仙，什么事？

红：（拉芝一旁）你和他……谈得怎样啦？

芝：我们……结拜为兄弟了！

红：恭喜公子，贺喜公子，那你就等着喝交杯酒了！

芝：啐！

红：公子，夫人和方丈在禅茶房等你呢。

芝：知道了！

红：夫人让我来唤你，要你快些过去。你要再勿去，夫人她可要自家来找你了！

芝：如此，小弟我先告辞了！兄长，这把折扇留给你做个纪念吧，上面有小弟画像。

【玉芝掩面含羞而下，马世俊欲追赶，被红仙拦住三次赶回】

红：姑爷，红仙这厢赔礼了！

【红仙回身下】

马：哎——贤弟，贤弟，你哪里去哉？唉，我这个贤弟啊！啊呀哟！这扇子上的小女孩，不正是我当年在大林寺画的吗？

唱：她半个名字史云芝，
　　她半个名字狄玉芝。
　　她结拜称我梁山伯，
　　她自称九妹英台女。
　　她分明已经告诉我，
　　她不是男儿实是女。
　　她拉我双双拜天地，
　　她交换玉佩做凭据。
　　她实是暗中将婚许，
　　她临行赠我手中扇。
　　她正是当年小女子，
　　她临行含羞掩面去。
　　她转身骂我大呆子，
　　她老家住在东墅里。
　　她原是御史千金女，
　　她童儿叫我为姑爷，
　　她不是贤弟是娇妻！

马：哈哈哈哈！她不是贤弟，她是娇妻哇！我不是兄长，我是姑爷哇！哈哈哈哈！

【马世俊下】

【幕落】

第五场　找芝认芝

【时间：三月后】

【地点：常州史府】

【人物：狄玉芝、狄洪、史云仙、史夫人】

【幕启，云上】

云唱：老爷昨日传讯来，
　　　公子赶考夺头魁。
　　　小姐要我早准备，
　　　里外张灯又结彩。
　　　云仙忙里又忙外，
　　　里里外外跑断腿。
　　　扎灯师傅请勿到，
　　　心里急得火烧眉。

云：唉！这到哪里去找扎灯笼的竹篾师傅啊？三天辰光要是彩灯扎勿好，我怎么向小姐来交代啊？真是急死我了，急死我了！

【狄洪上】

狄唱：为度生计做竹活，
　　　苏州走过到无锡。
　　　跑过沙洲和常州，
　　　又到京州寻娇儿。

狄：（喊）修箩筐、修田尺、修笆斗、修藤底、修稻箩、修床上凉席哦！

云：哎哟哟，来只个篾匠师傅啦，待我来问问他，伊阿会扎灯笼啦？老伯伯，侬慢慢走！

狄：姑娘有啥事体？

云：老伯伯，侬晓只咯是啥地方嘛？

狄：史府大院啊！府上阿是要修凉垫咯？

云：勿要咯！

狄：咯没要做箩箕勿？

云：勿要做箩箕！

狄：咯末小姑娘，奈喊我要做点咯啥？

云：老伯伯，奈还真是篾匠师傅？

狄：只要是竹匠篾匠咯生活，我无勿会做咯！

云：奈阿会扎灯笼？

狄：奈听我说，天上飞咯灯，地浪走咯灯，河里游咯灯，我无勿会扎咯！

云：哎哟，老伯伯，侬勿要夸海口，那我来考考你，奈阿会扎四方灯？

狄：奈听我讲拨侬听！

唱：东方甲乙木叫青纱灯，

　　南方丙丁火叫黄纱灯，

　　西方庚辛金叫赤纱灯，

　　北方壬癸水叫白纱灯。

　　这东南西北就叫四方灯！

　　问姑娘，老汉说得清勿清？

云：啊哟哟，老伯伯你讲得一点勿错，咯末你还晓得五行灯吗？

狄：小姑娘，你再听我讲来。

唱：东南西北四张灯，

人间又称四方灯。

加上中央一张灯，

戊己土叫黑纱灯。

合称金木水火土，

世人又叫五行灯。

云：真老懂行咯，老伯伯，你阿会扎十字灯？

狄：姑娘，你且听来！（板）

一团和气灯，二龙戏珠灯。

三星高照灯，四方平安灯。

五子登科灯，六国封相灯。

七星聚会灯，八仙过海灯。

九代荣华灯，十全十美灯。

一共十张灯，称为十字灯！

云：太好了，老伯伯，我家小姐官人，考中头名状元，正要扎个十字灯，张灯结彩，迎接官人到来，请你帮忙扎个十字灯好咯，扎灯工钱末一定加倍！

狄：没问题咯。

【玉芝上】

芝：云仙，那扎灯师傅请到没有？

云：老伯伯，咯是我家小姐来了。

狄：见过小姐！

芝：老伯请坐！

狄：谢过小姐！

云：小姐小姐，真是巧得来，这位老伯会扎各种各样彩灯！

芝：那就有劳老伯伯帮忙了。

狄：勿碍咯。

芝：老伯若在三日之内扎好彩灯，工钱就按三倍付你。

狄：多谢小姐。

云：小姐，我说好只加一倍工钱咯。

芝：可以付三倍的。

狄：不知小姐要扎什么样的彩灯？

芝：我那兄长，三月前赴京赶考，昨日老爷差人来了书信，说是三日后就要来京州府上省亲，我想把这史府里外，打扫干净，张灯结彩，也好迎接老爷和兄长归来。

狄：不知小姐要扎什么灯？

芝：老伯伯，你可会扎十二生肖灯？

狄：待我讲与你听。（板）

一鼠老虫灯，五鼠闹东京。
二牛是牛皋，大战杨再兴。
三虎是武松，打虎显本领。
四兔李三娘，挑水玻璃井。
五龙赵匡胤，黄袍梦加身。
六蛇白素珍，黄酒现原形。
七马常遇春，跳墙有名声。
八羊有苏武，牧羊到边境。
九是猢狲精，大闹南天门。

十是鸡成仙，周朝妲妃精。

十一哮天犬，跟着二郎神。

十二猪八戒，取经随唐僧。

十二生肖属，都可扎花灯！

芝：老伯你顺口道来，果是扎灯高人！

狄：一生漂泊，四海是家，就凭这手艺为生。

芝：老伯，我还要扎个如意灯，不知行吗？

狄：如意灯乃瑞芝祥云，小姐取如意之名，必有大喜临门。

芝：我兄长赴京赶考，已经高中头名状元。

狄：果然大喜临门，不知你兄长姓甚名谁？

芝：姓马。

狄：小姐，恕老夫愚拙，你这里大门上本是史府，为何兄长却姓马？

芝：老伯有所不知，这是与小女结拜之兄长。

狄：如此说来，并非同胞兄妹。

芝：正是。

狄：不知小姐如意之灯，有何要求？

芝：（取出玉佩）请老伯照这玉佩，编织成彩灯，小女必有重谢之礼！

狄唱：一见玉佩心惊奇，

为何会在她手里。

当年为谢救命恩，

我将玉佩赠公子。

十二年来无音讯，

莫非公子出了事？

待我上前将她问，

定要追根问仔细。

狄：啊哟哟，（细看这玉佩）小姐，此玉佩恐非是你自身所佩之物！

芝：老伯此话怎讲？

狄：小姐，这玉佩乃罕世之宝，你可知道它的来历？

芝：小女有所不知，还望老伯道来！

狄唱：不提玉佩倒也罢，

一见玉佩我心伤。

这对玉佩应成双，

世代家传不传外。

当年我在芳茂山，

严寒冰雪身冻僵。

黄泉路上身已去，

马家公子救我还。

我将此佩赠予他，

为何今日在她怀？

芝：此玉佩来历，还望老伯赐教于我，请受小女一拜！

狄：罢了罢了，老朽贫寒之身，岂敢受小姐千金之体如此大礼！

芝：不知老伯和那个马家公子如何相称？

狄：这个嘛，不说也罢。

芝：还望老伯如实告知！

狄：不瞒小姐，我与他么，乃为义父义子！

芝：老伯乃为公子义父！如此老伯在上，请受小女一拜！

狄：岂敢，岂敢，小姐请起。

芝：云仙，快去告知老夫人，说是马公子爹爹来了。

云：哎，晓得了。

【云仙下】

芝：老伯请坐，待我上茶。

狄：小姐，据我所知，此玉佩乃为马家公子马世俊所持。

芝：你怎知道？

狄：那公子与我有救命之恩。

芝：但请老伯一一讲来。

狄唱：那年我到芳茂山，

大林禅寺去烧香。

北风呼啸下大雪，

身陷迷路人冻僵。

幸遇少年马公子，

黄泉路上救我还。

为报他救命之恩比天大，

我赠他玉佩才返乡。

芝：如此说来，兄长赠我玉芝佩，原是老伯家传之宝。

狄：正是。

【云仙引夫人上】

夫：女儿何在？

芝：母亲！

夫：那马公子义父何在？

芝：待我引见，老伯，我母亲看你来了。

狄：你……你不是梅云小姐吗？

夫：你……你是狄洪哥哥吗？

狄：梅云小姐，我是你堂兄狄洪啊！

夫：原来是狄洪哥哥！哥哥请坐下用茶！哥哥，我那亲兄嫂不知现在何处？

狄：他们被严嵩老贼所害，流放到边疆蛮荒之地，至今杳无音讯啊！

合：我找你们已经十多年了！

夫：女儿快来，女儿快来！

芝：母亲！

夫：快快来拜见你的舅舅。

芝：拜见舅舅！

狄：外甥女，快快起来！

狄：妹妹，你何时生得此一聪明伶俐的外甥女儿啊？你真是好福气啊！哈哈哈哈！

夫：不瞒哥哥，小女是大林寺观音娘娘赐给我的。

唱：那一年，

我烧香来到大林寺，

许愿求佛拜观音。

观音娘娘慈悲怀，

送我女儿史云芝。

夫：她随我身边，已经十二年了。

狄：十二年啦？

唱：十二年前赶庙会，

我在茶楼吃饼茶。

不慎走失玉芝儿，

至今未能寻到她。

夫：什么？你的女儿，她叫玉芝吗？

狄：正是！

夫：那一年，她才六岁吗？

狄：是啊！

夫：她随身带着一块我狄家祖传玉佩吗？

狄：正是我家传之宝玉芝佩啊！

夫：哥，你来看看云芝她！

狄：她？

夫：你看她不出来吗？

狄：难道她……她真是玉芝小姐吗？

夫：天哪，云珠儿她果然是我的亲侄女！

仙：啊哟哟，你们这一说，真是大水冲了龙王庙，一家人不认识一家人了！

夫：原来如此，原来如此，芝儿，还不拜见义父！

芝：拜见义父爹爹！

狄：芝儿！我，我，我找你整整十二年了啊！

芝：爹爹，想死女儿了！

狄：女儿，我找得你好苦啊！

夫：兄长，小妹还有一事告知，芝儿她，

狄：她有何事？

夫：芝儿，还是你自己和义父说吧！

芝：爹爹，孩儿与那马家公子……

狄：不妨不妨，自此可以兄妹相称！

芝：爹爹！

狄：那马公子曾救我一命，被我收为义子，你又是我从小带大的义侄女儿，你们自然是当以兄妹相称啰！

芝：母亲，你可帮我说说！

夫：哎，还是你自己说吧！

芝：云仙，你去帮我说说！

云：小姐，你自己和他在观音殿上义结金兰，当然只能是兄妹相称了！

芝：啐！

狄：女儿过来。

芝：爹爹何事？

狄：芝儿，你且听我道来！

唱：你亲爹他叫狄斯彬，

官至兵部为尚书。

为救乡贤马从谦，

与那严嵩起争执。

被他陷害罢官职，

充军发配到蛮夷。

临行将你托付我，

连夜逃出京城地。

一双玉佩藏你怀，

日后长大做嫁衣。

狄家祖上立规矩，

玉佩成双方婚娶。

如今只有一玉佩，

单鸾孤凤怎连理？

云：老爷，你是说，若是能找到那另一个身佩玉芝佩之人，那小姐就可配嫁成婚？

狄：正是如此！

云：小姐早将那另一只玉佩，赠与马公子马世琪了！

狄：马世琪是谁？

云：就是那状元公呀！

狄：哎，方才不是说，新科状元是马公子马世俊嘛！

芝：爹爹不知，那马世俊正是马世琪啊！

狄：好啊好啊！真有此事？（问云仙）你没骗我吧？

云：你问小姐，他们两个是互换玉佩的！

夫：哥哥，这个倒是不假！

狄：哈哈，好哇！好哇！芝儿若与那马公子配对，妙啊妙啊！

芝：爹爹！

狄：待我亲手扎好玉佩灯笼，好与女儿义子成婚时挂上！

芝：爹爹！

狄：哈哈哈哈，双喜临门，三喜临门哦！

【幕落】

第六场　合芝圆芝

【时间：三日后】

【地点：史府客厅】

【人物：狄玉芝、史云仙、史夫人、狄洪、马世俊】

【幕启，玉芝、云仙上】

【两人喜滋滋张挂灯笼】

芝：云仙过来。

云：小姐何事？

芝唱：公子今日要来府上，

玉芝我心中顿慌张。

当初在寺前称兄长，

到如今见面话怎讲？

云：小姐！

唱：那天寺里已结拜，

你是小弟他兄长。

今日见面来府上，

你还应该女扮男。

芝：却是为何？

云唱：试试他对你情真还是假，

看看他中了状元可变化。

芝：对！云仙说得在理，如此，你我快快改装去来。

【两人高兴下】

【夫人、狄洪上】

夫：哥哥，我有一事问你，今日状元公来府，芝儿与他之事，该如何处置是好？

狄：只要他身佩玉芝，芝佩合一，说明他俩情投意合，我们做长辈的，当然要同意啰！

夫：只是听芝儿所讲，他们那日寺里相会，是以兄弟相称的。

狄：他们不是已经交换玉佩了嘛！

夫：是的，可是那马公子为人忠厚，还不知芝儿是女扮男装呢！

狄：今日他来府上，正好玉成此事！

夫：如此甚好！待我们迎接状元公去！

【两人下，云仙、玉芝女扮男装上】

云：公子走好！你这样子走路，不像公子的！要这样大步走的！

芝：不用你烦我，我知道的！

云：好！不烦你了，我去接状元公了，你就在此等吧！

【云仙下。玉芝边学边说，模仿小生动作，一会儿大步走，一会儿作揖，一会儿坐下喝茶状】

【内喊：状元公到】

【玉芝赶紧一本正经坐好看书，又偷眼相瞧】

云：公子公子！状元公来看你了！

芝：是哪个状元公？

云：咦，就是那个在大林禅寺和你磕头结拜为兄弟的马公子马世俊啊！

芝：哦，我那结拜的兄长来了啊，快快有请兄长！

云：有请状元公！

【马世俊手捧凤冠霞帔上】

马唱：手捧凤冠到府上，
　　　相会小姐结金兰。
　　　一为相谢赠金情，
　　　二为求婚结鸳鸯。

马：玉芝贤妹！玉芝贤妹！

芝：兄长高中状元啦！恭喜恭喜！

马：咦！你……怎么这身打扮？

芝：哦！小弟有失远迎，马兄请坐！

马：贤妹！

芝：谁是贤妹？哪个是你贤妹？

马：你不是吗？难道你……真的是个男儿身吗？

芝：我怎么不是男儿啦？难道马兄一中状元，就忘了你我八拜之交、兄弟之谊啦？

马：没有！没有！不敢！不敢！

芝：如此才好！马兄请坐，请用茶！

马：谢过贤弟！（放下凤冠霞帔，拉过云仙问）你家公子不是史府小姐吗？

云：状元公，你弄糊涂了吧？公子就是公子，怎么会变成小姐呢！我家夫人可从没生过女儿呵！

马：这……对了，那年夫人到大林禅寺，求佛烧香许愿，还想生个女儿呢！唉！又是我扯不清了。贤弟啊！

唱：昨日金殿夺头魁，
　　今来史府拜高台。
　　若非贤弟倾囊助，
　　世俊哪能中头彩。

芝：恭贺兄长。

马唱：为报贤弟热心肠，
　　　我……

芝：你什么？

马唱：凤冠霞帔送府来。

芝唱：兄长之言理不该，
　　　为弟助你爱你才。
　　　高中状元头名魁，
　　　为何送我霞帔来？

马：我……我以为贤弟乃是史府千金呵！

芝唱：你不该不该你真不该，

你总把贤弟当贤妹！

【夫人上】

夫：状元公来了，未及远迎，恕罪！

马：小侄拜见老夫人！

芝：母亲请坐！

【狄洪上】

狄：哪个是状元公？哪个是状元公啊？

马：啊哟哟，义父你怎在此地？叩见义父，世俊叩见义父！

狄：起来起来！状元公，你怎么手捧这凤冠霞帔，状元公今日有大喜吗？

马：这……

狄：不知状元公看上哪个千金小姐，待义父去为你提亲说媒！从来金榜题名日，便是洞房花烛夜！恭喜啊恭喜！

马：这……没有……还没有！

夫：状元公一表人才，如若不弃，我娘家有一内侄女儿，年方十八，老身愿为状元公做媒。

马：谢夫人，小生已有心约！

众：状元公已有夫人啦？

马：没有！没有！

云：哦！吓人一跳！这事儿还好吹牛啊？

夫：云仙不得无礼！

狄：既然没有，就听义父的话，我有一养女，今年也是十八周岁，长得聪明伶俐，如花似玉，包你一见就喜！

马：多谢义父，不必了！

众：却是为何？

马：我……唉！

唱：义父赠我玉芝佩……

狄：那玉佩呢？

马唱：玉佩已赠我贤妹，

今日上门送霞帔，

才知贤弟非贤妹，

金玉良缘落了空，

从此无心再婚配！

【云仙拉玉芝悄悄下】

狄：你……你怎可将玉芝佩赠送你贤弟？你真是荒唐啊！

唱：义父留你玉灵芝，

未将内情告诉你，

它是狄家传家宝，

从来传女不传子。

女儿婚嫁赠玉佩，

双佩合一才婚娶。

你将此物赠贤弟，

义父也难再帮你。

罢罢罢！

你且将凤冠霞帔你捧回去，

看样子你只好光棍一辈子！

马：这……这叫我如何是好！如何是好啊！

狄：帮不上你啰，你就做个光棍状元吧！

马：老夫人，这……这可如何是好啊？

夫唱：状元公子你莫急，

且听我把主意提。

既然贤弟不是女，

我还有个内侄女，

配你公子也相当，

凤冠霞帔穿得起。

马唱：夫人好意我也知，

怎奈世俊心有仪。

今生错过鸳鸯缘，

来生再找连理枝。

狄：那你是说，你是非贤弟不娶了？荒唐啊荒唐！状元公要娶贤弟为妻，岂不笑死天下人！

夫：状元公不急，待我唤出侄女儿来！芝儿过来！

【玉芝、云仙女装上】

夫：芝儿过来，见过状元公！

芝：小妹见过状元公！

马：啊呀呀，这不是我贤弟吗？

芝：小弟见过兄长！

马唱：一见贤弟变贤妹，

世俊心中好欢喜。

凤冠霞帔交于你，

洞房花烛终有期。

马：原来贤弟真是贤妹，真是贤妹！世俊三生有幸哇！

狄：且慢。

唱：狄家祖传有规矩，

玉佩为媒方能娶。

若无玉佩双合一，

义父还是不同意！

【两人起舞，取出玉芝佩】

芝：爹爹请看！

马：夫人请看！

合：玉芝佩，双合一！

【幕后合唱】

一双玉佩写成戏，

两心相依成连理。

但愿天下有情人，

共栖同宿齐双飞。

狄：哈哈哈哈！立即给小姐穿上凤冠霞帔，张灯结彩，合芝成婚！

【众布置礼堂张灯结彩】

【喜乐声中举行婚礼毕】

【全剧终】

松梅壶

（又名：紫砂缘）

第一场　抓　周

【时间：明朝嘉靖年间】

【地点：京城狄府客厅】

【幕后合唱】

观音娘娘将子送，

玉女金童到府中。

今日庆宴来抓周，

指壶为婚结鸾凤。

【二幕前】

【喜乐声中，狄史两家大人和夫人在府门前迎接宾客】

报：光禄少卿马从谦马大人到！

报：应天府丞孙允中孙大人到！

报：礼部尚书徐玠徐大人到！

报：工部尚书雷礼雷大人到！

报：御史大人邹应龙邹大人到！

邹：狄公、史公喜添金童玉女，我等特来贺喜呵！

合：同喜同喜！大人请！

报：溧阳县知县沈谏沈大人到！

狄：啊哟，家乡父母官来了，快快有请！

沈：下官沈谏特来贺喜！

狄：沈大人为家乡父母官，造福一方，清廉公正，朝野闻名，斯彬极为敬佩！乡民有福哪！

沈：哪里哪里，御史大人请！

合：请！哈哈哈哈！请众位大人进客厅用茶。

【松梅堂大厅内】

【启二幕，狄府内厅】

报：老爷和夫人到！

狄夫人、史夫人：爹爹、母亲来了，请受女儿一拜！

公：起来，起来！

狄、史：岳父、岳母在上，请受小婿一拜！

公：哈哈！起来起来，都起来，你们看，我给你们带来了什么？

【打开壶盒，取出松梅壶】

众：松梅壶？

公：正是，这是当年先皇御赐之宝壶——名闻天下的松梅壶哪！你们快来看哪！

公：（唱）一棵盘松飞入云，

婆：（唱）十八寒梅冰雪清。

公：（唱）紫玉金砂宝中珍，

婆：（唱）天下无双独一尊。

狄：岳父大人，不知此松梅宝壶，出于何人之手？

公：出于宜兴金沙寺寺僧之手，但系常州大林寺所定制。

狄：这大林寺又在哪里啊？

公：大林寺在常州东北的芳茂山上，大林寺原为少林寺寺僧慧能开建，寺院建成后，太祖御赐大林禅寺匾名，并定于七月十五到寺中巡视盂兰盆会，慧能寺僧为此专程到宜兴金沙寺定制御用紫砂壶，以备皇上来禅房用茶时所用。他将工匠们每日制壶洗手后存下的紫砂细泥，制成紫砂壶胎，嵌上翡翠玛瑙玉石珍珠，始成这青松寒梅之图形，再放至龙窑头部烧制而成。因其取料独特，工艺精湛，珠宝嵌图，因而价值连城，始成天下名壶。后大林寺将此壶贡献太祖，太祖御赐松梅壶名，而金沙寺寺僧更被誉为天下第一制壶名师。太祖曾亲笔题写“松梅壶”三字赠送慧能法师。

众：如此说来，真乃宝壶也！

公：（唱）自古道，

一寸紫砂一寸金，

有金难买壶中臻。

这宝壶，你给我，

千两黄金万两银，

要想买走也不成！

众：哈哈哈哈！

公：你们别笑，这可是普天之下，独一无二的宝壶啊！

众：是啊！

公：哈哈哈哈，老朽今天高兴哪！今天，两个孩子满周岁，按咱溧阳老家的习俗，是要让孩子在一周岁时抓周哪，看看他们到底会抓个什么东西。

婆：都准备好了吗？

众：准备好了！

婆：备有哪些东西？

众：回禀太太，

男：（唱）玛瑙珠宝银和金，

女：（唱）文房四宝棋画琴。

男：（唱）翡翠田黄鸡血珍，

女：（唱）沉香浣纱绸缎绫。

众：（唱）各种宝贝都配齐，

就等那少爷小姐抓周人！

公：等会儿，你们把老朽这把松梅壶也放进去，看看两个孩子喜欢不喜欢。在咱们老家，这壶字就是福音哪，小孩子要是抓住壶，就是抓住福了，那可是有福之人哪！

婆：对，快把这松梅壶也送去。

众：走，走，我们也去看看，这两个孩子到底会抓些什么！

【众下，公进内厅坐定】

公：去年你们两个同乡同榜进士，同日婚娶我两个女儿，今年又同时生儿育女，老朽高兴哪！哈哈哈哈！

【上茶】

狄：岳父大人，请用茶！

史：岳母大人，请用茶！

甲上报：老爷老爷，真是奇了，奇了！

公：何事奇了？

甲：（唱）

刚才少爷去抓周，

沿着桌子转着走。

四面金银都不抓，

独将茶壶抓在手。

公：哦，他抓住松梅壶啦？

甲：是的，史少爷他抓的，就是那松梅壶啊！

公：好啊！好啊！

乙上报：夫人夫人，真是奇了，奇了！

婆：何事又奇了？

乙：（唱）小姐刚才去抓周，

不抓绫罗不抓绸。

看到一只松梅壶，

紧紧抓住不放手。

公：哈哈哈，真有此事啊？

史：狄大人，既然两个孩子都是与壶有缘，咱们不妨以壶为媒，指壶为婚，再结亲缘，不知斯彬兄你意下如何？

狄：哈哈，真是有缘哪，那咱们就请岳父\岳母为证，指壶为婚，再结亲缘。

众夫人：好啊！

公：这真是喜上加喜啊！哈哈哈哈！将我那松梅茶壶，交与梅云小姐收藏，将来等他二人长大成人之后，再告知他们，并将此壶作为梅云的陪嫁之物，持壶成婚！

众：以壶为媒，再结亲缘。长大之后，持壶成婚！

公：哈哈哈哈！

狄、史：请岳父、岳母上松梅厅用宴！

公：好好好！快跟我上宴厅用宴！

第二场　廷　谏

【众官上朝】

众：吾皇万岁！万岁！万万岁！

皇：众爱卿平身！有事奏上本来，无事退朝回府。

马：启禀圣上，光禄寺少卿马从谦有本启奏。

皇：马少卿所奏何事？

马：启禀圣上，臣近日在查检斋醮祭祀准备事项时，发现提督中官杜泰，虚设支出，侵吞挪用斋醮款物，用于买官升职。其贪用银两，已逾万两之多，启奏圣上，当予以查办！

皇：杜泰何在？

杜：臣在！

皇：方才马少卿所言，你有何说？

杜：圣上，马少卿所言，实系诽谤，因本职督办圣上斋醮祭祀，马少卿行动迟缓，屡次发生争执，臣曾向严相禀报此事，圣上可向严相查问此事。

皇：严爱卿可知此事？

严：启禀圣上，杜泰之言不虚，依老臣看来，这事事出有因。

皇：你且奏来。

严：圣上，马从谦为原兵部给事中马性鲁堂弟，当年杜泰揭举马性鲁戍边失措，致贼谋逆而反，而又征讨不力，圣上罪责马性鲁入狱。马从谦定是怀恨在心，臣以为是蓄意诬告杜泰，以泄私愤，并图为马性鲁案翻案叫屈。

皇：如此说来，马少卿你还有何话可说？

马：圣上，可核查杜泰经办之项目钱款去向，即可明了为臣所指是否属实。

杜：我来问你，杜泰升授提督之职，乃圣上御批钦定，难道我向圣上买官不成？

马：何人保举？为何保举？

严：老夫荐举，圣上钦定，难道老夫卖官不成？

马：此事还望圣上严查！此类以贪腐之款，卖官鬻爵之事，已绝非一人一事也！

杜：启禀圣上，马从谦不但迟缓圣上设坛斋醮祭祀，而且多次攻讦圣上炼丹设醮，是劳民伤财之举，说严相是靠写青词起家的宰相，因臣与他多次争论，故而他怀恨在心，陷害于我！

严：圣上，此等犯上作乱之人，岂可恕之，岂可用之！

皇：马少卿，你身为光禄寺少卿，竟将朕祭祀斋醮之事，妄议为劳民伤财之事，难道朕不是为了大明江山、天下百姓吗？

马：为臣岂敢妄议圣上！

严：圣上，马从谦奏本上屡次提出，斋醮之费甚巨，理应节俭为之，实是反对圣上斋醮炼丹，其司马昭之心，已路人皆知也。

皇：事已至此，你还有何言可辩？

马：圣上当明鉴，如今朝野，贪腐成风，卖官鬻爵，已成陋规，此都乃严嵩父子二人所为，如不明察，将成朝廷大患！圣上当严查彻理，除此痼疾陋规，重振朝纲。

皇：哼！依你之言，朕乃昏庸之君也。来人，革去马少卿一切爵职俸禄，先当廷杖责一百棍，再送刑部严办，打入死牢！

马：圣上且慢，下官受刑之前，愿留下一言忠辩。

皇：你且道来。

马：为臣受刑之前，留下此诗明志：浩气凌云还太虚，丹心明月照千古。生平未报家国恩，留作江河忠魂补。

严：一派胡言，圣上御旨，难道冤你不成？还不拉下重杖！

【马从谦被拉下，百官噤若寒蝉】

【狄斯彬、孙允中出班启奏】

狄：圣上息怒，臣以为马少卿为官忠直清廉，一向光明磊落，所奏之事，当予查核之后再做处置！

孙：臣亦认为，马少卿当廷举奏，必定所言有据，望圣上明察。

众：望圣上明察。

皇：严相，你意如何？

严：圣上，马少卿名为揭举杜泰贪污，实为反对圣上斋醮，仅此一项，就犯了不赦之罪，圣上天威何在？因而不可赦之！而狄御史与马少卿本系乡党，又为同科进士，如今已与巡视给事中孙允中、尚书杨继盛等人结为朋党，相互呼应，相互包庇。这几人兵权在握，试图乱我朝纲，实乃本朝遗患，望圣上明察，如不果断处置，必将后患无穷。

皇：这……

狄：圣上当兼听忠良明言！臣以为马从谦节俭斋醮祭祀之论，并无对圣上不敬之处！

孙：圣上应防奸宦贪腐之徒乱我朝政！

皇：大胆，朕是昏君吗？传朕御旨：将巡视给事中孙允中免去官职，发配边关从军服役。革去狄斯彬御史及兵部尚书之职，暂时囚入牢中反省。

【两人被革职除去官袍】

严、杜等人：圣上明断，万岁万岁万万岁！

报：圣上，马从谦未及杖责八十，已气绝身亡。

【众官跪奏】

圣上！圣上！

邹应龙：圣上，圣上息怒！狄御史乃安邦定国之良臣！

雷礼：圣上，圣上开恩！孙允中仗义执言，并非妄语！

徐玠：圣上，老臣以为此事……

皇：朕意已决，徐相不必多言！众爱卿请起！退朝！

第三场　路　遇

【地点：常州道台府大门外】

【时间：十八年后某日黄昏】

【幕启】

【梅云内唱】

昨夜逃出紫金城，

【梅云女扮男装上，丫鬟彩云紧跟上】

梅：（唱）绕过溧阳到宜兴。

　　行来已到常州城，

　　不知史府在哪一门。

彩：小姐！

梅：嗯？

彩：哦，公子！前面到了常州城了，我们进城去吧！

梅：这是什么地方？

彩：是常州东门道台府。

梅：（唱）为什么门前四下闹纷纷，

却原来官府张榜画图形。

梅：（唱）行来不敢将路问，

眼看日落近黄昏。

彩：（唱）三日来，

昼伏夜行赶路程，

饥饿难忍头发晕，

浑身乏力站不稳，

且在树下片刻停。

彩：小姐！

梅：嗯——

彩：公子，你已整整两天没吃没喝了，待我找些水来给你喝。

【梅云解下包袱，靠树少歇，彩云下】

【史梦松携书童骑马上】

松：（唱）奉父母命上杭城，

苦读诗书求功名。

眼看将近科考日，

先回家中探双亲。

【两人圆场，下马】

松：（唱）今日骑马返回行，

眼前已近史府门。

童：公子，你看，

（唱）忽见有一倚坐人，

半是躺来半是眠。

松：（唱）双目紧闭眉锁紧，

满脸苍白气不匀。

时至黄昏天色晚，

为何在此睡不醒。

莫非此人身患病，

待我唤醒问由因。

【史梦松上前】

松：公子醒来，公子醒来！

梅：彩云！彩云！

松：彩云？我不是彩云啊！

梅：你是何人？

松：我是梦松，刚从杭州回来。

梅：什么，你是梦松？

松：正是梦松。

梅：你……是史梦松？

松：正是小生，你认识我吗？

梅：不不，不认识！

松：公子站稳了，公子莫非也是赴京赶考之人？

梅：正是。

松：公子，外面天冷风寒，你如此而睡，是会生病的。

【两人相视，旁唱】

梅：（唱）我十年未见史梦松，

今日一见喜且惊。

松：（唱）他风度翩翩人俊美，

为何倒地现倦容。

梅：（唱）他言语行为读书人，

潇洒飘逸传神韵。

松：（唱）我暂且带他转回家，

休养康复再起程。

松：天色已晚，寒风凛冽，公子请到寒舍休养数日。兄弟我也要赴京赶考，咱二人何不结伴而行？

梅：这……怕有不便！

松：哎，有什么不便？那梁山伯祝英台一男一女，还同窗求学三载哩，何况你我两个大男人！

梅：（唱）更难得，他助人救难有热心，

正是我，梅云寻找的梦中人。

待我上前将他认。

（白）不，不可也，不可也！

（唱）如今我是逃难人，

缉拿告示贴城门。

倘若他是势利人，

只认富贵不认贫，

岂不是，

自找其辱自丢人，

自讨没趣自伤心！

倘若他是势利人，

反将梅云送衙门，

岂不是，

辜负徐相救命恩，

自投罗网害自身！

（白）多谢公子了！我方才有些不适，休息一会就好了。

松：这里离我家不远，公子还是到我家中休养数日，再赶路程。

梅：你家在哪里？

松：你看，前面那史府大门就是我家。

梅：这里就是常州府史际大人的府上吗？

松：正是家父。公子请到我家，少歇几日再走。

梅：如此多谢了。

松：不妨，公子小心了。

梅：多谢仁兄！

【彩云持水上，书童阻拦去路】

彩：咦，你为啥阻我？

童：我家少爷有事，不得打扰！

彩：谁打扰你啦？是你挡住我路啊！

童：那你走你的路，我走我的路，谁阻你路啦？

【二挡，碰落彩云手中水】

彩：你！

童：我，我怎么啦？

彩：你要再拦挡我，要叫你吃顿生活了。

童：哎哟，口气还不小喔！烧火丫头舞大刀，难道你是杨排风？小姑娘，难道你还想动手不成？

彩：公子！公子！

童：想叫人来帮忙哪，咱们先练两下！过了我这关，再去见你家公子！

【彩云三下五除二撂倒书童，冲了过去】

童：哎哟哟，好厉害的功夫！

彩：下次再敢拦我，叫你吃不着兜着走！

童：厉害！厉害！

松：你那包裹，我来帮你拿吧。

【彩云冲上前抢下包裹】

彩：大胆，你敢抢我家公子包裹！看打！

梅：彩云，不得无礼。此乃史府史公子，还不快快赔礼！

彩：（拉梅至一旁）小……公子，他就是史姑爷吗？

梅：啐，还不过去赔礼！

彩：给……给姑爷……不不不，给史公子赔礼了！

松：不必！不必！快快请起！

童：你得给我也赔个礼！

彩：哼！（作势欲打）

童：算了，算了，不赔就不赔，算了！谁跟你一般见识！

松：公子小心了，请！

梅：请！

第四场　认　壶

【史府厅堂，夫人上】

夫：（唱）今日夜来近黄昏，
　　老爷为何未归门。
　　我儿杭州去读书，
　　如今已有三年整。
　　今日双眼别别跳，
　　不知是祸是喜临。

堂上我把香来敬，

求菩萨，

保我一家康安宁。

童：报，老夫人，少爷回来了！

夫：是梦松儿回来了吗？

童：正是少爷回来了。

夫：快快唤他前来见我！

童：回禀夫人，少爷他还带着两个人呢！

夫：有客人来啦？

童：不是客人。

夫：那是啥人？

童：像个病人！

夫：什么，带来两个病人？快带我去看来。

【史梦松上】

松：见过母亲，孩儿回来了。

夫：梦松，听说你带了两个病人来？

松：孩儿适才在门外大树下，见一公子病倒在大门下，便扶了来家。

夫：那公子人呢，现在哪里？

松：正在书房内休息，适才给他喝了些茶水，吃了些点心，已经好多了。看样子，也是赴京赶考之人，路过此地，染了风寒。

童：少爷，那你可别多管闲事，大路朝天，各走半边。既然他已醒了，那我去叫他们走吧。

夫：且慢。

童：夫人，您有何吩咐？

夫：既是有病之人，眼下已过黄昏，让他住上一宿，也无妨的。

童：是，夫人。

松：母亲之言甚是。

【老爷上】

童：老爷回来了。

松：见过爹爹。

爷：松儿回来了。

松：孩儿回家，准备赶考之事。

爷：如此甚好！

夫：老爷今日何事，怎么这么晚才回到府上？

爷：夫人啊，

（唱）今日钦差传公文，

姻亲狄公灾祸临。

只为举报严党人，

反被诬陷害自身。

马从谦当廷被杖死，

孙允中发配去充军。

沈谏他削职为边民，

狄御史被指朋党领。

严嵩贼子没告倒，

反被罢官牢囚身。

夫：啊，竟有此事？

爷：（唱）奸党派人到狄府门，

要斩草除根一网尽！

夫：啊哟哟，那真是大祸临头了！

爷：（唱）幸亏有人报了讯，

逃脱云龙和梅云。

严嵩发出缉榜文，

严令缉拿此两人。

画图索影写上名，

四下张贴在城门。

松：爹爹呀，

（唱）狄家世代是忠臣，

清廉刚正有名声。

狄公兵部为尚书，

安邦定国栋梁臣。

如今蒙冤牢囚身，

天道何此不公平。

夫：梦松，你快去把那公子请来。

松：孩儿就去。

【史梦松下】

爷：夫人，哪里来的公子？

夫：适才松儿在门外大树下，见一公子主仆二人，病倒在地，便扶了回家来，正在书房内歇着。

童：老爷，夫人，那公子来了。

【梦松、梅云上，彩云随上】

梅：拜见老爷和夫人！

夫：公子且坐。

梅：谢老爷、夫人！

彩：拜见老爷、夫人！

爷：罢了，一旁伺候！

彩：是！

爷：公子青春年少，真是英气逼人！

夫：小爷一表人才，容貌出众超群！

梅：谢老爷、夫人。

爷：老夫问你，公子你是哪里人氏？

梅：这个……

彩：我家小……公子……

梅：退下，不得多言无礼！

彩：是！

松：爹爹问你，公子但讲无妨。

梅：回老爷，小生祖籍乃是常州府溧阳人氏。

爷：姓甚名谁？

梅：小生……唤名林云。

松：林公子，这是你的包裹。

彩：给我！给我！

梅：多谢仁兄相助。

松：公子包裹中，好似贵重之物。

梅：实不相瞒，正是一把家传之壶。

松：公子真是好茶之人，赴京考试还带把茶壶前往。

夫：什么茶壶？能否请公子打开一看？

梅：（打开盒子取出壶）老爷、夫人请看。

爷：啊呀呀，这……这不是松梅壶吗？

夫：什么？是松梅壶吗？

梅：正是！

夫：一面是松，另一面是梅吗？

梅：正是！

夫：是那松枝虬龙、寒梅含冰吗？

梅：正是！

夫：那上面十八朵梅花……

梅：夫人，你……如何晓得？

夫：这……这壶我见过，见过！

松：这把松梅壶，梦松也好似在哪里见过，真是宝壶啊！

（旁唱）一见松梅紫砂壶，
好似牵了梦松心。
眼前一缕紫砂魂，
虬龙青松寒梅冰。

夫：（旁唱）此壶本是我家珍，
当年皇上赐父亲。
十八寒梅花绽春，
青龙蟠松枝凌云。
今日壶在他手中，
难道她是狄梅云？

梅：（旁唱）为何一见松梅壶，
老爷夫人脸色惊。
分明已经知我情，
不知何故不言明。

爷：（旁唱）当年两家同侍君，
同科进士及第登。
同娶尚书双胞女，
同生龙凤指壶亲。

梅：（旁唱）谁知世事多变幻，

爷：（旁唱）如今姻亲被囚身。

夫：（旁唱）我待上前将亲认，

爷：（旁唱）我认壶就得认姻亲，

认了姻亲就祸上门。唉！

梅：（旁唱）一见姨父心不宁，

好似碎了梅云心。

今日梅云是带罪人，

他认我留我是将祸引。

爷：（旁唱）如今梅云持壶临，

我怎安置眼前人？

今日若是留梅云，

日后定会走风声。

我若不把梅云留，

怎对得起狄斯彬。

这……

话到嘴边难出唇。

（白）梦松，你且带公子，

去书房吃茶少歇。

松：是，公子请。

梅：告别老爷、夫人！

【梅云、梦松、书童、彩云下】

爷：（唱）待我细细来思忖。

（白）来人！

【家丁上】

丁：老爷有何吩咐？

爷：关上大门，谢绝一切人员登门来访！

丁：是！

夫：传话下去，府中人等不经老爷同意，不得外出！

丁：是！

【家丁下】

爷：啊呀呀，夫人啊，真是说到曹操，曹操就到了！

（唱）分明他是狄家人，

松儿引火来烧身。

皇榜张贴在城门，

我怎留他负罪身。

夫：老爷啊，

（唱）我看他是乔装人，

不是男儿是女身。

松梅茶壶是为凭，

定是儿媳狄梅云。

爷：唉，夫人哪！我也早就看出来了啊！

（唱）当年狄公出名门，

皇宫六部皆有亲。

曾任兵礼两尚书，

赫赫威名谁不敬。

宦戚两面来争权，

谁不对他惮三分。

圣上忌他兵权重，

功高震主难放心。

如今有人将他参，

正好革职除名分。

而今沦为囚牢身，

严嵩父子欲除根。

若是留下狄梅云，

满门抄斩火烧身。

（白）这，这可怎么是好呀！

（唱）左思右想慌了神，

是留是走难煞人。

趁着梦松不知情，

我且不言指壶婚。

另择荒野栖身地，

暂将梅云送庵门。

夫：老爷，你可不能将她赶走，不可啊！狄史两家可是姻亲，当年狄公在朝时，对你多有照应提携，可是史家有恩之人哪！

爷：夫人，我也不想让她走啊！可这会引来灭门之祸啊！

夫：老爷，你千万不可将梅云赶走！

爷：夫人放心，我史际岂是忘恩负义之人。来人哪！

【家丁上】

丁：老爷有何吩咐？

爷：你将那林公子，立即连夜送走！

丁：老爷，送到哪里？

爷：你将那公子，先送到戴埠田家山茶庵去暂住，那里山高林密，与世相隔，让他暂避时日，就说是我的安排。

丁：是！

爷：回来！

丁：老爷还有何吩咐？

爷：此事万不可让梦松知道，你先去把松儿叫来，让我和他说话，然后你再把那公子送走。

丁：老爷放心，小人这就去办。

爷：不得告知他人。

丁：是！

夫：回来！

丁：夫人还有何事？

夫：待我修书一封，你且带上些银钱，送与那庵主，让她好生安置。

丁：是！

第五场　拒　考

【接前场，老爷、夫人上】

爷：（唱）昨日杜泰到延陵，
　　奉旨缉拿狄家人。
　　为防严嵩灭九门，
　　连夜送走狄梅云。
　　星夜赶到横山岭，
　　安排梅云进庵门。
　　狄家若有翻身日，
　　再到庵门接外甥。

松：母亲，爹爹，不好了，不好了！

爷：松儿，何事惊慌？

松：梅云她今早上突然不见了。

夫：松儿，那梅云……她为人怎么样啊？

松：母亲，

（唱）她是知书达理人，

琴棋书画样样精。

谈吐举止不一般，

通古博今满腹纶。

我和她，

志同道合心相融，

论诗读文堪知音。

爷：（唱）我儿做事应思忖，

如今她是戴罪人。

不辞而别人不见，

内中还恐有别情。

松：爹爹，母亲！

（唱）她单衣只身无分文，

我左思右想不放心。

救人救在为难处，

雪中送炭才见真情。

我决不做那，

唯唯诺诺，胆小怕事，

见风使舵，趋炎附势，

忘恩负义的赖小人！

爷：你……你个小畜生！竟敢与为父这般说话……

夫：老爷，你莫生气……松儿，还不退一旁去！

爷：罢了，罢了。

【家丁上】

丁：老爷，东西都准备好了。

松：准备什么东西？

丁：夫人叫我送少爷的东西啊！

松：送到哪里去？

夫：是送少爷去赶考的东西吧？

丁：嗯……是的，是为少爷赶考准备的用品。

松：这个不用你准备，我自会料理的！

爷：你还不下去收拾东西！多备些银子！

丁：噢，这就去，这就去！

松：爹爹！

爷：松儿，今朝科举会考大试在即，你去准备一下，明日带上书童，赴京城赶考去吧！今科考场，分别由严相、徐相负责监考，待我给监考的徐玠大学士写一封书信，备一份礼敬，你去京城之后，先去翰林院拜访于他。

松：这个……

夫：这个什么？

松：我是去考试的，又不是去探亲访友的，送什么礼敬！

爷：哎，这个你就不懂了！历来开科选才，学生都要投帖拜师找门庭的。像我等人家，是万万不可去投靠严嵩老贼的！

松：爹爹，母亲，那待我找回表妹，再去赶考也不迟。

爷：她既然不辞而别，天涯海角，你到哪儿去找她啊？

夫：是啊，我儿不可为此事，误了前途功名！

松：母亲啊！

（唱）人人都想求功名，

无非想做人上人。
是非好坏不分清，
有了功名反害人。
你看那，
满朝文武为功名，
趋炎附势多小人。
为了在朝把官做，
阿谀奉承媚权尊。
一朝红袍加在身，
哪个为国又为民？

爷：哼，你岂可如此胡言乱语，朝中从来不乏忠臣义士！

松：（唱）忠臣良将遭迫害，
连累九族灭满门。
你看那，
当朝进士马一龙，
三次辞官还乡村，
脱掉红袍脱皂靴，
回乡做了布衣人。
如今他，
逍遥自在在山林，
风流倜傥活仙人。

爷：那马一龙为马少卿马从谦之侄子，叔侄两人为同科进士及第，其父亲马性鲁被严党所诬陷，冤死牢中，他与严嵩父子有不共戴天之仇，严党如何能容于他？他也是万般无奈，才辞官回乡的！

松：（唱）他若在朝将官做，

随时都会祸上身。

杀头坐牢去充军，

哪能活成老寿星！

爷：啊呀呀！

（唱）一言惹我怒气生，

他分明是话语之中在骂人。

你连功名两字也不要，

真是个忤逆不孝人。

松：爹爹！

（唱）我若不找回我表妹，

就决不赶考去京城！

爷：（唱）你若是明天不启程，

我打死你这个小畜生！

松：爹爹！

（唱）你若不找回我表妹，

你打死我也不启程！

爷：你……你这个小畜生！（打耳光）

夫：老爷……你……你……（晕倒跌坐）

爷：你……你这个小畜生，真是气死我也……

【梦松拂袖下】

夫：老爷，你好……好狠心啊！松儿，松儿！

【夫人追下】

爷：唉！

第六场　劝　考

【芳茂山福寿庵】

【梅云、彩云上】

梅：（唱）芳茂山上福寿庵，

孤身独居我狄梅云。

原以为离却京都到龙城，

持壶投亲有指婚。

谁知那，

严嵩画图挂城门，

千里追杀要除根。

姨母待我情义真，

修书赠银帮安身。

左思右想心不定，

何日替父将冤伸。

爹爹他，

留下严嵩罪孽证，

桩桩件件记得清，

若能将它呈天尊，

定能将严嵩父子恶除尽！

彩：小姐，你别忧心，彩云陪你到山间茶园竹林走走。

梅：彩云，老爷尚在牢中，叫我如何放心得下。

彩：小姐，皇后娘娘不是从宫内传话了嘛，当今圣上只是担心老爷重兵在握，功高震主，找个理由削去他的职权，不会要他性命的！

梅：可是严嵩父子，却是时刻想谋害爹爹的。

彩：小姐，我们还是到茶园竹林走走吧。

【梅云、彩云下】

【茶园竹林中】

彩：小姐，那边好像有人来了，你且回避一下，让我前去看看！

【梦松及书童上】

松：（唱）昨夜里母亲对我吐真情，

方知道梅云藏身在庵林。

我今寻来茶庵中，

接她归去回龙城。

（白）见过彩云。

彩：公子，你来做什么？走走走，我和我家小姐都认不得你！

童：前天尚在一起，怎么今天就认不得了？

彩：既然前天还在一起，怎么今天就各分东西啦？

童：那是我家老爷的事，与我家公子何干？

彩：有干！有干！你也不是好东西！

童：啊哟哟，连我也怪上了！

松：彩云，你们不要吵了，请问梅云小姐身在何处？

彩：我勿晓得，勿晓得！你勿要问我！

松：烦劳彩云将她找来，我有要事相告。

彩：找来又有何用，待会儿又将她半夜里送走了。

童：好彩云，你就做点儿好事吧！

松：梦松这厢赔礼了！

彩：嗯，姑爷你若不赔礼，彩云我就不帮你找！

童：不是赔过了嘛！

彩：好吧，你等着，待我找她来见你。

松：多谢彩云。

童：多谢！多谢！多谢了！

彩：谁要你谢！

童：你……

彩：你什么？

童：你……你就快去请吧！

彩：小姐，小姐，是姑爷他找你来了！

【彩云、书童两人下】

【梅云上】

梅：梦松！

松：梅云！

梅：（唱）一见梦松，

我……我泪雨淋，

心中又喜又怨恨，

门外相扶你情义深，

连夜送走，你……你心太狠！

（白）你……你来这茶庵做甚？

松：接你回去啊！

梅：既要接我回去，为何将我送来！

松：梅云，你……

（唱）那日连夜将你送，

实出无奈有隐情。

是严嵩杜泰来州府，

要缉拿梅云和云龙。

我爹将你藏庵中，

实是为了救你命。

如今是，

严嵩已经回京去，

皇家大考已将临，

爹娘催我赴京城。

我言道，

你不接梅云回家门，

打死我也不启程！

梅：你……我和你有何相干，你为何不去赶考？反要让姨父怪罪于我！

松：（唱）老父他一气之下将我打。

梅：真的打了吗？

松：打了！你看看！

（唱）如今脸颊还在疼。

梅：梦松！

松：（唱）见爹将我梦松打，

母亲与他又起纷争。

如今是，

三人见面话不应，

个个脸上冷冰冰。

爹爹有心接你回，

又觉无脸来相请。

特命梦松代双亲，

让我接你回家门。

梅：你那史府家中，我是不去的了！

松：（唱）你若不和我回去，

我是决不去京城！

梅：你去赶考……与我何干！

松：（唱）你若不和我回去，

梦松决不求功名。

梅：你那功名，也与我无干！

松：（唱）你若不和我回去，

我……

梅：你要干什么？

松：（唱）我也来做个出家人！

梅：你……你好……好荒唐哦！

（唱）茶庵本是尼姑庵，

哪能收你男儿身。

你若想做出家人，

也应去当大林僧。

更何况，

男儿立志求功名，

建功立业为己任。

松：（唱）功名两字是浮云，

愿为云鹤脱凡尘。

梅：（唱）梅云听罢梦松言，

又惊又喜又担心。

惊他世事皆看透，

喜他高洁不沾尘，

忧他若不愤然起，

为父伸冤待何人。

梦松啊，你可知，

严党朝纲乱横行。

忠臣义士遭杀身，

满朝文武不敢言。

哪个拨乱能反正？

我父何日把冤伸？

谁来保国又安民？

重振朝纲靠何人？

松：这个……

梅：（唱）你洁身自好能修身，

超凡脱俗可养性。

你两耳不闻天下事，

自视高雅求归隐。

依我梅云冷眼看，

你不及朝中忠义臣！

松：这，这个嘛……

梅：（唱）马少卿为参杜泰罪，

当廷杖死目不瞑。

杨继盛为抗严世藩，

反遭陷害送一命。

我爹爹为参严党罪，

御史被谪入牢门。

孙允中为人仗义言，

当廷声援贬边庭。

沈谏知县骂严贼，

被严党害死在边境。

武将百战死疆场，
文臣廷谏敢舍身！
为国为民是忠良，
梅云眼中更堪敬！
松：这……
梅：（唱）难道你，
忍看忠良蒙冤死，
忠臣义士被杀身？
松：这……
梅：（唱）可叹我是女儿身，
有志难报家国恨。
梦松啊，
若要归乡做士隐，
要待社稷固且稳。
到那时，
梅云陪你读诗文，
琴棋书画赋闲情。
游山玩水天下转，
携手偕老享太平。
松：如此说来，是我错了，是我错了啊！
（唱）茶庵听你忠良言，
如醍醐灌顶叫我醒。
原只当，
赶考只为取功名，
无非是，
争利夺禄是势利人。

没想到，

功名在身有担当，

为社稷，

安邦定国有责任！

她一介女流明大理，

我枉为男儿七尺身。

我甩手不管家国事，

归隐只想顾自身。

面对梅云愧在心，

她一语惊醒我混沌人。

（白）啊，梅云，我听你所言是了。

梅：只要你有心为之，公子定能不负我望。

松：待我明日进京，定当联络忠良之臣，定与严嵩父子周旋到底，不除此逆贼，誓不言休！

梅：（唱）公子北上赴京城，

请为梅云捎封信。

松：送与何人？

梅：（唱）一送徐玠大学士，

二送工部雷尚书，

三送御史邹大人，

四呈皇后至天尊。

松：梅云，此信我是不送的！

梅：却是为何？

松：（唱）上京赶考求功名，

文章得失在自身。

我不想，

攀龙附凤登高枝，
行贿拍马慕虚名。
梅：（唱）公子品行梅云敬，
会试殿试试自身，
胸中若无经纬论，
如何写出锦绣文？
松：（唱）既然文章靠自身，
为何要我投书信？
梅：（唱）梅云请你捎书信，
不是为你开后门。
我父为揭严嵩子，
早将其罪列罗证。
相烦捎给徐学士，
再送御史邹大人。
铁证如山罪累累，
设法呈送至天尊。
一为我父鸣冤屈，
二为天下受害人。
若能除得严党贼，
天下太平人人庆。

松：原来如此！如此你快将信与我！

梅：（取信交信）相信公子定能成功，请受梅云一拜！

松：休得如此，梅云，若不是你拨开我心头乌云，哪能眼中云开日出呵，我得谢你！

梅：得谢你！

松：得谢你！

梅：公子此番进京，相信定能与朝中忠良之士，联手除恶，此不但是梅云之愿，更是社稷黎民之福！

松：梦松谨记在心。

梅：梦松！你今将去京城，今日一别，不知何日才能相见，待梅云在庵中用松梅之壶，为你煮茗奉茶，以茶代酒，为你饯行，表我寸心！

松：多谢梅云！

梅：彩云，快用松梅壶备上三杯香茶，待我与公子饯行。

【彩云、书童上】

彩：来了！

童：我也来了！

彩：备上三杯佳茗。

童：送与公子细品。

梅：放下吧！

【彩云、书童下】

梅：（唱）今日梦松去京城，

先到庵中拜观音。

你可知，

观音感农心至诚，

赐那茶农铁观音。

你可知，

龙井十八御茶树，

救过皇后娘娘命。

你可知，

齐山云雾天下名，

兰花姑娘寄香魂。
你可知，
陆羽为制阳羡茶，
翻山越岭寻紫笋。
你可知，
云谷寺僧名至正，
沸水花开白莲茗。
太平猴魁救公主，
茶姐画眉将路引。
敬亭绿雪高品行，
松萝普济救世人。
世间茶树都为民，
义高德馨传后人。
天目云露六雨茶，
十八名泉降甘霖。
公子今到茶庵中，
当与梅云敬茶神。

松：多谢梅云指点赐教！拜见观世音菩萨！

梅：（唱）梅云我，
先敬洞庭碧螺春，
世事能屈亦能伸。
你看它，
蜷身抱团身自紧，
到时舒展轻如云。
富贵荣辱皆不惊，
香馨浓郁吓煞人。

松：（唱）梅云先敬碧螺春，

实是嘱我多谨慎。

遇事应知屈和伸，

不可意气坏事情。

（白）梅云所嘱，梦松谨记在心！

梅：（唱）第二杯茶敬龙井，

高耸挺拔如入云。

一身正气满室香，

茶中名声位列尊。

松：（唱）香爽气高挺龙井，

茶中有品好名声。

梦松当学龙井茶，

不与奸佞同道行。

梅：（唱）三杯敬上松梅春，

紫玉金砂藏我心。

高雅香洁不沾尘，

常伴梅雪魂魄清。

松：（唱）她将松梅暗自衬，

嘱我莫忘壶中情。

此番京城名赴考，

其实只为送书信。

立志扫尽严党贼，

澄清玉宇万里尘。

梅：（唱）待等梦松京归时，

梅云敬你寿眉春。

白毫显露味自醇，

白首偕老品香韵。

我与你，

南山松下读诗书，

竹海深处画棋琴。

到那时，

双宿双飞走天下，

十八名泉煮香茗。

松：（唱）白头偕老品白茶，

登高望远山水清。

松：梦松此番赴京城，名为赶考，实为送信，检举严党，立志除奸，我定将梅云所托之信，亲手交与徐玠大学士和巡抚邹御史及工部雷尚书。

梅：梅云谢过公子！

松：梅云，与我回家去吧，父亲母亲嘱我，一定要带你回去的。你若执意不回，父亲只好亲自来了。

梅：这……既然如此，梅云答应与公子一同回去。只盼公子此去京城，不管功名与否，定与朝内忠臣义士，联手呼应，为国除奸，为民除害，为我父伸冤昭雪，梅云永远铭感在心！

松：（唱）你我携手回家转，

梅：（唱）好比绿水绕山青。

松：（唱）从今之后长相守，

梅：（唱）夫妻恩爱不离分。

第七场　雪　冤

【狄府，松梅堂】

【狄老爷、狄夫人上】

狄：哈哈哈哈！

（唱）昨日一声春雷响，

拨开乌云重天光。

徐玠御前伸冤情，

雷礼廷上劾严党。

御史应龙率朝臣，

历数严嵩罪千桩。

杜泰贼子被处斩，

严嵩父子被罢官。

老夫原职回朝堂，

纵使斯彬去冤枉。

报：常州府史大人到！

狄：快快有请！

【史老爷、史夫人、梅云等陆续上】

史：（唱）今日上朝喜讯传，

满朝文武喜若狂。

严嵩父子入牢房，

尚书狄公回朝堂。

御封史际为少卿，

我携妻媳来拜望。

今来贺喜松梅堂，

还你娇女梅云郎。

史：啊哟哟，斯彬兄啊，我还你女儿来了！

狄：玉阳兄，女儿何在，女儿何在哪！

梅：爹爹，女儿在此！

狄：儿啊！

梅：爹爹，母亲，受女儿一拜！

狄：女儿啊，

（唱）为父身陷囹圄笼，
日夜担念你心中，
一恐你遭严嵩害，
二忧你尚待闺中，
丝萝未结离爹娘，
何人为儿妆女红。

梅：爹爹，

（唱）严嵩斩草欲除根，
缉拿梅云和云龙。
弟弟边关去投军，
梅云逃到常州城。
姨父姨母收下我，
梦松为我送书信。

狄：送什么书信？

梅：（唱）爹爹房中留下物，
严嵩父子罪孽证。
我托梦松带到京，
交给徐玠老大人。
有朝一日面圣君，
替我父亲伸冤情。

梦松他，

赴京赶考实是假，

千里送信却是真。

史：啊哟哟，这个小畜生，将我蒙在鼓里哪！

狄：哈哈哈哈，梦松可是我的好女婿啊！

报：老爷，当朝大学士徐玠徐大人、御史邹应龙邹大人、工部尚书雷礼雷大人等众官员到！

狄：快快有请！快快有请！

【梅云等人下】

【徐、邹、雷等人上】

徐：（唱）昨日朝廷清严党，

邹：（唱）举国上下齐欢庆。

雷：（唱）忠臣义士雪冤情，

合：（唱）特来贺喜狄斯彬。

众：恭喜狄公！

狄：众位大人在上，请受斯彬拜谢救命之恩哪！

众：拜谢徐大人救命之恩！

徐：哎，此事不必谢我等，当谢史大人教子有方哪！

史：惭愧！惭愧！

徐：若非史梦松千里送来严世藩抗旨潜逃、为非作歹诸多罪证，我和御史邹大人、工部雷大人等，如何能联手告倒严嵩贼子，弹劾于他！如今严嵩已被罢官返乡，朝廷除去贼党，社稷之运，万民之福啊！

众：是啊！

狄：各位大人请！

众：请！

【众落座】

徐：史大人！

史：大人有何见教？

徐：令公子一表人才，满腹经纶，真是难得，老夫一见，甚是喜爱，今日早朝，老夫特荐他参加本次朝廷御试，不知你可知晓？

史：大人如此栽培，乃小儿之福也，叩谢了！史际也是听了徐相相告，方才得知！

雷：哈哈，史御史还有所不知，令公子今日在朝，痛斥严世藩种种罪孽，力举朝纲主张，圣上龙心大悦，亲点为本科魁元，成为状元郎也！

众：恭喜御史！贺喜御史！

邹：此次当朝面奏圣上，弹劾严嵩父子，详诉其抗旨欺君、为非作歹、横行乡里的累累罪行，当日朝上有数十名大臣，联名启奏，铁证如山。令公子专程赴江西严贼老家，多方搜集罪证，足智多谋，功不可没啊！

众：是啊，今后定是国家栋梁之材！

狄、史：哈哈哈哈，众位大人请到松梅堂用茶！

众：请了！

报：皇上驾到！

众：吾皇万岁万岁万万岁！

报：狄斯彬接旨！

狄：臣狄斯彬接旨！

报：奉天承运，皇帝诏曰：今严党已除，乃国之鸿运，狄斯彬官复原职，朕特赐御史府“忠义家风世代相传”匾额一块。钦旨！

狄：吾皇万岁万岁万万岁！

皇：狄爱卿。

狄：臣在！

皇：朕闻令爱与今科状元史梦松史公子有紫砂之缘、秦晋之约，狄爱卿，何不趁此吉日，让状元郎完婚，也让朕喝上一杯喜酒。

狄：圣上，容臣与史公即刻操办。

皇：如此甚好！待朕亲与状元郎主持完婚！

众：皇上隆恩，吾皇万岁万岁万万岁！

皇：众爱卿平身！哈哈哈哈！

第八场　梦　婚

【梅云闺房：梅云正伏案而睡】

【伴唱】

府第爆竹响声声，

堂前酒绿映红灯。

佳人书房品佳茗，

梦中盼来梦中人！

【梦境幻出：春江花月夜】

【梅云及伴舞上】

梅：（旁伴唱）

三月前，

你千里迢迢到京城，

投书呼冤将屈鸣。

历尽风雨和艰辛，

救我父母出牢门。

梦郎啊，

不知你今在何处，

为什么，

至今未登我家门。

【伴舞，幕后伴唱】

月光如水照松影，

杨柳无风枝亦沉。

玉兔梦中寻丹桂，

金蟾池畔报新声。

门外语喧似君到，

推扉不见松柏身。

梦里虽闻郎君音，

眼前却无意中人。

【梦境幻化】

【梅云下】

【官诰到】

【狄史两府众人接旨】

【宾客迎送过场】

【伴舞，幕后伴唱】

平地一声走春雷，

万里长天虹飞彩。

众里寻她千百回，

相聚却在梦里来。

【梦松身着状元服携随从、书童上】

松：（唱）千里赴京送书信，

徐相命我搜罪证。

查出严嵩罪案沉，

卖官鬻爵罪不轻。

御史应龙是忠臣，

率领百官奏当今。

圣上闻知怒天廷，

严贼父子一网尽。

昨日上殿将试应，

御笔亲点魁元名。

今日当朝御赐婚，

凤冠霞帔送梅云。

梅云啊，娘子啊！

不知何处将你寻？

【梅云、彩云上】

梅：梦郎！

松：娘子！

合：（唱）春江团圆花月好，

红烛高照春帏绡。

孔雀今日东南飞，

梦中携手登鹊桥。

【梦里相会，舞蹈，众下】

梅：梦郎，请用茶！

松：这是用松梅壶泡的溧阳云露白茶吗？好香啊！

梅：是啊！

（唱）开口我把梦郎叫，

好茶好水要好壶泡。

你看这，

翡翠碧玉松梅壶，

天下名茶品更高。

天目山中云露茶，

白露在云舒身腰。

一旦遇上观山泉，

眉展身舒云中飘。

香清味馨上九霄，

哪个不说她的好。

松：真是佳茗啊！

梅：（唱）二泡水西翠柏茶，

扁平挺直香气豪。

若是没有龙池泉，

哪来名声如此高。

松：娘子所言正是！

梅：（唱）再泡南山寿眉茶，

云缭水绕半山腰。

龙潭清泉翠谷水，

名传天下谁不晓。

松：（唱）你我好比壶茶水，

相亲相伴恩爱好。

梅：（唱）公子为人品行高，

梅云愿学冰雪皎。

只要两心长相依，

胜过乌纱大红袍。

松：（唱）娘子句句金玉言，

梦松听罢喜眉梢。

功名富贵虽然好，

哪及偕首百年老。

今日筑就燕雀巢，

终于盼来红烛烧。

你我手捧松梅壶，

夫妻恩爱入帏宵。

梅：梦郎，且待我用松梅之壶，与你泡上一杯寿眉白云茶。

（唱）愿梦郎，偕首百年寿眉老，

白云仙鹤任逍遥。

松：娘子，待我赠你一杯桂茗茶，

（唱）谢娘子，

情似桂茗馨香好。

梅：梦郎，待我敬你一杯翠柏茶。

（唱）愿梦郎，

志若翠柏松洁高。

松：娘子，待我敬你前峰雪莲茶。

（唱）愿娘子，

冰清玉洁如雪皎。

合：（唱）云露茶，六雨茶，

翠柏茶，寿眉茶，

白云茶，雪莲茶，

桂茗茶，玉枝茶，

杯杯香气溢心间。

梅：（唱）我敬你，

松：（唱）你敬我，

合：（唱）相敬如宾百年好，

双双交杯合心欢！

【两人交杯饮尽】

松：来来来，今日我们二人，以壶为媒，以壶为证，就此行过婚姻大礼！

梅：梦郎……

松：来呀！来呀！

梅：梦郎，你我今日成婚吗？

松：是啊，今日良宵佳辰，我们奉壶成婚呀！

梅：那我……依你是了！

【书童、彩云报上：小姐，公子，老爷让你们快去内堂准备婚仪！】

【梦松梅云随两人下】

【皇上及朝廷百官上】

众：吾皇万岁万岁万万岁！

皇：众爱卿平身！

【新郎、新娘伴狄史两府众人上】

史：恭请圣上主持婚仪！

皇：一拜天地，

二拜高堂，

夫妻对拜，

送入洞房。

哈哈哈哈！

【伴舞伴唱】

松梅壶牵缘紫砂，

携手相依在天涯。

双飞双宿鸳鸯鸟，

紫玉金砂寿眉茶。

【梦渐回，众退下，梅云仍伏案而眠】

【彩云上】

彩：小姐！小姐！你快醒来，你快醒来！

梅：彩云，我……在哪里？

彩：小姐，你在自己房里啊！

梅：那……我那梦郎呢？梦郎！

彩：姑爷他早来了！

梅：是梦松来了吗？

彩：是状元郎来了！

梅：哪个要状元郎！

彩：是姑爷来了啊！

梅：到底是哪个来了呀？

彩：姑爷就是状元郎，状元郎就是新姑爷啊！

梅：真的是梦松回来了吗？

彩：小姐啊！

（唱）姑爷中了状元郎，

凤冠霞帔送在堂。

小姐你快穿戴起，

今晚拜堂做新娘！

梅：他在哪儿啊？

彩：在松梅堂上等你呢！

梅：那……我……不去！

彩：快走！快走！当今圣上也来了，皇上说要亲自为你们主婚呢！

梅：什么？万岁爷他也来了吗？

彩：是的，是的！老爷夫人叫我来找你，快去拜见圣上哩！你们今天就要拜堂成亲哩！

梅：我……我们刚才已经拜过堂了！

彩：拜过堂啦？

梅：嗯，也是万岁爷主婚的呢！

彩：结过婚啦？

梅：嗯！

彩：那进入洞房啦？

梅：嗯！

彩：小姐，你……你刚才在做梦吧！

梅：嗯，好像是……做梦了！

彩：人家做梦娶媳妇，小姐你做梦嫁姑爷，没羞没羞！做梦结婚！没羞！

梅：你……休要羞我！

彩：走吧，走吧，大家还等着喝喜酒呢！

【两人欢喜下】

【剧终】

第四部分

小品戏

小品

上岗下岗

【人物：李杰、小马、女学生、李妻、儿子、胡妈、张大】

【时间：高考首日暴雨前后】

【地点：岗亭内外十字路口】

【幕启：电闪雷鸣，大雨倾盆】

【小马穿雨衣上，在执勤指挥车辆行人】

【小马在忙碌，李杰急上】

李：小马！

马：李哥！

李：你怎么不开红绿灯？

马：越忙越乱，刚才打雷红绿灯坏了！

李：哦！

马：今天你休息，怎么又来啦？

李：今天高考，我琢磨这儿人手少，怕你们忙不过来，过来看看。

马：大家都去考场周围维持秩序了，这里就留下我一人，现在突然停电，车流量又特别多，学生和家长都挤在一起。

李：这边我来，你去对面维持秩序，越忙越不能乱！

马：好！

【小马欲下，一女学生急匆匆上，拦住小马】

学：警察叔叔，快帮帮我！

马：什么事？

学：我骑电动车去考场考试，车子突然坏了！

李：那赶紧去修啊。

马：是啊，找我又不会修车。

学：还有十几分钟就要进场考试了，我来不及了！

马：那你打的呀。

学：没车呀，那边封路了，出租车过不来啊，再说，又下着大雨，我身上都淋湿了！（哭）我……怎么办哪？我肯定赶不上进考场了！

马：那我们也没办法啊！

李：这样，我去送她，你守在这里！

马：李哥，今天你不是休息吗？

【李杰脱下雨衣，交给女孩穿上】

李：你把雨衣穿上，坐我执勤电动车去！

【女孩穿上雨衣】

学：谢谢叔叔！谢谢叔叔！

【两人急急下】

【李妻急上】

妻：小马，小马！

马：嫂子，你咋来啦？

妻：看见你李哥了吗？

马：刚送一个学生去考场了。

妻：哦，那咋办？

马：什么事？这么急！

妻：他答应我儿子去看外公外婆，我们都在等他呢。

马：李哥一回来，我就让他回去，今天他休息，不用值班的。

妻：好，你忙着，我先去买点儿东西，我儿子一人在街那边等我，我不放心！

【李妻下，小马从另一方向下】

【胡妈边打电话边上】

胡：怎么怎么，你怎么才到考场？什么？你是坐摩托去的？衣服都淋湿啦？那怎么会这样子？你告诉妈，到底坐哪个车子去的？哪个？新市口交警岗亭的电动车？妈知道了，你好好考试，妈去找他们！（放下手机）高考淋雨，还差点迟到，这不毁了我女儿一生前途吗？这交警也太不负责了，不行，我得去找他！

【胡妈下，李杰上】

李：小马！

【小马上】

马：李哥，你回来啦？赶上时间了吗？

李：刚好赶到，还提前三分钟呢！哎，那女孩坏的电动车放哪了？

马：在西边道口旁的走道上，瞧，那边又堵上了！

李：哦，你去吧。

【小马急下】

李：我得去帮她修好车，要不她考试结束后没法回家。

【李杰脱下湿衣服，挤出许多水以后，晾放在椅背上，下】

【李妻急上】

妻：小马，小马！

【小马上】

马：嫂子，啥事儿？

妻：快，我儿子刚才在路上，被一女人撞伤了，头上还在出血！

马：伤重吗？

妻：不重，头上破点皮，但还在流血！有没有创可贴？

马：没有，那女人呢？

妻：她急急逃走了！

马：那你咋不拉住她？

妻：我又不在场，再说人家也不会是故意的。

马：那也不能让她跑了呀！我去看一下监控录像。

妻：唉，算了，还是先去医院看一下。

马：对，先去隔壁社区诊所包扎一下。

妻：好，谢谢你！

【两人急下】

【胡妈急急上】

胡：岗亭有人吗？有人吗？什么岗亭？上班时间不见一个人，在岗不在位，我得向他们领导举报！（打电话）张大队长，我是你胡建姐姐呀！怎么？你连我的声音也听不出来？对对！我就是胡搅蛮缠，我现在在市中心的新市口交警岗亭，你给我过来一下，我这儿要向你举报一件重要的事！好，我等你！

【桌上电话响个不停，胡妈欲接又停】

胡：肯定是那个张大给岗亭打的，想先通风报信！哼！

【李杰上】

李：同志，请问你找谁？

胡：找谁？你是这个岗亭的吗？

李：是的。

胡：那我怎么不认识你啊？

李：我刚来不久。

胡：可我在这儿却等了很久。

李：你有事吗？

胡：没事谁来这破亭子！

李：有事你请说。

胡：我现在还不想说了呢，我要等你们领导来了再说！

【张大上】

张：胡姐你好！

胡：好什么好，不好！

张：什么事？

胡：你问他！

张：怎么回事？

李：我也不知道。

胡：我来问你！

李：请讲。

胡：你这是新市口一号岗亭吗？

李：是的。

胡：有一个考生，是不是坐你们的电动车去考场的？

李：是的，一个女学生。

胡：是谁送的？

李：是我。

胡：那考生是不是全身都淋湿啦？

李：是的。

胡：那下这么大的雨，你们为什么不用警车送，而用电动车送？

李：这……我们岗亭上没配警车，我们一线警员只配有电动车。

张：学生高考淋雨，如果生病，考试迟到，会影响她一生前途，胡姐，你说得对！

胡：你们岗亭无人值班，我都来了半个小时了，一个人都没有，这是严重的脱岗行为！

李：小马不是在吗？

张：小马，小马！

【小马上，李妻随后上】

马：在！大队长！

胡：在？刚才你在哪里？你看看，张大队长，都当面锣对锣鼓对鼓的事儿，他还在狡辩抵赖，我就坐在这里，看你如何处理！

张：李杰，我刚才接到群众举报，说岗亭上没人，就特地打电话到岗亭，确是无人接听电话，证明是无人在岗。这是一起严重的岗位责任事故，你们得认识清楚，好好整改！

胡：整改？就这么轻描淡写处理过去啦？第一，警用电动车是不能带人的，是警察执勤的专用车，用它接送带人，本身就是违法行为！

李：这……

胡：第二，上班时间，值班人员长时间脱岗，这是严重违纪行为。张大，你自己看着办吧！

张：这……我一定追查责任，严肃处理！

胡：你追查啊，你处理啊！我坐在这里等你处理结果呢，我就看你怎么给群众一个满意的答复！

张：李杰，小马，你们必须作出深刻检查！

妻：怎么回事？你们犯错误啦？

李：队长，你听我说。

胡：说什么说，就凭刚才这两条，违法又乱纪，这样的交警应该立即开除！

妻：立即开除？

胡：对，立即开除！

张：胡姐，这事，还得请示领导。

胡：请示领导？请示哪个领导，局长？还是市长？你们局长是我堂哥，市长是我同学，你说，你到底要请示哪一个？

张：这……李杰，鉴于这次脱岗违纪事件，我现在宣布你停职下岗，深刻反省自己的错误，作出书面检查，等候组织处理。

李：你……

妻：什么？停职下岗？（急）李杰，你犯什么错误啦？

【张大示意李杰配合自己，应付胡妈蛮缠，李杰不肯】

胡：不行，一定得开除公职！

张：胡姐，这事还得深入调查，开除之事要经局党委研究决定，我个人不可单独作出开除决定。

胡：张大，你如果不作处理，我将会动用法律手段！

众：动用法律手段？

妻：到底怎么回事儿？你要告他状？

胡：对！状告他们上班时间不作为！

张：胡姐，你有点小题大做了吧！

马：哼！你那状告得准吗？

胡：我弟弟就是专业律师，法院领导和法官我都熟悉，我完全有把握打赢这场官司。

众：那也得依法行事、秉公办案啊！

马：我看你这人就是胡搅蛮缠，毫无社会公德！

胡：你得为你说的话付出代价。

张：胡姐，这官司你真告得赢吗？

胡：怎么告不赢？我来问问你们！

众：你说。

胡：你们知道不，上次李庄村上有个人，到果园里偷桃子吃，自己从树上掉下来，摔坏了脚，你们知道法院是怎么判的？

众：不知道。

胡：法院判果园主人赔偷桃人四万五千元。

众：为什么？

胡：因为那棵桃树下没有禁止爬树偷桃子的防护警告标志。

众：那没有标志就可以偷了吗？

胡：我再问你们一件事，你们听说没有？

众：请讲。

胡：有个人得了癌症，国内无相同药物可治，就是有进口药，价格比国外高几十倍，患者根本买不起，他就自己跑到德国、印度去买了专用抗癌药品，把癌症治愈了。

众：听说过。

胡：许多病友听说后，就托他帮大家也买这种抗癌药品，于是他就学雷锋了，义务为病友们买了许多抗癌药品，救了许多人的命。

众：他这是为人民服务，做好事儿！

胡：可法院不这么认为，法官说他卖假药，把他抓起来判刑了，至今还在监牢里。

众：是吗？

胡：你们不信吗？我再说一件事，你们竖起耳朵听好！

众：你讲。

胡：上个月几十个老同学在喜客来大酒店聚会吃饭，有个人不听劝，看到茅台酒好就贪杯，喝多了，回家时跌进村头水沟里淹死了，法院判每个参加聚会的人，每人赔偿他家属两万元，共有一百多万元，他家属一下子就致富了！丧事刚结束，许多人都来向这老太婆求婚，有几个还是刚毕业的大学生，做她儿子都嫌小！

众：好像是有这回事儿。

胡：还有，陵州市几个小学生看到一老太太跌倒在地，屁颠颠学雷锋跑过去扶她，被她家属诉至法院，每人赔了一万五千元医药费，你们知道吗？

众：知道。

胡：知道就好！你们以为现在学雷锋能随便学咯？学雷锋要付出代价的！现在还有哪个学校、还有哪个老师敢号召学生学雷锋？在现在人的心中，学雷锋的人都是傻子！

众：你，你怎么能这样胡说八道？

胡：这样说不对吗？前几天有一老头在电梯里抽烟，一居民劝阻他，说这是公共场所，禁止吸烟，那老头情绪激动，突发心脏病去世，法官不是判劝阻者赔偿死者两万五千元吗？

众：是有这事！可这么判合理吗？

胡：这种事多着呢，你们知道什么叫一发千金、千金一发吗？

众：你什么意思？

胡：上星期一个顾客到面馆吃碗面，发现面中有一根头发，就告到法院，你们知道法官怎么判的吗？

众：赔一碗！

胡：不够！

众：赔两碗？

胡：不够！

众：那赔几碗？

胡：法官判面馆赔偿消费者一百碗！

众：那他吃得下吗？

胡：是吃不下，折成人民币了。

众：多少钱？

胡：赔一千元！

众：啊，这么个一发千金！这一碗面值一千元吗？

胡：还有精神损失费呢！面钱只值十块钱，其他是精神损失费。

众：哦！一根头发的精神损失费要九百九十元，法官怎么算出来的？

胡：所以我要告诉你们，下次你老婆在家烧饭下面，你回家仔细看看，发现有一根头发可赔一千元，有两根三根，你这个月就不用上班了！只要你去告，你准赢，三根头发能赔一个月工资，你们没想到吧？

众：没想到。

胡：现在我女儿被雨淋了，就会生病，就会影响她高考的成绩，你们难道没责任吗？我在岗亭找你们半天，都不见一个人，你们没责任吗？我就没有精神损失吗？万一我女儿考不上大学，你们都得承担责任，赔几十万都不会答应你们的！

众：你女儿考不上大学，要我们赔几十万？

胡：对！

李：可你女儿淋雨，不是在我们岗亭淋的，她是在来岗亭路上淋的。

妻：这位大姐，这本来是一件小事，大家相互让一让，也就过去了。

胡：让一让？这可是个原则问题，现在是法治社会，谁和你讲人情世故和良心？现在的社会只讲钱！不开除这岗亭交警的公职，我是不会罢休的。

妻：什么？要开除交警公职？

胡：对！一定要开除！

【李妻着急求助张大】

张：胡姐，咱俩也是老熟识了，你看这样行不，我让他俩当面向你赔个礼道个歉，行不？

妻：对，向你赔个礼道个歉，请你原谅！

胡：哼！那有什么用！

【李妻、张大两人动员李杰、小马去道歉，两人不肯】

妻：大姐，要不，要不我代替他们向你道个歉，对不起，请你原谅！

胡：除非他们跪下磕头求饶，我才会放过他们！

众：你，你太过分了！

胡：怎么啦？告状是我公民的权利，是我维护自身权益的法律武器，我错了吗？

妻：大姐，我求求你了，你就放过他们吧，他们整天忙个不停，还要受气挨骂，要不……要不……要不我替他们给你跪下，向你赔礼道歉！

胡：哼！

妻：大姐，他是我丈夫，我求求你了！我们全家老小都得靠他！

【李妻慢慢跪下：大姐，求你了！】

众：你，你怎么能跪下求她！

胡：除非他们自己跪下求我，其他人下跪都没用的！

张：嗨！你，真是太过分了！

胡：我用法律武器捍卫自己的权益，难道错了吗？

【女孩带李杰儿子上，儿子头上包着纱布】

学：警察叔叔，这孩子在街上哭着找爸爸妈妈，我怕他被车撞了，把他带来交给你们。

儿：妈妈，爸爸！

妻：儿子！

学：妈，你怎么也在这里？

胡：你考得怎么样？

学：考得很好，多亏这位警察叔叔，冒着大雨骑车把我送进考场。

胡：你迟到没有？

学：没有，还提前三分钟呢！叔叔，谢谢你们！谢谢你们！

李：不用谢，这是我们警察应该做的事。

胡：孩子，我们走！

儿：妈妈，就是这个阿姨，刚才在对面人行道上撞我的。

众：是吗？

儿：就是她！就是她！她撞了我，就急忙逃走了，也不扶我起来！

【胡妈又拉女儿快走，女儿不肯】

众：原来是你撞了这孩子，还让他受了伤，该道歉的应该是你！

【李杰在凳子上坐下，李妻帮他脱下雨靴】

【李妻拿起雨靴，倒出许多水来】

马：你看看，你们大家看看，为了送她去考场，他把雨衣给女孩穿上，自己淋得湿透。为了给女孩修电动车，他连衣服都没换，连靴子里的水都没时间倒出来。他儿子给你撞了，他都没时间送去医院。他都没有责怪你一声，而你却要去法院告他，逼着领导开除他公职，逼着他向你下跪赔罪，他，他难道真的有错吗？你，你，你还有一点人性良知和社会公德吗？

学：妈，你，你怎么会这样？你怎么能这样！妈，你应该向警察叔叔道歉！

【胡妈扭头不理】

学：叔叔，对不起！我，我代妈妈向你赔礼道歉！

【女孩跪下，众扶起】

张：终于真相大白了，现在我宣布，撤销对李杰同志下岗反省的错误决定，李杰同志现在起重新上岗工作。我们大家要向李杰同志学习，学习他敬岗爱业、坚持为人民服务，大家向他敬礼！

【众分别向李杰敬礼，胡妈最后一个上前敬礼，两双手紧紧握在一起，众人鼓掌】

【剧终】

环保小品

小蹄大做

【人物：马虎店长、任真父亲】

【时间：下班之后】

【地点：小蹄大做酒家前台，左右各有一个进入餐厅的大门，上书“一号餐厅”“二号餐厅”字样】

【幕启：广告牌霓虹灯闪亮：小蹄大做酒家】

【任真父亲上】

任：女儿昨晚跟我说，东方大道上有家小蹄大做酒家，是她同学开的。说是服务不错，味道不错，人也不错，人称“三不错”酒家。说今晚上要将她同学带回家，给我认识认识，看样子这丫头在谈恋爱了。今儿个下班后，我先来个微服私访，先来实地考察了解一下。

任：老板！老板！

【马虎店长上，胸前挂个店长牌子】

马：哎，来啰！来啰！老爷子，您老有事吗？

任：去去去，把你家老板叫来！

马：老爷子，鄙人就是店长！（翻牌）姓马名虎，（又翻牌）人称马虎店长。

任：店长店长，是个领班，去去去，把你董事长叫来！

马：鄙人兼职本店董事长。

【又翻牌显出董事长牌子】

任：哟，你小小年纪，开这么大一个酒家？

马：如假包赔，假一罚十！

任：不罚不罚，一罚要罚出十个董事长，那还得了！

马：老爷子，您老有何吩咐？

任：没啥事儿，听人说小蹄大做是个“三不错”酒家，我今晚无事，特来品尝一下。

马：本店服务不错，味道不错，人也不错，欢迎光临！

任：自吹自擂哦，你先给我上两罐啤酒，一碟猪蹄，一盘鸡爪，让我体验一下。

马：对不起，本店现在打烊了，请您下次光临！

任：来晚啦？

马：来晚了。

任：没吃啦？

马：没吃了。

任：我看你是“三不好”酒家！

马：怎么个三不好呀？

任：服务不好，味道不好，人更不好！

马：老爷子，您怎么能这样说？您说我服务不好、人不好也就算了，可您还没吃呢，怎么能说味道不好！

任：中国人有句俗话，吃得好才会说得好！你不给我吃，我怎么会说你好？

马：哦，要吃了才说好咯？

任：对咯！

马：可我今天有事，员工提前下班了哈。

任：你几点打烊？

马：九点。

任：可我进店时，才八点五十九分！

马：哦，那我还得给您弄的！这样吧，里面餐厅我正在收拾垃圾，打扫卫生，我把啤酒小菜放这吧台上，您老就坐这儿享用怎样？

任：行！可你得快点！

马：请您稍等下！

【马下，任转悠观察，点头称赞：这设计、布置、环境都蛮不错的！】

【马送菜上场：来啰！两罐啤酒，一碟猪蹄，一盘鸡爪子，外加一叠餐巾纸。】

【边说边放好：您老慢用！】

任：小伙子，你怎么把猪蹄子、鸡爪子做这么大？

马：您看我这店牌，小蹄大做，独门绝活！

任：你教教我，回家我在女儿面前也露一手。

马：对不起！我这是专利技术，老丈人来了也不教他！

任：没法教？

马：没法教。

任：那就不学了。

马：您老慢慢享用，今儿个我提前打烊，要去我女朋友家，请您抓紧时间品尝。

任：这么晚还去女朋友家？

马：我那女朋友可不简单，她爸是我们区环保局局长，她在我们东方社区当主任。

任：厉害了，这种女朋友你消受不起！

马：没办法，这几天她们社区办什么环保培训班，搞什么垃圾分类，天天要到晚上九点才下班，我得在她下班前打扫完卫生，按时参加活动，做到招之即来。

任：打仗呵？我吃我的，你忙你的！我不要你帮我吃，你也不要我帮你打扫卫生，咱们互不影响。

马：好！您慢用，我去打扫卫生了。

【马虎唱着甜蜜的歌下】

【马下，任边吃边夸味道好，马推垃圾车上】

马：老爷子，您吃好啦？

任：没有，还得再来点儿！

马：这……这时间来不及了！

任：不急，不着急！

马：您不急我急！

任：我都不急，你急什么？坐下，陪老爷子喝一杯！

马：您老得快点！

【任从吧台上取下两瓶啤酒，一人一瓶】

任：来来来，一人一瓶，喝完就走！

马：老爷子，今儿个我有急事，要陪女朋友去见未来的老丈人，没工夫陪您喝酒。这样吧，这酒钱菜钱您都免付了，算我请客！

任：不行不行！我还没喝够，得再喝一瓶啤酒。

【任自己开瓶：咱们一人一瓶，喝完就走！】

马：说话算数？

任：一言为定。

马：君子一言，

任：驷马难追。

【两人击掌，马虎拿起啤酒瓶一饮而尽】

任：完啦？

马：完了。

任：你完了我还没完呢！我得慢慢喝酒，细细品尝。

马：哎！

任：等我这瓶啤酒喝完了，再来瓶白酒！

马：我的妈呵！您还要喝白酒？

任：我喝酒有个程序。

马：什么程序？

任：分开喝，先啤酒，后白酒，再红酒。

马：那得喝到天亮了！

【马手机响，忙接：对不起，真真，我这里有个重要客人，他还没吃好。我马上来，你别急，我一定来！】

任：慢点，你女朋友叫什么？

马：叫真真，她为人做事特别认真，待我真心真意，所以叫真真。

任：哦，认真的真？

马：对了，她姓任名真，就叫认真！你看，我女朋友都等不及了，认真催我哩！

任：别理她！咱两个今晚得喝个痛快，你甭去了！咱们今晚上按程序走，先啤酒，后白酒，再红酒。

马：老爷子，您喝酒还走程序啊？您不知她的脾气，说一不二，特别认真！

任：民以食为天，有什么比天还要大的事吗？甭理她！

【马要下跪，被任拉住】

【马急得团团转，不断央求催促】

马：老爷子，您再喝下去，要坏我大事了！我求求您，我给您磕个头吧！

任：好了好了，您把垃圾收拾下，我们一起走。

【马进内推出垃圾车，上面放垃圾桶，把桌上的罐子、瓶子、塑料盒、剩菜、废纸，一古脑儿全倒进桶里】

任：慢慢慢！你真是个马虎店长，这垃圾怎么不分类置放？

马：没时间了！

任：没时间也得分类置放的！

马：来不及了哇！

任：这垃圾不分类置放，就无法分类处理，垃圾不分类，造成资源浪费不说，还会污染环境，破坏生态平衡，给世界留下巨大的后遗症！

马：老爷子，我说您是不是有点儿小题大做了？过于认真啦！

任：我告诉你，你这饭店要是垃圾分类不搞好，实行一票否决制。

马：怎么个一票否决制？

任：环保不合格，饭店不能开！

马：您这人要是真当了环保局局长，咱这饭店就开不成了。

任：还有更厉害的呢！

马：还有啥？

任：要是环保不合格，你那女朋友也谈不成。

马：老爷子，您可不能去说我坏话，我是真心爱她的，您老要多做好事，多说好话，回家好多抱孙子。您要能成人之美，我请您吃猪蹄子；您要是坏了我的好事儿，我鸡爪子都不给您吃……我跟您没完！我天天坐您家里问您要老婆，您赔得起吗？

任：你这还赖上了，敲竹杠啊！关键要看你本人表现了，你要能真正做好小题大做、垃圾分类这篇大文章，你那女朋友的事，包在我身上。

马：说话算数？

任：一言为定。

马：君子一言，

任：驷马难追。

【两人击掌为凭】

马：我去拿桶来，

任：垃圾重分类。

【马下，任手机响，任接电话】

任：丫头呵，老爸在街上喝啤酒呢，什么？你男朋友要来？你别急，我看他是来不了啦，他不会来的。不信？那你打个电话问问他，看他出发没有。

【马拿两只桶上，两人分类拣好垃圾，马手机响起】

马：是我，真真，对，我还没出发，什么？不用去啦？真真，你听我说……你听我解释……你不要怪我不守信，我是有特殊情况，你听我说……

任：怎么啦？

马：完了！全完了！我那女朋友不让我去了！

（哭声）我煮熟的鸭子要飞了，我烧好的蹄子要跑了。

任：别急，别急，跑不掉的！

马：老爷子，都怪您，都怪您小题大做！您喝酒晚了不说，还逼我垃圾分类，耽误了我时间。

任：不要紧，你别哭，只要你把垃圾分类工作做好了，你那女朋友会自己来的。

【马手机又响，马示意任别讲话】

马：真真，你听我说，我正在分拣垃圾，对！这垃圾分类可是件大事，马虎不得！对！等我分好了就来。什么什么？你已经过来啦？你来帮我分拣垃圾？太好了！太好了！

任：怎么样？

马：老爷子，我那女朋友她自己来了，要到大门口了，我到门口去接她，没工夫陪您了。

【马边唱边下】

任：等等，我也该回去了，否则就要露馅穿帮了！得，我就从这里走后门回家吧！

【任掏出一百元钱放桌上，从另一方向向观众挥手下场】

【剧终】

小品

改　造

【根据宋仁年微小说《任务》改编】

【人物：局长、马主任】

【时间：上午】

【幕启：局长在打电话】

局：小阳，不不，小马，马主任，你来下。嗯，到我办公室来下。

【马主任上，敲门】

局：进来！

马：局长，有事吗？

局：马主任，是这样，今儿个跟你聊个事儿。

马：什么事儿？

局：嗯……有点小事儿。

马：你就直说了呗！

局：嗯……是这样的，比如说吧，咱们局的机关食堂，要不要改造一下。

马：（诧异）局长，你也想改造……改造机关食堂？

局：咱们讨论一下……你先坐下，喝点水，慢慢嗑。

马：局长，我早就说了，咱们机关食堂，去年档次给你整低了，内部人员用餐还可以，招待上级领导，迎来送往，这档次哪行？

局：你说话注意点国际影响！（叹了口气）这我知道！

马：（试探地问）上面领导来了，不是一直在皇宫御宴大酒店接待的吗？那可是五星级的国际大酒店，人家那才叫上档次哩！接待过外国总统哪！

局：我知道，还苏格兰风情哩！

马：是哇，在那里喝卤汁不要钱的，喝白开水也不要钱的。

局：这我知道，你……你小子提这干什么？是这样的，上头发文件了，迎来客往，不得再请客送礼，你不知道？

马：知道，那咱们就不请客不送礼呗，也怨不得咱们小气。

局：唉，难哪！你不请，可人家请；你不送，可别人送……

马：正是，谁都不傻。局长，我告诉你，许多机关部门，最近都在装修单位食堂哩！食堂没改造好之前，你知道他们在哪儿吃饭吗？

局：在哪儿？

马：在会所，知道不？那会所里面什么都有，要什么有什么！

局：你去过？

马：没有……没去过！

局：是吗？那群众眼睛还会盯着的！老百姓会去掀桌子的，你没听说泰州高港开发区老百姓掀桌子的事？

马：盯个屁，现在有高速，张江市跑到李海市会所，王麻县带至陈光县宾馆，开车路程不用半个小时，老百姓认不得外地人，盯谁呀？谁跑几十公里去看你吃喝玩乐呀！再说现在喝茅台酒，你根本看不出来！

局：茅台酒谁不认得！

马：现在酒厂、经销商有特制内供，外面看是矿泉水瓶，是农夫山泉、娃哈哈，可里面装的是茅台酒，你看得出来吗？

局：政策胜不过对策，还真是盯不了。

马：以前每次人员来往，都是有吃有喝有玩有礼带走的，现在一下子什么都没有，不要说领导部门来的客人不习惯，就连我们这些下级搞接待的经办人员，也感到很没面子，很不习惯。

局：怎么啦？没好处捞啦，是不？不好再浑水摸鱼了，是吧？

马：嘿嘿，也不全是。跟你说吧，是习惯，知道吧？是不习惯，不，是习惯，不大习惯。习惯这玩意儿，是难改的，知道不？比如你，你在老婆面前保证了好几次说戒烟，结果呢？你戒了好几次，可你戒成了没有？是习惯这玩意儿阻止了你，明白吗？

局：按理说，中央的精神也是对的，也是得民心的。

马：咱也没说错啊，也没反对呀！可你执行了，别人不执行，你得罪了上司和朋友，别人没得罪，人家上司心里会怎么想，你这不是专干堵自己路的蠢事嘛？再说这请客送礼，花的钱是国家的，是纳税人的，可饭菜酒是吃在自己肚子里的，人情路子都是留自己兜里的，这样的好事儿，谁不想做哇？现在做人做事，没路子没关系，你走得通吗？

局：唉，也真是的，这社会风气，也得改造改造了。

马：最关键是我们头上顶的这个帽子，（摘下局长头上帽子）懂吗？这帽子都是上级领导选了给你戴上的，所以你对上级部门，是万万怠慢不得的，你不再请客送礼，迎来送往，那上级一不高兴，帽子也就给你摘了哇，（戴在自己头上）那就会戴到人家头上哇。他们是咱们的天，得罪不起哇，知道不？

局：（看了看马主任，没有说话）你就戴着吧，我还不想戴哩！

马：那咋行？（又帮局长戴好帽子）所以说，宁可和下面顶牛，也不往上面撞天！宁可自己不吃不喝，也不能忘了送礼请客。

局：精辟！你这话精辟！

马：（贴上局长耳朵）听说市政协改造食堂，花了七百多万哩！

局：（怔住了）有这么多吗？不会吧！

马：千真万确！他们接待的客人，规格档次高呀，连老外都有，不整个五星级档次，屁股能坐得下来吗？

局：看来，咱们这儿不改造改造，也太落后了。

马：（也叹了口气）那些老百姓，哪知道我们的苦处，天天骂我们大吃大喝，不知道我们也是为了工作，都喝出了三高症——高血压、高血脂、高血糖……

局：得了，得了，你就别再高下去了，你这三高，不就是讲我吗？

马：哪能呢？我咋会讲局长您呢，你比我爹还要亲，我爹只在家里骂我，你在单位还管我。我只是说，我们有的领导和同志，甚至为此付出生命的沉重代价，我们是在献身工作，牺牲自己呀！

局：迎来送往，有时候也确是工作的一部分。

马：我们有时陪客陪到深更半夜，又是上酒店，又是去歌厅，又是去会所，晚上十二点都回不了家，回家后还得挨老人孩子怨，老婆娘子骂，你说这哪是正常人过的日子。

局：有时候那确是工作需要，知道吗，是工作！跟你老婆说清楚，不要造成误会，你要记住，老爹可以不睬，老婆不能得罪，知道吗？

马：知道，老婆可以不睬，老爹不能得罪！

局：反了！

马：没反，我老爹是当官的！

局：你这孩子怎么总不学好呢？

马：我咋不学好？我知道官场比商场更难，比工厂更累，比战场更险，比农场更苦。这道理，老百姓们哪里能知道哇？他们就知道发牢骚骂人，整天在网上骂爹骂娘，整个是心理不平衡，更年期综合症！

局：是社会群体心理失调症！

马：我不管什么心理失调还是月经失调，反正是个病，文化宣传部门光吃饭不管事，也不组织人写点文章，疏导疏导。

局：老百姓不是圈内人，不知详情，也怨不得他们。如果官场不用他们的钱，他们也就不会骂了，你看咱中国人有谁骂外国领导大吃大喝的，没有吧？以前你爹没当官时，看到村长天天带人去吃饭，不也在背后骂他娘嘛。

马：您那时也真是的，进饭店吃饭还自己带菜，也不怕别人笑话，你真会抠！

局：是的，那时环境不一样，条件也不允许嘛！再说，那人也不是什么大官嘛，他不就管条晚上的大道嘛！

马：那可不一般，那是星光大道呀！

局：有点星光就大道啦？就该送该吃该喝该拿啦？

马：现在的关键是咱的命运在人家手心里抓着，关键不在于我们送不送，关键在于人家收不收，不在于我们请不请，而在于他们吃不吃！他们如果坚决不收，坚决不吃，那我们也会坚决不送，坚决不请的。

局：那倒也是，上有所好，下必甚马。

马：下必甚焉！这不就得了，既然上面愿意收，那我们下面不愿送，你说那行吗？哪一天他拿出双皮鞋给你，你咋办？

局：咱也不收，不收人家送的礼。

马：小样儿，人家可不是给你送礼。

局：那是干吗？

马：小鞋，让你穿小牛皮鞋！

局：穿小鞋？

马：是的，比如说，你这脚是42号，叫你穿24号硬邦邦的小皮鞋，好受吗？

局：是不好受。

马：明白了吧？

局：问题就出在这儿。

马：这请客送礼就好比我们的工资单，基本工资都是四千左右，差别不太大，但各项补贴、加班费、奖金等加起来就不同了，有的每月才三四千，有的七八千，另外隐性收入也不同，有的五千至一万，有的甚至更多，衣食住行都可找到地方变相报销。如果你都给取消了，谁会乐意？谁还愿意来你这儿做事？谁还拥护你做局里领导？

局：你说的这个，比喻比较实际、客观。

马：说白了，上头有些人经常来转一下，就是下来收点礼的，这你比我更清楚。一到清明，茶叶要上市了，各级部门都来人了！一到端午、中秋、元旦、春节，上面哪个部门不来人？一拨一拨的，院子里小车都塞不下，现在只吃不带，政治挂帅；又吃又带，送来奖牌；礼金送上门来，项目就批下来；回扣打入上司卡上，公款拨到下面账上。

局：（叹口气）权力不约束，真是纸老虎。

马：局长，如果长久下去，不吃不喝不送礼，不外出考察参观，旅游度假，咱们咋办呢？以往局里百多号人，陪客接待都安排不过来，现在没事做，天天在网上游戏打牌斗地主，坐在办公室喝茶聊天吹牛逼，嘀嘀咕咕瞎议论，搞得人心惶惶，这也不是正事啊。这到了年底，上面下拨的经费要是用不完，咋办呢？

局：（又叹了口气）上交财政吧，都是纳税人交的血汗钱哪，总不能私分掉，那会犯错误的。

马：不行呀，局长，你可千万千万不要去上交，今年财政下拨一千万，你剩下三百万全交上去，那明年财政下拨就是七百万了，后年就是四百万了，您越省钱，上头拨的款就会越少呀！不说别的，全局上下百多号人，不把咱们骂死呀！人家都在跑部要钱，可你却想着省钱上交，你这……这个差距也太大了吧！

局：那倒也是。

马：钱没用完，上头反会认为你工作没做到位，省钱也不是好办法，所以各部门到了年底，都在突击开会花钱，发礼品发奖金发年货发补助，大家心里都知道，只有今年多超支，明年才会多拨款。

局：听你一说，好像是这个理。

马：不如将这三百万用在食堂改造上，搞个四星级的食堂，咱不搞五星级的，咱们比市政协食堂压低一级，规模也整小一点，抓典型也就抓不到我们头上，把机关人员的福利也顺带提一提。还有，局机关每年安排外出旅游度假，也是有次序的，今年尚有十五个同志没能出国考察，现在这风头，也不适合再外出了，不如将这省下来的旅游费，按三分之一的比例，作为困难补助或奖金，直接发给他们算了，这样一摆平，内部也就理顺关系了，不会再有不同意见了。

局：（只听，没有吱声）你说，继续说，咱们今天多嗑会儿，多听听你的捣鬼（宝贵）意见。

马：现在工作千头万绪，最要紧的是和谐，千万不能内乱，好多机关领导出事体，不是老婆情人管不住，就是内部员工稳不住，利益分配悬殊太大，就导致各个阶层阶级不平衡，于是有人就在背后检举揭发使绊子，录音摄像，举报放水，坏了大事。堡垒最容易从内部攻破，上头派巡视组来一查，就是串窝腐败贪污了，到后来一锅端，谁都没好果子吃，您说是不是？

局：（愣了一下）马主任，看来还是你年轻人会动脑子，你这人适合在政界发展，问题看得透彻，点子想得周到，今后前途无限，你瞧我这呆脑袋瓜子，怎么就没能想到这些呢？

马：谢谢局长，你是我的亲爹！你交代的任务，没有不完成的，您放心！

局：是吗？

马：是的，您老指到哪里，我就冲到哪里！

局：（挥手一指）那是什么？

马：是……是厕所。

局：冲呀，你去冲呀！

马：（愣在那里不动）

局：怎么不冲啦？刚才还吹什么，你指到哪里，我就冲到哪里呢！

马：局长，你是让我去冲厕所呀，你真会开玩笑！

局：当初你在北京读博士研究生毕业，回来考上公务员，分配到局里工作，我还不想要你。后来考虑到你学的专业对口，就收留下来。刚上班时，你虽然一副书呆子气，什么都不懂，但你能认死理儿，尽踢马蹄子，一点儿都不肯拍马屁，对我也不肯点头哈腰。都说你是初生牛犊子，老虎都不怕，也搞成了两个小项目，当然也有人说你博士博士，什么都不是，说你不懂人情世故，可我不同意这种观点，认为你政治上还是可靠的。但这几年下来，你可真长进了，你真出息成才了。你不但变成五项全能的马屁精，你连万里红尘都给看破了。你可真了不得，不得了。

马：机关才真是个培养人才的大学，大学里教的全不管用。

局：眼睛一眨，五年了，你也该毕业了，这样吧，根据你最近的表现，局党委研究并报市委组织部批准，免去你办公室主任职务，让你到环卫所去锻炼一下，从普通工人做起。

马：什么？你调我去环卫所做工人？去冲厕所？

局：对，是冲厕所，你那头脑壳里，比厕所还脏，得好好冲洗冲洗，你去了得好好干，好好想想，等你改造好了，把你自己的思想灵魂冲洗干净了，我再去捞你出来。

马：不想去！我不去！我回家找我妈去冲。

局：这是组织决定，可不许胡来！

马：那什么时候去呀？明年去行吗？我……

局：今天下午就去报到。

马：（哭）不管啥时候，局长，您可不能忘了我哪！你要记得去捞我呀，我可是你的嫡系啊！

局：哭什么？真没出息，只要你好好干，不掉进屎坑里，我一定会去捞你的！

马：爹！你好……好狠心哪！你竟让自己亲儿子去冲厕所，我是……是你从外头捡回来的吗？我不是你亲生的吗？你咋这样对你的亲生儿子哪？你是我真爹还是假爹啊？我明天去做个检验看看！

局：胡说什么？

马：要不，要不，你咋会给我穿小皮鞋呢！

局：我这是想改造改造你这臭小子！

马：那你食堂不改造啦？你就光改造我？

局：你还惦着食堂呢！那你吃了中饭再走，爹送你去报到上班。

【剧终】

小品

推　销

【人物：科长、夫人、推销员】

【地点：客厅】

【时间：傍晚】

【幕启：科长在看报】

夫：看报看报，看什么报？

长：新一届班子上台后，形势有点不大妙呀！

夫：从中央到各省市县，反腐败越来越认真了！

长：是的。

夫：咱们那八千万存款得赶紧往外挪。

长：挪哪儿去啊？

夫：好在女儿在美国，我的护照也办好了，咱们先汇两千万过去！

长：那得给在澳洲的儿子也汇两千万去，要一碗水端平，现在强调男女平等！

夫：行！可国内那些房产怎么办？

长：悄悄去卖了。

夫：行，卖完了咱们就移民。可最近房价在跌啊，卖了不划算啊！

长：早处理早主动，跌价也得赶快卖，谁知道以后会怎么样。

夫：这心里头是越来越不踏实了。

长：是的，我看这上头反腐，越反越起劲了！你还老说是一阵风，刮过就没了。

夫：是的，谁知道他们人来风，越刮越大。搞得机关村镇，上上下下，人心惶惶。

长：老百姓是幸灾乐祸的，在等着看咱们笑话哩！

夫：听说最近有人给干部办公室统一安装了针孔电子监控设备。

长：有这事儿？

夫：有的干部不知道，在办公室玩女人，都给录像了！

长：雷书记呗！这不，你看看，《人民日报》都登了。

夫：还有人在办公室收钱收礼，全被录像录音了。

长：那咱们得防着点！前阶段抓上头，我琢磨着，现在开始要抓下头了。

夫：抓下头？把你们的下头都抓去阉了割了最好，省得到处留下孽种！

长：你看你，说什么话！比起上头，我们连苍蝇蚊子都不如。

夫：你以为光打老虎啊，说是苍蝇蚊子也要一起打。

长：那他打得尽吗？

夫：你们这些男人，一有权就贪钱，一贪钱就变坏！

长：你不也是变坏才有钱的吗？

夫：要不是我上头有点老关系，这科长位置，会轮到你吗？你这个位置可是人人想争的肥缺哩！

长：我可也是花了钱的，不少于两百万吧。

夫：你那点儿钱，还不都是我帮你回收来的吗？你批文，我收钱，咱也没闲着不干事儿。

长：所以才叫你贤内助呢。

【推销员上】

员：科长，科长！

【夫人开门】

夫：你是？

员：我找科长！

长：有什么事？

员：急事，重要事！

长：我好像不认识你！

员：是的，科长，我来推销一种电子产品。

长：推销设备和产品，你找工厂、商场去。

员：我不是来推销产品的，我是来救科长您的！

长：救我？

员：是的。

夫：你什么意思？

员：（拉至一旁）你们俩真不知道？

合：知道什么？

员：那银行行长贷款三个亿给房地产老板，收了一千万回扣，叫中介代办费，被录了像，抓起来了！你们不知道吗？

合：早听说了，那他是活该！

员：那市长带企业家去海南考察，企业家帮他买了一栋别墅，1420万元，也被抓起来了！你们不知道吗？

合：早听说了，他也是活该！

员：那区委书记爬到美女肚子上去了，被视频曝光了，也被抓起来了！你们不知道吗？

合：都听说了，他更是活该！

员：活该？那我问你，可为什么有的官员拿的干的都比他们多，就不抓呢？

合：不知道！

员：我告诉你们，他们口袋里都有个宝贝！

合：什么宝贝？

员：反电子侦测仪！

合：反电子侦测仪？

员：对，那东西装兜里，你别说玩一个女人，玩一百个都保你没事！

合：真的？

员：你就是收一百笔大礼，也可以保你高枕无忧！

合：真的？

员：你们要是不信，我当场演示给你们看，你们要是录音摄影拍照，这反电子侦测仪马上会报警提醒你，你知道有人在监控录像录音，你还会干那事儿吗，你还会去收礼受贿吗？

合：当然不会！

员：这不安全了嘛！

长：对啊，没有凭据，只要不承认，法院就定不了罪啊！

夫：好宝贝！好宝贝！

员：买不买？

合：买买买，一定买！多少钱一台？

员：三万一台！

合：这么贵？

员：贵什么？花钱买个安全啊，你不买，纪委盯上你了，公安盯上你了，老百姓盯上你了，你都不知道，证据全给他们弄去了，这不是要命的事吗？

合：买，我们买！

夫：你给个发票。

员：好的。

长：喂，你叫什么名字？哪个厂的？

员：继伟，继承的继，伟大的伟。

长：什么？你叫纪委？

员：是的。

天：你姓什么？

员：姓沈。

长：你是省纪委派来的？

员：是的，请接受组织对你的审查！

长：我……（跪下）我交代！我如实交代！

员：车子在你院外门口，请跟我走吧！

夫：老公！

员：夫人，请你一同前去，配合审查！

长：完了，全完了！

夫：完了吗？

员：是的，你们都演完了，该下台了，快走吧！

【三人下】

【剧终】

第五部分

相声

说夫道妻

甲：今天我要问你一个问题。

乙：什么问题？

甲：你要说实话！

乙：那当然。

甲：不得隐瞒！

乙：你什么意思？

甲：你要对你自己说的话负责。

乙：你是公安局的？录口供啊？

甲：不是。

乙：是检察院的？

甲：不是。

乙：那是法院的？

甲：也不是。

乙：我看你也不像是。

甲：但你必须说实话！

乙：你是反贪局的？

甲：不是。

乙：监察局的？

甲：不是。

乙：那你是组织部的，提拔我啊？

甲：都不是。

乙：那你问吧。

甲：我问了。

乙：你问吧，我实话实说。

甲：你，你是个好人吗？

乙：你这话什么意思？

甲：你回答我，你是好人吗？

乙：难道我是坏人？

甲：你真是个好人吗？

乙：是的，是个大大的良民！

甲：那是外敌统治下的遗民，大大的良民。

乙：那我不是良民。

甲：那你不是好人，是坏人！

乙：我不是坏人！

甲：那你是大大的良民。

乙：我，我不做良民，我，我是良人，是一个小小的良人！

甲：良人？

乙：对，良人就是好人。

甲：你结婚啦？

乙：没有。

甲：没结婚你充什么良人？

乙：什么意思？

甲：古人夫妻之间，结婚之后，才称对方为良人的。

乙：是吗，说给我听听。

甲：我读两句诗你听听。

乙：我听着呢！

甲：第一句，妾家高楼连苑起。

乙：这个我懂，说老婆住在别墅里，楼房一排一排的。

甲：第二句，良人执戟明光里。

乙：这个我也懂，说良人在路灯下手持武器站岗放哨。

甲：古代没电，哪来路灯？

乙：是灯笼，要不就是月光下。

甲：这还差不多。

乙：我问你，那良人是什么人？

甲：不知道，是好人吧。

乙：告诉你，那良人就是丈夫。

甲：为老婆站岗放哨哟，够辛苦的。

乙：怕别人来抢啊。

甲：是的。

乙：其实丈夫也称妻子为良人的。

甲：男女一样，地位平等。

乙：夫妻恩爱，相敬如宾。

甲：但这样相称呼，有点儿绕不清。

乙：是的。

甲：那咋办呢？

乙：古人聪明，想了个办法。

甲：什么办法？

乙：别急，我说给你听。

甲：你说啊！

乙：我得想想。

甲：你快想！

乙：有了，咱们俩结婚吧。

甲：那不同性恋啦，不干！

乙：你当女的，我当男的，咱们试一试！

甲：那中，试就试。

乙：良人！

甲：良人！

乙：良人，良人想你了！

甲：良人，偶也想你了！

乙：不行不行，这样说来说去，搞不清了。

甲：是的，得改一改，这样吧，良人啊，你再加个耳朵怎么样？

乙：为什么加个耳朵？

甲：良字旁边加个耳朵，听话呀，良字变成郎字，你就是个听我话的郎了！

乙：哦，做郎就得听话呵。

甲：是呵，加不加啊？

乙：好，你就加吧，其实做良人也要听话的。

甲：以后你要是不听话，我就揪你耳朵！

乙：行行行，可我加了，你不加，就不公平了。

甲：我加什么呢？

乙：我加个耳朵，变成了郎，你加个女字好吗？

甲：我就变成了娘！

乙：现在是小娘。

甲：以后就是老娘！

乙：是婆娘！

甲：婆娘不大好听。

乙：我有办法。

甲：啥办法？

乙：你在我的郎后面，再加上一个字。

甲：加个什么字？

乙：这个字要大些，小了又被你揪耳朵！

甲：什么字啊，你快说嘛！

乙：加个君字吧，君临天下，至尊无比。

甲：郎君？

乙：对，叫我郎君，以后听我的，不准揪我耳朵！

甲：那我也要加个字！

乙：加什么字？

甲：我也加个君字！

乙：妻君？娘君？都不好听，再说，圣上都是男人，哪有女人称帝号君的！你不怕杀头啊？

甲：那你说加个什么字？

乙：这样吧，你不是生了一个女儿一个儿子吗？

甲：是啊。

乙：把女儿加在良字前面，把儿子加在良字后面，叫你娘子！

甲：好，郎君！

乙：哎，娘子！

甲：郎君！

乙：娘子！咱们，咱们睡觉去吧！

甲：嗯，好的！

乙：后来唐朝有个李太白，为此写了两句诗……

甲：咱们上床睡觉，被他曝光啦？

乙：是的。他说，郎骑竹马来，绕床弄青梅。

甲：他怎么知道我叫青梅？

乙：哎，那是比喻。

甲：这诗人蛮聪明的！

乙：他写的就是咱夫妻二人调情寻欢之事。

甲：讨厌，侵犯我们隐私权，告他！

乙：人家连杨贵妃都敢写，唐明皇判他充军，他都不怕，说是艺术创作自由，咱们算了吧！

甲：不能算了，太便宜他了！

乙：其实人家是写小孩子玩要，胯下一根青竹竿，把它当马骑的。

甲：那就算了，不是写我的。我来问你。

乙：问什么？

甲：问郎花好侬颜好？

乙：娘子春色赛红桃！

甲：你真会说话，郎君！

乙：娘子！

甲：我爱你！

乙：我也爱你！

甲：你看看，人家郎君娘子，夫妻多么恩爱！

乙：郎君是尊称。

甲：娘子是爱称。

乙：相敬如宾客。

甲：相爱如鸳鸯。

乙：看了心也醉。

甲：听了心也甜。

乙：可到了宋代，不准叫郎君了。

甲：为什么啊？

乙：君是天子号，民间不能用了。

甲：那咋办？

乙：古人比咱聪明，又想法子改了。

甲：叫什么呢？

乙：不让叫君，那就称官吧！

甲：称官？

乙：是的，全国男人都做官了！

甲：什么官？

乙：官人！

甲：官人？

乙：对，不叫郎君了，叫官人。

甲：那妻子叫什么？

乙：不叫娘子了，叫夫人。

甲：夫人？

乙：对！

甲：夫字顶破天，比天还大！

乙：可没有用！

甲：咋没有用？

乙：人家官人是管人的官，夫人还得归他管！

甲：官人！

乙：夫人！

甲：官人请！

乙：夫人请！后来又改了。

甲：怎么又改了？

乙：官人为了显摆自己地位，把夫人改称为内子。

甲：内子？

乙：对，叫夫人为内子。

甲：什么意思啊？

乙：大概是内部的女子，不让外人见的。

甲：这称呼不好，女人们会抗议的。

乙：是的，她们马上改称男人为外人。

甲：什么意思？

乙：整天在外面的人，叫外人。

甲：这位是内子，这是内人！

乙：对客人介绍妻子。

甲：这位是外人，外子！

乙：对客人介绍丈夫。

甲：这是贱内！

乙：这个又不好，晚上妻子有气，背对他睡，不睬官人了。

甲：看你怎么办！

乙：这官人拗不过妻子，办不成好事儿，第二天只好对客人改口说，这是贤内！

甲：这还差不多，贤内好。

乙：这就给全国的官人们一个巨大而深刻的教训。

甲：什么教训？

乙：谁要是得罪了妻子，睡沙发去！

甲：古代没沙发啊！

乙：睡地板上去！

甲：内人这名称不好，被关在门内，行动不自由了。

乙：后来呢？

甲：双方又互作让步，调整了称呼。

乙：男人叫什么？

甲：叫相公！

乙：相公？为什么叫相公？

甲：相是宰相，比官大啊，所以相公比官人更好听。

乙：夫贵妻才荣。

甲：相比官更尊。

乙：比起郎君一称，还是差了一截。

甲：差是差一点儿，可听来也不错。这位是俺相公！

乙：这位是俺夫人！男人地位又高了。

甲：高处不胜寒哪！

乙：怎么回事儿？

甲：泰极否来，悲哀啊。男人们老摆臭架子，总是教训女人，全国女人一生气，不叫丈夫相公了。

乙：叫什么呢？

甲：你不是好为人师吗，干脆叫你先生吧。

乙：先生？

甲：对，先生！

乙：为什么啊？

甲：男人一般比女人大几岁，先生几年，就叫先生了。

乙：这么个先生啊。

甲：这位是我先生！

乙：你是我先生！

甲：你是！

乙：你是！

甲：别客气了，你教我说相声，你是我的先生！

乙：就这么个先生啊？

甲：那你是什么先生？

乙：你不是说，不叫我相公，改叫我先生了吗？

甲：那我叫你老公吧。

乙：连先生也不叫了，改得真快，你干脆叫我丈夫得了！

甲：丈夫？你不配！

乙：怎么不配？

甲：丈夫得有一丈高，你才这丁点儿，你配吗？

乙：古时约七寸算一尺，丈夫也不过七尺高！

甲：堂堂七尺才叫男子汉，你不足七尺，连男子汉也不是，能做丈夫吗？

乙：有你这样说话的吗？

甲：丈夫要保护妻子，没一丈高你保护得了吗？再说丈夫丈夫，一丈之内是夫，一丈之外就管不着了。

乙：只要爱你的人，他就跑不了。

甲：那干脆叫爱人得了！

乙：爱人？

甲：对，叫爱人，不叫相公，不叫先生，不叫丈夫，就叫爱人。

乙：你那爱人是男人还是女人？

甲：不管男人女人都叫爱人！

乙：哦，不男不女是爱人，咱乡下人不兴叫爱人。

甲：叫什么呢？

乙：叫婆姨，叫做饭的，叫孩子他妈，叫屋里的，叫内当家的。

甲：这是俺婆姨！

乙：这是咱家做饭的！

甲：这是孩子他妈！

乙：这是咱屋里的，内当家的！城里人怎么叫？

甲：这是俺对象！

乙：这是俺妻子！

甲：这是我老婆！

乙：这是我太太！

甲：你太太这么年轻啊，你太爷多高寿啦？

乙：去去去，这不是老太太！

甲：那是什么太太？

乙：是小太太！

甲：你太爷还有二奶啊！

乙：呸呸呸，你那嘴真臭，有钱男人的老婆都叫太太！

甲：那有钱女人的丈夫就该都叫太公！

乙：乱套了，太乱套了，这名称怎么越改越乱套了呢？

甲：还是统一称作爱人吧。

乙：这词儿连半点中国文化的味儿都没了。

甲：有点儿。

乙：什么味儿？

甲：酸味儿。

乙：怎么变酸味儿啦？

甲：你说这爱人在国外怎么叫？

乙：Lover，就是爱人的意思。

甲：烂豆腐？

乙：“拿儿付”，爱上人家了，先拿了再付出，就叫他爱人。

甲：不对，那叫情人！爱人就是情人，不一定是夫妻关系。

乙：那还得改称呼！

甲：叫男的做老公吧。

乙：那女的叫老婆吧。

甲：老公！

乙：老婆！

甲：偶的天，还没叫两遍，这浑身就起鸡皮疙瘩了。

乙：这老公老婆的称呼，历史上有过，后来被淘汰了。

甲：为什么？

乙：古时男人被阉割了，在宫里做太监，被称为公公。

甲：年纪一大，就叫老公公，简称为老公。

乙：哦，原来女人嫌丈夫没用了，才叫他老公的。

甲：同样，男人嫌女人老了，不漂亮了，才叫她老婆的。

乙：看来这夫妻称谓，是越改越差了。

甲：是的，越改越不像话了。

【2016年3月11日草就于常州梅巷路20号】

清官说摊派

【甲、乙穿清代官服上场】

甲：各位观众，各位听众，各位坐在电视机前的先生们，女士们，朋友们，海内外华侨同胞们，台湾及香港澳门同胞们，大家好！

现在由大清道光二十八年新任浙江省慈溪县县令段光清先生向各位拜年啦！（喊）一鞠躬！

乙：（做鞠躬状）

甲：二鞠躬！

（两人相互鞠躬）

甲：三鞠躬！

乙：送入洞房！

甲：老爷糊涂了，这不是结婚，这是你新年新来上任，就职亮相，你得给全县的父老乡亲表示表示！

乙：这可糟了，本官新来上任，囊中羞涩，连压岁钱也掏不起，怎么表示？

甲：不是这个意思。

乙：那是什么意思？

甲：你得跟乡亲们表个态，谈谈你为官一方的态度，也算新年致词，就职演说。

乙：对，为官一方，造福乡邻！

甲：（带头鼓掌）真不愧是大清官员！

乙：清正廉洁，秉公执法！

甲：（再次鼓掌）真不愧是光清先生！

乙：人为财死，鸟为食亡！

甲：真不愧是……老爷，你说错了。

乙：哦，不为财死，不为食亡！

甲：（鼓掌）太好了，老爷一定是个大清官！

乙：那当然，我乃大清官员，当然是个清官。

甲：对，说得太好了！段大人，你这就职演说太感人了！

乙：废话，那么多眼睛盯着我看，我能说坏话吗？

甲：老爷，今天接到几路公文，你要早做准备。

乙：都有哪些事儿，一一道来我听。

甲：第一，新任宁波知府下个月到任。

乙：到时咱们去接他就是了。

甲：老爷你得准备贺银，这是惯例，官场叫棚规。

乙：这等陋规，应当革除。

甲：宁波府属下知县都去，你一人不去行吗？

乙：是不行，那贺银要多少？

甲：一般知府级别，最少三百两纹银。

乙：这么多！比我三年俸银还多一倍。

甲：不多，咱们慈溪县归宁波府管，你不出这例钱，今后你这知县就难做了。

乙：那还真得想想法子，还有啥事儿？

甲：第二，巡抚大人下个月到定海调研。

乙：又不是来咱们慈溪，与我何干？

甲：是要路过慈溪。

乙：到时你去安排一下，咱去接送一下，不就得了？

甲：老爷，得这个……（做数钱状）

乙：又要钱啊？

甲：这是大清不成文的定例，上司新员上任，或省部级官员路过，地方官员都得掏钱意思意思。那巡抚大人是一省之长，相当于现在的省委书记，你不表示表示，那怎么行？

乙：哦，这规矩太不像话，可咱也破不了，你去安排安排。要多少钱？

甲：三百两！

乙：这么多？

甲：还有呢！

乙：还有什么？

甲：第三，总督大人来视察海防，要阅兵。

乙：这又与我何干？

甲：总督大人职位不低于你，相当于现在的大军区首长，你见上司，也得表示表示。

乙：又要表示表示？要多少钱？

甲：三百两！

乙：又是三百两！！

甲：还有呢！

乙：什么事？

甲：第四，学政大人来宁波监考，要途经慈溪。

乙：又要表示？又要三百两？

甲：是的，按官位，学政大人至少也是个分管教育的副省长。

乙：反正比我官大。

甲：所以你得表示表示，也是三百两。

乙：还有吗？

甲：暂时没有了。

乙：总算没有了，千万别再冒出一个来，这官场迎来送往，真是够人难受的。你管库房，是咱们县的财政局局长，你去安排一下，写个报告给我，咱们计划计划。

甲：我现在先给你口头报告一下，库房没钱了！

乙：怎么回事？慈溪乃江南鱼米之乡，富庶之地。

甲：上任知县到任期满，提钱跑官，全花完了。

乙：上任知县是哪个，胆子这么大！真是岂有此理！

甲：就是下个月将要到任的宁波知府大人。

乙：唉！为官得造福一方，他真不该如此花钱……

甲：他不提钱升官，哪来这知县空缺，能轮到你来上任吗？

乙：那……怎么办，没钱办事，我怎么办？

甲：卑职倒有一个办法。

乙：什么办法？快讲。

甲：县里财政是没钱了，但可以帮贴费用的名义，向社会各界摊派募捐。

乙：嘿，你这点子不孬！

甲：咱们可向当铺商贾、士绅豪富、地主佃户、工商小贩、房产老板，或按人丁户数，分级摊派，让大家出钱办公事。

乙：也只有这样了，你拟个方案。

甲：老爷，我早拟好了，你看一下，咱们发个红头文件下去就行了，让手下去催办。

乙：发文件募捐？这个这个，不大妥当！

甲：那怎么办？

乙：此事应和他们协商协商，愿捐就捐，穷苦贫民，没钱捐不起的，或不愿捐的就算了，应是自愿。

甲：那行，我去安排一下。

乙：三天了，情况怎么样？

甲：一千五百两白银，已经送你府上了。

乙：一千两百两就够了。

甲：另外三百两是给老爷您的。

乙：本县要做清官，不收此钱。

甲：这是例份钱，相当于现在的搬迁费、安家费、车贴费、旅游费、招待费、职务补贴费、办公费、夜班贴补费。

乙：哦，那得写个收条给你。

甲：不用，大家捐款时觉悟挺高，说是要支持新县令上任工作，都是自愿的，我也没写收条给他们。

乙：那不妥吧？

甲：老爷把银子敬给知府、巡抚、总督、学政大人时，能让他们写个收条给你吗？

乙：那当然不行！

甲：这不就是了，不用写！不用写！

乙：还是咱们慈溪的乡亲们觉悟高，还是咱慈溪的干部会办事啊！

甲：（旁白）他哪知道我还能截留下五百两，存在钱庄的银行卡里。

乙：这事儿你辛苦了，本县自有奖赏。

甲：不辛苦，正如您所言，是咱们慈溪的老百姓觉悟高！

乙：但愿他们下次不再来慈溪视察工作。

甲：省不了的，他不来你得去。

乙：我去干什么？

甲：比如说夏天到了，你得去送冷饮费，官场叫冰敬。冬天到了，你得送取暖费，官场叫碳敬。上司离任，你得送礼，叫别敬。新官到任，你得送礼，叫贺敬。春节过年，你得送礼，叫年敬。端午节、中秋节，你得送礼，这叫节敬。上司做寿，你得送礼，叫寿敬。上司找大奶二奶三奶了，你也得送礼，叫婚敬……

乙：别说了，别说了，老天，这么多礼敬，本县怎么受得了！

甲：羊毛出在羊身上，你不用急。

乙：能不急吗？那得多少银子啊！

甲：老爷，你认识陕西督粮道张大人吗？

乙：叫张集馨。

甲：应该叫他张集银！

乙：怎么回事？

甲：他离任时，光敬钱，就收了一万七千余两白银！

乙：偶的天，这么多，你怎么知道？

甲：他那账房，是咱的表弟。

乙：这么多，按大清俸例，陕西督粮道属正四品官职，年薪应为一百零五两银，够发他一百六十二年工资了。

甲：年俸是不多，可地方官每年送往督、抚、藩、道、臬、府等上司的礼银就达上万两！

乙：老爷我身为七品县令，年薪才四十五两白银，哪里送得起呢？

甲：所以不搞摊派募捐，你这知县是玩不下去的。

乙：一搞摊派，名堂就大了！

甲：所以才有三年清知县，十万雪花银之说。

乙：唉！想在大清做个清官，还真不容易哪！

甲：你要真做清官，帽子也就不保了！

附：段光清《镜湖自撰年谱》（摘录）

抚宪回省后，宁波又换本府……新本府到任，制台又到宁波阅兵，学宪又按试宁波，皆有过境差事，及向例棚规。库房苦之，请余曰：向来制台阅兵过境，慈溪尚有城乡各典帮贴费用一款。余曰：此等陋规，岂能行之公牍乎？尔等好言商之，各典有贴，吾亦领之；如不肯帮，勿多言也。库书曰：不行公牍，未必肯帮。余曰：尔试商之，如必须公牍，即可不要彼帮。库房于是商之各典。未有公牍，各典亦帮贴公费数千串焉。

社会学

甲：我们学校新开一个专业，名为社会关系学，简称社会学专业。

乙：这门课没听说过。

甲：要不怎么叫新课呢！

乙：都有哪些老师上课啊？

甲：任课老师皆由社会各界名流贤达兼职。

乙：那是从社会生活中来的，至少有实践经验。

甲：学校要求全校学生兼修此专业课程，有学生不解，专门跑去咨询老师。

乙：不懂就应该咨询。

甲：下面是咨询师生问答，本人实录如下，供学友同仁参考。请你做同学，行不？

乙：行！

甲：那就开始吧！

同学：请问老师，为什么要求我们兼修社会学课程？

老师：社会学是一门大学问课程，是你今后走上社会必修的一门课程，它将对你的人生之路，产生非常关键的影响。

同学：请问老师，社会学将开设哪些专业课程？

老师：有社会学概论、社会学发展史、中国社会学溯源考证、外国社会学发展史、社会关系与人生之路，等等。主要课程是教你怎样处理与社会各界人员的关系，比如说领导关系、同事关系、穷富关系、上下级关系、客户关系、男女关系，等等。专业课程还有古今中外的各种关系学和历史事件解析。

同学：这些关系重要吗?

老师：对你今后走上社会十分重要!

同学：老师，这些关系不上大学也存在啊。

老师：是的，上了大学就更重要了。

同学：老师，你能不能具体形象一点，说一说社会关系学的重要性?

老师：可以，比如说你虽然现在进入名牌大学了，但你更要和你以前那些没考上大学的同学搞好关系，这对你非常重要。

同学：为什么?

老师：五年之后，也就是毕业之后，好到他们创办的公司去上班。

同学：哦!

老师：比如说你是一本的，现在就应该和二本的同学建立好关系。

同学：为什么?

老师：因为各行业你未来的领导，都由他们捷足先登了，他们干了五年，他们提干升官了，你学年长，轮不到你的，今后他们会是你的领导。

同学：哦，对的！他们升官时，我还没工作哩!

老师：比如说你是二本的学生，我也会要求你和大专的同学搞好关系。

同学：那又为什么?

老师：他们参加工作更早，等你研究生毕业后再结婚生孩子时，他们会是你孩子的老师和校长。

同学：哦，也对的！这对培养孩子太重要了！

老师：你更要和那些考不上大学的同学保持联系。

同学：鼓励帮助他们呀？

老师：不是的，他们不需要你的帮助，倒是你需要他们的帮助。

同学：（摇头）搞不懂！

老师：等你学成回乡创业经商时，他们都是当地的工商城管民警税务卫生监督的公务员了，要不就是企业老板或房地产商了，那些人比你爹娘还重要，没有他们的帮助，你将一事无成。创业之路，就是社会关系学之路，以后你会慢慢明白的。

同学：有道理，谢老师指点。

老师：还有，你一定要和那些没考上大学的女同学保持关系。

同学：我又不想和她们谈恋爱！

老师：问题不在这里，我知道你是研究生，会在大学里找到女朋友的。

同学：所以我才不想回去找我那些女同学，她们都不如我，许多人连中专都考不上。我当年考了688分，是咱们县的高考状元！

老师：你是书呆子，如今学士硕士博士，结果什么都不是，博士生去环卫所扫马路，人家都不收你，还得开后门找关系，你说要不要先学学社会关系学了？

同学：这……要学要学！

老师：你有没有想过，你的这些女同学，今后都会是各路权贵老板们的太太，是各级领导和社会精英们的大奶二奶和三奶，她们的本事，一点都不会比你差。她们有你没有的天然资源，一旦开发出来，个个都能通天，可能比中央电视台的美女主播电影明星们还厉害。

同学：这……这真的厉害！

老师：你有没有听说过，一位在高中时最被老师和同学们看不起的女同学，成绩不好，考试老是不及格，却爱打扮，大家都笑话她，说她爱虚荣，不爱学习。后来，她就做了省长的第二任夫人，这些师生们都悔青了肠子，恨自己当年瞎了眼睛，还讽刺挖苦嘲笑她，没有和她建立起友谊，连电话号码都没留下一个。如今想开后门买官升官，都不知道怎么才能找到她。

同学：也是的，当时哪会想到这么多……

老师：你有没有听说过，一个班上的同学们，十年后聚会，一个个争着炫耀自己做了校长科长镇长局长，当领导了，只有一个女同学没工作，没做官，失业在家的事儿？

同学：没听说过。

老师：那个女同学说，她什么官都没做上，后来连工作也没有了，她失业在家，平时只能领导一个人。

同学：什么人？她儿子？

老师：市委书记！

同学：哦，她老公是市委书记？她是全职太太？

老师：是的。你说说要不要和她搞好关系？

同学：那当然要！

老师：不要再犹豫了，快报名吧！

同学：等我再想想。

老师：还想什么？我知道你爸是个国企大老板，是个领导，有的就是钱，什么都能报销，等你五年后毕业回家时，说不定你那些没有考上大学的美女同学，在歌厅陪唱的女同学，或在洗脚店帮工的女同学，就已经是你后妈了，你得学会怎么处理这种复杂的社会家庭关系。

同学：（终于提高了认识，下定了决心）老师，请问要交多少学费？

老师：三千块！

同学：不多，我交了！

老师：有没有假币在里面？

同学：没有，假币也不敢在台面上用呀。下面这么多眼睛盯着看呢，这点社会经验也没有呀！

老师：（边数钱边说）同学，三千块钱是小事，学会处理好各种复杂的社会关系才是大事。我们聘请的兼职教授都是社会各界的大名人，都是国际级的知名人士，都是专家级的。到时你就会明白，听君一席谈，胜读十年书哪！

同学：是的，如果能听他们每人谈上一席话，就胜读七十年书了，我都早退休了。

老师：所以要抓紧时间，早点报名！

同学：老师，你就快点开课吧！

老师：刚才不是给你上了一课吗？要不，你怎么肯掏钱给我！

同学：老师，你的社会学就是骗我呀！

老师：你怎么可以说穿了呢！

随便说说

甲：今天咱俩给大家说个相声。

乙：说什么呢？

甲：随便说说！

乙：这说相声能随便说说吗？

甲：能啊！

乙：你能在这随地大小便？

甲：去你的！

乙：所以你站在这舞台上，是不能随便乱说的。

甲：我问你，这文艺作品的题材，是不是要从生活中来？

乙：对，这叫源于生活。

甲：我的意思是咱们应该从生活中去找点事儿来随便说说。

乙：你这一说啊，这生活中的事儿，还真是太多了。

甲：都有哪些事儿？你倒是说给我听听。

乙：多啦，比如说你做官贪污的事情。

甲：别，别，你别乱说啦，我可没做过官！

乙：你没做过官？

甲：没有！

乙：所以你没贪污过？

甲：没有！

乙：那就说说你当年啃老人、虐待老人的事吧。

甲：别，别，你别乱说啦，我从小是孤儿，没有老人给我啃，给我虐待。

乙：那说什么呢？咱就随便说说吧。你上个星期天晚上，躲在蓉湖大桥下面桥洞里，泡妞谈恋爱。就说说这个事儿，这事儿大伙爱听！

甲：你这人怎么能这样随便乱说呢？

乙：咋啦？

甲：上星期我出国演出还没回来呢！

乙：你又没有？

甲：真没有！

乙：你这也没有，那也没有，你叫我怎么说你好呢？你真是没出息！

甲：你什么意思？我不做坏事儿，反叫没出息？

乙：你听我说，你没贪污吧？

甲：没有！

乙：不是没有，是你手中没有权，没做上官，没机会贪污，你说你有出息吗？

甲：是没有。

乙：你没泡妞吧？

甲：没有。

乙：不是没有，是你口袋里没有钱，人家姑娘不睬你，你说你有出息吗？

甲：是没有。

乙：你没虐待过老人吧？

甲：没有。

乙：不是你没有，是你命苦，没有老人给你啃，没人肯给你虐待。

甲：是没有。

乙：我不说你了，一说你就没有没有！你太没出息了，你自己找点儿有的事说说吧。

甲：我自己没事儿好说。

乙：那你就随便说说你碰到的事吧，比如说你身边的人和事。

甲：那可老多了！

乙：最看不起这种人，一说他自己，就没有没有，一口咬定都是没有；叫他随便说说别人，那就可多了！一张嘴只会说别人，从不说自己。

甲：你嘀咕什么啊？

乙：想听你怎么随便说说别人的。

甲：那我就随便给你说个事儿吧。

乙：说吧。

甲：我儿子的事儿。

乙：你儿子？做官贪污啦？

甲：没有！

乙：泡妞嫖娼啦？

甲：没有！

乙：虐待父母啦？

甲：没有！

乙：那有什么好说的？

甲：我儿子才十一岁，在上小学三年级呢。

乙：哦，还是个小孩子，是没啥说的。

甲：那天放学，他带了张试卷回家来。

乙：肯定考了一百分！

甲：你怎么知道的？

乙：现在的孩子，考得不好，是不会主动拿试卷回家的。

甲：我一看试卷，乐坏了。

乙：一百分？

甲：零分！

乙：零分你乐什么？

甲：你知道考的是什么？

乙：是什么？

甲：成语解释。

乙：这个不难。

甲：不难？那我说你解，咱也考一下。

乙：行！

甲：你听着，第一道解释题叫夫唱妇随。

乙：夫者倡，妇者随，就是丈夫说做什么事，妻子就得随和支持。

甲：你知道我儿子怎么答题的？

乙：他怎么答题的？

甲：他写道：丈夫去歌厅唱卡拉OK，老婆随后就去盯梢。

乙：哈，就这么个夫唱妇随啊，他这是写你呢！

甲：是写他妈的。第二道题叫知足常乐。

乙：他又是怎么答题的？

甲：知道有人请我洗足，心里常常非常快乐。

乙：从小就学会享福，这孩子将来不得了。第三题是什么？

甲：见异思迁。

乙：他怎么说？

甲：他说，看见美女和洋楼，我就想搬迁过去一起住。

乙：不得了，你那个小子人小花心大，跟你一个样！

甲：第四道，是度日如年。

乙：度日如年，这下要难受了！

甲：他还高兴哩！

乙：度日如年了，还高兴什么？

甲：他说，就是每天都像过大年一样！这能不高兴吗？

乙：有这样解释成语的吗？

甲：我忍住气，不发火！语重心长地对他说了半天，要他不要受社会不良风气的影响，做人要有正能量，末了问他懂了吗？

乙：懂了！

甲：那我问你，语重心长怎么解释？

乙：就是别人说话重了，心里要恨很长时间。

甲：气的我打他一巴掌。

乙：你打我干吗？

甲：跪下！

乙：跪下就跪下！可你这教育方法不对，我抗议！

甲：我一气，得想法治治他，就连出了十个题，罚他做出来，才能吃晚饭。

乙：你都出了哪些题目？

甲：成语解释啊，有一穷二白、朝三暮四、穷途末路、为富不仁、无微不至、赞不绝口、一模一样、杯水车薪、知书达礼、一举两得，共十个成语。

乙：十个成语都答出来没有？

甲：答得倒还挺快的！

乙：这孩子还挺聪明的，一穷二白，他怎么答的？

甲：人一穷了，人家就用两只白眼看你。

乙：唉，这年头社会的不良风气，对孩子影响也太大了！朝三暮四呢？

甲：早上三人斗地主，晚上四人搓麻将！

乙：穷途末路，他又怎么答的？

甲：路上收费高，罚款多，穷人没钱就没路走了！穷人没路！

乙：这也反映社会现实啊！为富不仁呢？

甲：为了比别人先富起来，就不能讲仁义道德。

乙：我的老天，这多可怕！那无微不至，他怎么答的？

甲：这句简单，没有微信不要去，无微不至！

乙：那赞不绝口呢？

甲：既然已经点赞了，就绝对不需要开口说话了。

乙：那一模一样呢？

甲：一个模特一个样，个个长得很漂亮。

乙：好像还有一道，叫杯水车薪。

甲：是的。

乙：他是怎么解释的？

甲：有的人上班天天端杯茶水，月薪好买一辆轿车。

乙：神了！活儿不用干，薪水倒不低！那知书达礼呢？

甲：不但要知道书本知识，还要学会请客送礼。

乙：那一举两得呢，他又怎么解释的?

甲：更绝了，他昨天跟我去无锡大剧院看了《珍珠塔》。

乙：这对他有启发吗?

甲：他是这样写的，小方卿科举中状元，既做了大官，又娶了个美女，真正是一举两得，交老大运了！你看，都变成造句了！十道题一个没答对，你说该不该罚?

乙：该罚!

甲：罚什么呢? 我儿子说了，爸，你就罚我吃一笼无锡小笼包子吧。

乙：想的真美!

甲：那就罚我去踢足球吧。

乙：不行!

甲：那你罚我做什么?

乙：得了，你这样没出息，还能指望你考上大学吗? 就罚你明天跟你老爸上台说相声去。

甲：没问题。

乙：好，这孩子将来是个说相声的料。

甲：所以我今天就把他给带来了。

乙：在哪儿?

甲：这不，正跟我说相声呢!

乙：去你的!

【2016年5月23日写于常州梅巷路20号】

唱恋爱

甲：今天咱俩再给大伙儿说段相声。

乙：不想说。

甲：为什么？

乙：没劲！

甲：你怎么啦，生病啦？

乙：嗯！

甲：什么病？

乙：这病你治不了。

甲：找医生治啊。

乙：医生也治不了。

甲：到底什么病啊，怪吓人的！

乙：不好意思病！

甲：没听说过。

乙：所以没人治。

甲：哦，我知道了。

乙：你知道什么？

甲：你这是相思病，没错吧？

乙：你这人蛮聪明的，这病，你能治吗？

甲：能治。

乙：你怎么治？

甲：你那病，咱也犯过。

乙：你也得过？

甲：说白了，不就是想老婆想得生病了嘛！

乙：可咱对不上象，哪来老婆呀？

甲：治这病咱有经验，你跟咱说实话，咋没对上象？

乙：甭提了，不是咱看不上她，就是她看不上俺！

甲：我给你把个脉。

乙：什么问题？

甲：很简单，投入不够。

乙：我谈对象谈了七八个，投资已经几十万元了。

甲：那不叫投资，这方面，你得跟我学着点。

乙：你有啥好法子？

甲：咱家有个祖传秘方，一用就灵！

乙：这找对象还有祖传秘方？

甲：嗯。

乙：什么方？

甲：不想说。

乙：兄弟，哥，你就，就说给我听听。

甲：不说。

乙：你这人，难道真的见死不救吗？

甲：那就告诉你吧，就两个字——唱歌！

乙：唱歌？这，这算什么祖传秘方！

甲：算了，对你这种人，教了也白教。

乙：你倒说说，这唱歌到底是咋回事儿？

甲：教你可以，先拿这个来。

乙：什么东西？

甲：学费。

乙：等俺对上象了，送你一只猪腿。

甲：学精明了，看样子不见兔子不撒鹰了，咱就教教你吧！

乙：你快说说！

甲：咱老祖宗，几千年前就发明了一种快速恋爱的宝典，叫唱歌。

乙：唱什么歌？

甲：《诗经》里记着哩，你听着，（唱）关关雎鸠，在河之洲。窈窕淑女，君子好逑。参差荇菜，左右流之。

乙：长得好看，看上人家了。

甲：（唱）窈窕淑女，寤寐求之。求之不得，寤寐思服。悠哉悠哉，辗转反侧。

乙：害相思病了，睡不着觉了。

甲：（唱）参差荇菜，左右采之。窈窕淑女，琴瑟友之。参差荇菜，左右芼之。窈窕淑女，钟鼓乐之。（白）怎么样？

乙：好诗，好歌，好听。后来成了吗？

甲：成了，钟鼓乐之哩，就是敲锣打鼓唱着歌，新郎新娘结婚入洞房了！

乙：还真管用！一唱歌，那姑娘就跟着跑了，是私奔吧？

甲：反正是相爱上了，那方法也就传下来了。

乙：可我学了咋不管用？

甲：怎么会呢？

乙：我在大学里谈了个对象，一毕业，她就飞到国外去了，扔下俺不管了。

甲：那我教你唱首歌。

乙：你就教吧！

甲：（唱）我爱的人儿她飞走了，

乙：（唱）我爱的人儿她飞走了，

甲：（唱）爱我的人儿她还没来到。

乙：（唱）爱我的人儿她还没来到。

甲：（唱）这只爱情鸟她飞走了，

乙：（唱）我的爱情鸟她还没来到。

甲：原来你也会唱这歌啊？

乙：比你先学会！我问你，干嘛要唱这歌？

甲：你得先告诉姑娘们啊，我失恋啦！我失恋啦！

乙：轻点，这不光彩！

甲：就要让大伙儿知道才好！你看人家刘三姐，多大方：

（唱）唱山歌哎，这边唱来那边和，那边和，山歌好比春江水哎，不怕妹妹不爱我……

（白）这不就对上了嘛！

乙：还真管用啊！

甲：我再教你一首。

乙：什么歌？

甲：（唱）天涯啊海角，觅呀觅知音，小妹妹唱歌郎拉琴……

乙：错了，错了，是郎弹琴，

甲：人家拉的是胡琴，叫二胡。

（唱）哎呀，咱们俩是一条心哪！

乙：又谈成了！

甲：是又唱成了，以后你谈恋爱，要改成唱恋爱。

乙：看来这唱比谈的成功率要高多多。

甲：那当然，你看过锡剧《双推磨》吧。

乙：看过。

甲：那何宜度喝了苏小娥一碗维维豆浆，一激动就唱开了。

（唱）豆浆味道甜津津，
吃到嘴里甜到心。
……
嫂嫂你对我好恩情。

乙：维维豆奶，欢乐开怀。效果真不错！后来呢？

甲：你听着！

（唱）昨夜里出门来孤孤单单，
今日里回家去对对双双。

乙：一唱歌，就把苏小娥拐回家了。喝豆浆喝到一个老婆，神了！

甲：那董郎更厉害了，他一唱，带了个仙女回家。

（唱）树上的鸟儿成双对，
绿水青山带笑颜。
随手摘下花一朵，
我给娘子戴发间。
……
你我好比鸳鸯鸟，
比翼双飞在人间！

乙：唉！咱咋光知道谈恋爱，就不知道该唱恋爱呢？你看这穷光蛋们一唱歌，一分钱没花，就都能拐了个美女仙女回家，真羡慕死我了！

甲：光唱也不行，必要的投资还是要的。

乙：投资什么？

甲：你看过《珍珠塔》吗？

乙：看过十多遍了。

甲：那西台御史的小姐陈翠娥谈恋爱，就不光会唱，还舍得下大本钱，把一座价值连城的珍珠宝塔，当场就送给了男朋友。

乙：万一方卿出国跑掉，那损失可就大了。

甲：人家比你看得准，那宝塔她不但在结婚后原物回收了，还得了个状元夫人的利息，她等于什么也没有送，一两银子也没花出，比丫头彩萍的投资还少，真比炒股还合算。

乙：听你这么一说，也真是的。她就送了一包干点心，就招了个如意郎君，那包干点心不值几个小钱。

甲：她收的那利息可大了，但也是唱来的。

乙：怎么唱的？

甲：（唱）千当心来万当心，

乙：（唱）放三放四不放手。

甲：（唱）当心唱了几十声，

乙：（唱）一包点心不离身。

甲：人家一分钱没出，就把台上台下的人感动得眼泪汪汪，编剧导演若不满足她的要求，不给她安排个状元夫人的位置，下面观众们可不干哪！所以她稳赚不赔，投资放贷的眼光，比她那势力母亲方朵花强多多了。

乙：这唱歌的效益胜过炒股赚钱，真是太重要了！

甲：你到过内蒙古大草原吗？

乙：没去过。

甲：告诉你，那草原上无边无际，连个邮递员都没有，你写了情书也没人送的。

（唱）想给远方姑娘写封信，

可惜没有邮递员来传情。

乙：那怎么办？

甲：唱呗，只要你一唱，准行！

（唱）等到千里雪消融，

等到那草原上送来春风，

……

姑娘就会来到你的身边，来来来……

乙：来了没有？

甲：你别着急。

（唱）来来来……

乙：到底来了没有？

甲：（唱）来来来来……

乙：还没来呵？

甲：来了！（唱）姑娘就会来伴你的琴声。

乙：还真的来了，可我唱为什么就不灵呢？

甲：你唱什么？

乙：我跟好多姑娘唱这个歌。

甲：什么歌？

乙：你听着。

（唱）我曾经问个不休，

你何时跟我走，

可她们总是笑我，

一无所有……

哦嗬哦，你何时跟我走！

甲：跟来没有？

乙：没有，一个都没有跟来。

（唱）哦嗬哦，你何时跟我走！

甲：跟来没有？

乙：还是没有。

（唱）哦嗬哦，你何时跟我走！

甲：到底跟来没有？

乙：还没有。

（唱）哦嗬哦，你何时跟我走！

甲：别唱了，你唱到老都没人跟你走的。

乙：所以还在打光棍。

甲：你这人教不好，怎么能唱这歌呢，你一无所有，谁愿跟你一起走！

乙：那该唱什么？

甲：我当年在前线打仗，心里暗恋着一个做护士的女同学，想想自己可能就要牺牲了，这暗恋多年的感情还没向她表白过哩，就录了一首歌寄给她。

（唱）你应该会明白我的爱，

虽然我从未曾向你表白，

两颗心要经过多少痛苦的煎熬，

才能够彼此明了

……

乙：挺感人的！

甲：还有一首哩，更感人！

（唱）十五的月亮，
照在家乡照在边关，
宁静的夜晚，
你也思念我也思念。

（白）那磁带寄到护士那里，她就哭着追来了。

乙：是挺感动人的，后来成了吗？

甲：等演出结束，回来你去问你嫂子去。

乙：原来嫂子是给你骗来的啊！

甲：是给唱来的！

乙：哥，你还真得教教我，我拜你为师了。

甲：那我教你一个秘诀。

乙：什么秘诀？

甲：像你唱那《一无所有》，鬼哭狼嚎一般，自己一无所有，还叫人家跟你走，跟你去喝西北风呵？还不把人都吓跑啦！

乙：是的。

甲：这唱歌要唱到人家心里去，要真心诚意爱着她，要甘愿为她奉献自己的一切。

乙：噢，知道了，心诚则灵！不管是唱恋爱还是谈恋爱，都要心诚才灵的。

甲：终于开窍了，有盼头了！

乙：什么盼头？

甲：找老婆啊！

【2015 年 4 月 15 日下午草就于常州梅巷】

说门解义

甲：老师好！

乙：同学好！

甲：老师再见！

乙：同学再……回来！

甲：老师有事吗？

乙：你怎么没去上课？

甲：我出门逛逛。

乙：马上要上课了，你出门干吗？

甲：老师您不知道，今天文老师讲门的课，我不想听。

乙：文教授可是全国知名学者，他的课你不听？

甲：说门解义，这门有啥说的？

乙：这门的学问可多了，他每次讲课我都去听。

甲：门哪个不知道，一生下来就见门。

乙：那叫门生。

甲：门生就是学生。

乙：你挺聪明的，我问你，门字会写吗？

甲：英文字 door，叫“大”。

乙：“大”就是门，叫大门。

甲：中文笔画一点一竖一折钩，写出来就叫门字。

乙：繁写呢？

甲：（比画）那是两扇门合起来才叫门。

乙：你知道门有多少种类吗？

甲：多啊，实木门、钢窗门、塑窗门、竹木门、钢质门、装饰门、复合门、合金门、隔断门、橱柜门……太多了，至少能说出一百多种门来。

乙：你这是按做门的材料来说的。

甲：是的。

乙：按位置说呢？

甲：前门、后门、中门、偏门、厢门。

乙：按开门方式说呢？

甲：有平开门、弹簧门、推拉门、折叠门、卷帘门、移动门、自动门。

乙：不错，看来你对门挺了解的。

甲：自小和门打交道。

乙：从作用上说呢？

甲：大门、小门、进堂门、房间门、防火门、防盗门、安全门、篱笆门，等等。

乙：说得很好，现在我问你一个问题，门是从什么时候出现的？

甲：这个说不上来。

乙：门是谁发明的？

甲：这个说不上来。

乙：最早的门是用什么做的？

甲：这个说不上来。

乙：告诉你，据文教授考证，门在祖先穴居山洞时便出现了，为了防止野兽入侵，祖先们在洞口堆上石块挡住，就成了门。

甲：这个真的没想到。

乙：你知道有巢氏吗？

甲：那是上古时代的人。

乙：据《韩非子》记载，有圣人作，构木为巢以避群害，而民悦之，使王天下，号之曰有巢氏。

甲：那是说有巢氏发明门后，当选为皇帝了。

乙：这在《诗经》《易经》中都有记载，你知道吗？他是我国最早的民选皇帝，比美国的民选总统早几千年了。这外国人选总统是跟咱中国老祖宗学的，你知道吗？

甲：不知道。

乙：门还有其他作用。

甲：什么作用？

乙：古诗说，绿衣监使守宫门，一闭上阳多少春。

甲：什么意思？

乙：这是指守住宫门后，多少宫帏秘事给门关闭了，遮挡住了。

甲：是的。

乙：所以后人将泄露机密说成什么门，比如说尼克松的水门事件，特朗普的通俄门事件，贪官们的什么艳照门、手表门，等等。

甲：有道理，怪不得我爹和我妈吵架，总要先关上门，是怕泄密给外人知道哦。

乙：这就对了，大门一开，真相大白，大门一关，多少千古之谜就产生了。

甲：看来这门道门道，真有道道。

乙：要说门道，可真多呢。中国人把门看得比脸还

重要，门面门面，门和脸面连在一起。常听人说家门不幸、国门洞开，都是家国出大事了。

甲：说的是。

乙：门是脸面，也是身份，如宅门、城门、庙门、门楼，等等，无不代表主人的脸面和身份。

甲：说的是。

乙：门第就是礼制，如室外有门，门外还有阙，进门之后，有一照壁，而登门之前，即有台阶，一般分为三七九阶，以示门主身份，进门就有一门槛，你只能依序渐进，不能一步登堂入室。

甲：还真是如此。

乙：门头一高耸，来人矮三分；狮子门边蹲，客人心畏敬；门神威武立，贼盗不敢进。可见，门的作用多多。

甲：老师说的是，看来这门的学问挺深的。

乙：你能把门构解一下吗？

甲：说不清楚。

乙：门的结构大致如下，有门框、门扇、门轴、亮子。

甲：什么叫亮子？

乙：旧时门上有扇窗，用于采光通风，叫亮子。

甲：第一次听说。

乙：还有门窗、百叶、把手、门锁、门铃、门槛、门牌、猫眼、闭门器、固门器、门环、门闩、门鼻儿、门钹。

甲：这些都是门的一部分。

乙：门的文化民俗还不少呢。

甲：请老师讲讲，有哪些民俗文化？

乙：比如说，除夕在门上贴福字，年初一在门上贴鸡，年初五送穷出门，上元节张灯祭门，清明在门上插柳条，谷雨贴符禁蝎，蚕月明昼闭门不开，端午门悬昌艾，大伏天在城门磔狗，七月半门上挂麻谷，重阳节茱萸酒洒门，冬至门上糯米圆，等等，都是千年沿传的门文化民俗。

甲：这些民俗我们年轻人知道的不多。

乙：所以门文化这门课，你应该听听。

甲：是的。

乙：这门文化，是历史和生活累积而成的。你听说过玄武门之变吗?

甲：听过，是李世民上位之变。

乙：还有明英宗，在其弟弟景泰帝病重之际，夺取东华门而进宫，登上奉天殿做了天顺皇帝，史称夺门之变。

甲：这宫门就是国门啊。

乙：古代天子立五门，金凤朵云颁诏书，只有天子走正门，官员都是走偏门。民间也有柴门、衙门之分，门第即等级，办事有公门私门之说，处事有前门后门之分，这都反映出中国的门文化。民间有七夕开天门、鲤鱼跳龙门等传说。

甲：听老师一说，才知道这门文化的厚重和悠久。

乙：可以说，门文化是进入中国文化的一扇大门，进了这门，就走进了中国文化之门。

甲：是的。

乙：你在南京上大学，你知道南京有多少门吗?

甲：说不清楚。

乙：据文教授考证，南京在明朝时，城门就有“内十三、外十八”之多。

甲：“内十三”有哪些门呢？

乙：这“内十三”实际是指明朝建的城门，分别是朝阳门（中山门）、正阳门（光华门）、通济门、聚宝门（中华门）、三山门（水西门）、石城门（汉西门）、清凉门（清江门）、怀远门（定淮门）、仪凤门（兴中门）、神策门（和平门）、太平门、钟阜门、金川门。

甲：这十三个城门属内门。

乙：十八个外门分别是：麒麟门、仙鹤门、尧化门、观音门、佛宁门、上元门、沧波门、高桥门、上方门、夹岗门、双桥门、栅栏门、凤台门、大小安德门、大小驯象门、江东门。

甲：这么多城门。

乙：这都是明朝的城门，内城周长达35.3千米，没有这么多城门，进出就不方便了。

甲：还有吗？

乙：有啊，如玄武门、西安门、东华门、后宰门、标营门、午朝门、挹江门、华严岗门等地名，都带门字，后来又增设了许多门，如草场门、丰润门、海凌门、小北门、新民门、雨花门、解放门，等等，凡是做过国都的城市，它的城门就多些，如北京、西安、苏州、开封等城市，门就多多。

甲：老师，听你一说，我还真是个门外汉，连门都没进，惭愧惭愧！

乙：只要你肯学习，就会从门外跨进门内的，你还去不去听文教授这门课啊？

甲：去去去，老师，我跟你一起去！

心太软

【甲、乙穿警服上场】

甲：今天咱两个上场来，

乙：给大伙儿说段相声。

甲：说点什么呢？

乙：心太软。

甲：那不是相声。

乙：是什么？

甲：是歌曲。（唱）你总是心太软，心太软……

乙：是的，我这个人，总是心太软，心太软。

甲：我倒要听听，你是怎么心太软的。

乙：你想听？

甲：想听。

乙：好，那我给你说一说。

甲：说吧。

乙：那天，你开着奔驰车，闯红灯，被我逮住了。

甲：我没开奔驰车，我也没被逮住。

乙：我是说你就是那开奔驰车的司机。

甲：好，我就当一回司机，还是开奔驰的。

乙：我拦住你，向你敬礼。

甲：糟了，不怕天，不怕地，就怕警察来敬礼！

乙：你怕什么？

甲：警察来敬礼，罚款扣分关禁闭！

乙：只要你不违章，你就不要怕。

甲：我们圈内有句话。

乙：什么话？

甲：开车不怕鬼，就怕警察来。

乙：你骂人哪！

甲：不是，警察一来，就说明你出事故了。

乙：原来是这样。

甲：所以我们怕你来。

乙：那你现在怎么办？

甲：我现编胡说。大哥，你听我说，我刚才接到电话，说我老婆病了，要送到医院，心里着急，没顾上看红灯，你就放俺一马……

乙：我一听，这是特殊情况，救人要紧，教育了几句，就让他走了。

甲：我还没对上象呢。看来你这人，还真的心太软，给我糊弄过去了。

乙：第二天，咱又碰上你了。

甲：我又闯红灯啦？

乙：没有。

甲：那我干嘛啦？

乙：得问你自己。

甲：我……不知道！

乙：你违章停车，影响交通。

甲：那又得罚款！

乙：我正在开违章停车罚款单子，你提着裤子从厕所回来了。

甲：大哥，您别开了，我这就走！就走！

乙：你这是违章停车！

甲：大哥，我认识你，你是个大好人，绰号心太软！你就原谅咱一次，行不？咱今天受凉了，光拉肚子，刚才憋急了，上个厕所，才五分钟，刚停下一会儿。

乙：我心一软，下次可不行了！

甲：哎，谢谢大哥，谢谢大哥！嘀嘀，车子开走了。你这人也真是心太软，心太软！

乙：可是第三天，他又违规了。

甲：又乱停车啦？

乙：没有。

甲：又闯红灯啦？

乙：没有。

甲：那他干啥了？

乙：这回他的问题更严重。

甲：撞人啦？

乙：没有，可性质很严重。

甲：肇事逃跑？

乙：没有。

甲：到底啥事儿？

乙：他酒驾了。

甲：给他逮住啦？

乙：没有。

甲：你怎么尽是没有没有！

乙：那天晚上，他喝完酒回家的路上，遇见一老大爷拦车，他停下了。

甲：还好，没喝醉。

乙：大爷，你啥事？想搭便车，你就上来，咱这是奔驰900！

甲：有900吗？

乙：吹的！但小伙子挺爽快的。

甲：小伙子，俺的东风拖拉机坏了，俺想让你拉一下，俺家就前面不远，三十公里。

乙：行，别说拉一下，拉两下都行！

甲：不错，做好事儿。

乙：大爷，我拉你车，你坐后面车上，到你家了，你就按喇叭，打灯光，咱就知道该停车了。

甲：按喇叭，打灯光？

乙：对，要不我咋知道你到家了？

甲：我一打灯光，

乙：我就知道要到了。

甲：我一按喇叭，

乙：我就停车。

甲：行！我知道了，小伙子，谢谢你了。

乙：他两个车一前一后，就开上路了。

甲：不错，他这是做好事儿。

乙：刚开出不多远，一辆宝马车风驰电闪，呼的一下，超越了奔驰车。

甲：开得太快了。

乙：小伙子来了气：你宝马敢超我奔驰，咱就不信超不过你！

甲：糟了，酒劲上来了。

乙：他一踩油门，开足马力追了上去，前面宝马跑，后面奔驰追，还挂了一辆拖拉机。

甲：像开运动会似的。

乙：老爷子一看急了，哪能这样开车呢？又是打灯光，又是按喇叭。

甲：想叫他快停车呢。

乙：可他只顾追那宝马车，越开越快！

甲：那可危险了，这是开斗气车。

乙：那十字路口交警一看，知道有情况，还没反应过来，三辆车呼啸着过去了。

甲：嘿嘿，来不及了。

乙：那交警忙用步话机通知我，说："队长，队长，刚才一辆宝马车，一辆奔驰车，在国道上兜风飙车，后面还跟辆拖拉机，开车的老头儿还不断地打灯光按喇叭，急着要超车！"我一听神了，拖拉机要超奔驰宝马车！赶紧组织三辆警车前堵后拦，终于把三辆车都拦下了。那老爷子下了车，我一看晕了，爹，你怎么开拖拉机兜风啊！

甲：那小伙子一听乐了，大哥，他是你爹啊？

乙：我说，你喝酒了吗？

甲：没有，才半斤，没醉！

乙：我对手下人说，把他带走，做个酒精测试！

甲：老爷子说话了，人家是帮我忙，你得看我面子，放他一马。

乙：我说，爹，可他是酒驾，不是违章，是违法了，得严肃处理。

甲：怎么处理？

乙：虽然没出事故，也得拘留关禁闭十五天。

甲：那司机一听急了，大哥，大哥，你不是叫心太软吗？你就再心软一次吧，再放我一次吧！

乙：不行！坚决不行！

甲：现在你心不软啦？

乙：不软了，再软下去，你要出大事故的。那就不是关禁闭，而是坐大牢了！

【2014年9月26日晚匆匆写于常州梅巷】

开　店

【甲、乙两人上场，热情握手】

甲：老同学，你好！老同学……多年不见了！

乙：（看甲）我……老了吗？

甲：不老，不老，你正年轻着呢！

乙：那你为什么一见面就说我老？

甲：咱们不是坐一桌子的同学嘛！

乙：那也不能说我老呀！光我老而你不老，这合理吗？这公平吗？你这样到处说我老，不影响我谈恋爱找对象吗？我找不到老婆，你负责任吗？我妈抱不到孙子，你给她当孙子抱吗？

甲：嗨，她抱得动吗？你看你这个家伙，还是老样子。

乙：我老样子，就你新样子。

甲：别逗了，一说话就咬文嚼字。你这人呀，还是老毛病。

乙：你这人怎么这样子，一开口就老呀老的老个不停，而且老出毛病来了。

甲：好好好，咱不说老了，说点新的，你老最近干什么去啦？

乙：我老……开店啦！

甲：开什么店啦？

乙：咱大学一毕业，在政府扶持下自谋职业，开了几个小店。

甲：都是些什么店呀？发财的事儿，你可别忘了我呀！

乙：小店，不大。

甲：什么小店呀？带上我，回去咱也开个小店。

乙：你也要开小店？

甲：跟你学呗。

乙：第一个小店，开在河南省的，叫周口店，你也开吗？

甲：（愣住了）我……

乙：你开到哪个省去？

甲：哇，那个可不是小店，这店挺大的，管好几个县哪，咱开不了！开不了！你开这店干嘛呀？

乙：管饭啊，为了周口而开的啊！在周口开的店不叫周口店吗？

甲：哦，原来是在周口开饭店，简称周口店，经营口子窖。

乙：第二个小店也是开在河南的。

甲：什么店？

乙：叫驻马店，你也开一个吗？

甲：你还贩马哩，我开不了，开不了，凡和口有关的店，咱就开不了。

乙：以前贩马，拐卖马口。

甲：只要不贩卖人口，不犯法。现在卖啥啊？

乙：现在卖驴肉，卖牛肉，绝不贩马肉。

甲：哦，是个肉食店，也跟口有关系，那我也开不了。

乙：第三个小店开在东北辽宁省，叫瓦房店。

甲：瓦房店？

乙：对，经营内容就是专门为造瓦房服务的店，坚决不造草房，你也开吗？

甲：这店和口没关系，我可以试试！

乙：那你去开个草房店吧，不要老想着跟我竞争，免得伤了咱同学和气。

甲：草房店能够跟瓦房店竞争吗？根本不在一个档次上。

乙：算你有自知之明，你就是想开，也没哪个省肯接受你的草房店。

甲：为什么？

乙：档次太低啊，面子上不光彩！都什么年代啦，谁还盖草房子！

甲：我知道了，你那也就是卖建材的店，这店和口没关系，没关系。

乙：关系还是有的，和人口多少有点儿关系吧，没人口住造瓦房干嘛！

甲：那关系还挺紧密的，得理顺关系。

乙：店开了没几个，不够搞加盟连锁，后来咱又到浙江开了个店。

甲：什么店啊？

乙：横店，横着的店。

甲：我还以为是“竖店”呢。

乙：咱不开书店，现在中国最难卖的就是书，除非你卖教辅书、培训教材，现在是下里巴人的书好卖，阳春白雪的书反而难卖。

甲：那倒也是，考证的事一多，培训教材书最好卖。

乙：我说过，不卖书，什么书都不卖。

甲：那你干吗？

乙：拍电视剧啦！现在人饭碗一放，老头老太太就坐在电视机前看电视，年轻人在电脑上手机上看电视，儿童们在游戏机上玩。

甲：那倒是，现在人不看书，只看电视。

乙：所以咱也去横店拍电视剧。

甲：那可是赚大钱的店。

乙：不行啊，那编剧和导演不小心连放了几把火，火烧赤壁呀，火烧连营呀，火烧草料场呀，火烧圆明园呀，把咱开的连锁店全烧啦！

甲：全烧啦？

乙：全烧了！

甲：（唱）你就像那冬天里的一把火！

乙：（唱）熊熊火焰害苦了我……

甲：（唱）你就像那冬天里的一把火！

乙：（唱）熊熊火焰烧光了我……

甲：烧得一个没剩啊？

乙：还剩下一个，叫焦店。在平顶山顶上，烧焦了，但没有烧完。后来中央电视台到我店里来采访我的开店历程，录制了一个节目，就叫《焦店访谈》。

甲：这节目我看过，说的就是你啊？

乙：当时我心情很差。

甲：是的，那么大的事业，一把火就清空归零了。

乙：冬天里的一把火呀！

甲：烧起来特厉害！

乙：咱不灰心，咱从头再来。

甲：这下干什么啦？

乙：没大本钱了，咱就开了几个小作坊。

甲：什么坊？水井坊？

乙：不是。

甲：老醋坊？

乙：不是。

甲：吴楚坊？

乙：都不是。第一个坊开在山东。

甲：什么坊？

乙：潍坊。专门糊风筝的，本钱小些没关系，现在这店老有品牌了，名气很大。另一个坊开在河北。

甲：什么坊？

乙：廊坊。

甲：卖酒吗？

乙：卖啊，名气还不小，卖的都是古家百年酿的十年原浆酒。

甲：那可都是好酒！

乙：老同学，再告诉你一个秘密，我有女朋友啦！

甲：叫什么名字啊？

乙：叫……不告诉你！

甲：她在哪儿啊？

乙：在……不告诉你！

甲：干什么事啊？

乙：干……不告诉你！

甲：那我走啦，你一个人说下去吧。

乙：那就告诉你吧，是磨豆腐的。

甲：磨豆腐的？苏小娥呀。

乙：不叫苏小娥，苏小娥叫何宜度拐走了，两人双推磨去了。我那女朋友叫小芳，是个卖豆腐的西施，可漂亮了。（唱）村里有个姑娘叫小芳，长得美丽又善良，一双美丽的大眼睛，辫子粗又长……

甲：看把你高兴的，这算一个坊，豆腐坊。

乙：还有两个坊，一个开在南京，一个开在江西。

甲：这我也知道，南京那一个叫上坊，搞接待的，在江宁区。

乙：不错，还有一个呢？

甲：另外一个叫下坊，在江西莲花县，住的都是知识青年。

乙：还没回城啊？

甲：回啦！

乙：到哪去啦？

甲：江宁上坊镇呀。

乙：去那儿上访啊？

甲：去那儿创业，都到工业园区办厂开店做老板啦！

【2014年5月8日早晨初稿于常州梅巷】

旅　游

甲：今天咱们给大家说段相声。

乙：（乙不接口……只顾看甲）

甲：今天咱们给大家说段相声。（示意乙接口）

乙：（乙仍然看甲）

甲：你干什么？看什么看？光看不说话。

乙：真是士别三日，当刮目相看！

甲：你这是什么意思？看出什么来了？

乙：看你今天这样子，比以前可聪明多多了。

甲：听你今天这一说，好像我以前是个大笨蛋。

乙：那可是你自己说出来的，我可没这么说你。（对观众）同志们，二十多年过去了，他终于对自己有了个比较深刻全面的认识，他今天终于亲自站在台上亲口承认，以前是个大笨蛋。

甲：有你这样埋汰人的吗？

乙：对，那时候他年纪尚小，只能算个小笨蛋，后来慢慢长大了，才变成大笨蛋的。

甲：你这个家伙真可恶，叫人一辈子都忘不了你！

乙：不对，大家忘了我没关系，可千万不要忘了他这个大笨蛋，还给我们说过相声啊……

甲：好啦好啦，别胡说八道啦！

乙：你要是个日本鬼子就好了。

甲：什么意思？

乙：你一定会对当年的侵略战争，做出深刻反省。

甲：这……这哪儿对哪儿的事，你别胡扯了。

乙：不扯就不扯，谁想跟你扯！

甲：我问你，你老家是不是河南的？

乙：咱老家不在河南面，在河北面，叫河北。

甲：哪个庄子的？

乙：庄子小，名气不大，说了你也记不住。

甲：哪庄呀？赵庄？李庄？

乙：不是。

甲：杨庄？王庄？

乙：不是不是。

甲：高老庄？

乙：你还猪八戒哩。

甲：那是什么庄啊？

乙：告诉你，我姓石。

甲：姓贼啊，哦，原来你就是梁山上那个小偷石迁的后代。

乙：呸呸呸，那小偷叫时迁，抓鸡的，咱们老石人家能干那事吗？

甲：哦，搞错了，不叫时迁，叫石将军石勇，第九十九条好汉，是盗马的，从来不偷鸡，就住在石庄。

乙：这不得了……偷你个头！什么石庄，叫石家庄，怎么样？听说过吗？

甲：哇塞，那可是个大城市呵！

乙：不大，咱庄里也就放一个省委，一个省政府，也就住九百万人，管七千万个人。

甲：那可是天下第一的大庄子。这庄子住九百万人哩，管近七千万人哪！

乙：也就比外面一些国家人口稍微多一些，比如说英国、法国、德国、澳大利亚……

甲：那可多多啦！

乙：不敢骄傲！不敢骄傲！有机会也到咱们庄上串串门儿，唠唠家常话儿，不用带翻译，英语法语德语西班牙语，咱庄上人都会讲。就澳大利亚的澳语讲不好，只得拿英语凑合一下。

甲：你这家伙，口气不小呀！

乙：你不知道，最近我搬张家口了。

甲：怪不得张口就说大话了。

乙：说说你最近干啥了。

甲：没什么事，就出去玩玩。

乙：旅游啦？现在人都兴旅游，你上哪啦？

甲：溪口。

乙：我知道，那地方是蒋介石老家，奉化的，他爷爷这一辈就从江苏宜兴蒋家村搬到溪口了，只是你去的那口也太小了，溪水出口处为溪口，没我去的口大。

甲：你去哪口儿啦？

乙：水口。

甲：从没听说过。

乙：在安徽宣州。浙江长兴也有个水口，那里农家乐多。

甲：我没去过，那也不大。

乙：梅河口，怎么样？吉林省的。

甲：那也不大。

乙：丹江口。

合：那也不大。

乙：我就知道你会这么说的。

甲：那也不大。

乙：我还去了江西湖口哩，你知道吗？九水汇聚到九江，出水处叫湖口。

甲：不算大，还没湖北汉口大哩！汉口乃九省通衢，南北咽喉。

乙：汉口也不大。

甲：你口气还真不小，那你还去哪口啦？

乙：海口。

甲：海口？

乙：海南省的海口呀，你没听说过吗？那地方（学宋丹丹）那可是人山人海，红旗招展，锣鼓喧天，鞭炮齐鸣，那架势……

甲：得了得了，咱俩可不是白云黑土，你少来这一套。

乙：那海口是进入南海和太平洋的进出口处，太平洋大吧？那海口挺好玩的。

（唱）晚风你轻轻地吹，海浪你慢慢地摇……

甲：别唱了，你这海口一夸，我真的没法跟你再比了。咱老家有三荡四口，河口堑口泓口闸口，可也没什么大名气，后来上大学了，也只到过营口、浦口、龙口、老河口、旅顺口，还真没到过海口，咱自叹不如，甘拜下风！

乙：知错就改，悬崖勒马，迷途知返，浪子回头，你还是我的好同学，党和人民会原谅你的。

甲：这叫知难而退，你这是乱用词汇，文不达题，辞不达意。

乙：嘿嘿，反正在我面前，你就甭想神气！

甲：那行，咱俩比试一下，看谁行谁不行，让下面观众来做裁判。

乙：行，随你便，谁怕谁呀！

甲：（对观众）你们做个裁判怎样？

【台下起哄：好！】

乙：（学冯巩）亲爱的观众同志们，我想死你们啦！

甲：你别来冯巩那一套，别跟大家套近乎！

乙：请大家多多包涵，多多支持，多多鼓励！等会儿给大家多发红包，祝大家多多发财！

甲：你这是干什么？为了拉选票，先发空头支票呀？这又不是选美国总统！

乙：给大家先打个招呼，让大伙儿好歹有个盼头，心里有个念头！

甲：那么多观众，你发得起吗？

乙：发得起。

甲：说话得算数，可别糊弄人。你一个人发多少？

乙：咱就放次血，每人发一分！

甲：去你的！谁要你这一分钱？嗯，这样吧，咱就先比个对词儿，怎么样？

乙：行，你出上词吧。

甲：你去过黄山吗？

乙：不多，也就三十几次。

甲：三十几次？

乙：没你多吧？

甲：我才去过三次。

乙：（对观众）我丈母娘家就在黄山，我能少跑吗？不跑老婆能追到手吗？

甲：那你对黄山比我熟多了，得向你学习。

乙：你太谦虚了，向你学习。

甲：向你学习。

乙：别再学习了，你就出题吧。

甲：咱先随便出两个字：黄山。

乙：咱就随便答两个字：白地。

甲：白地？白地在哪啊？

乙：在黄山脚下啊，从旌德到太平，有个三岔路口，就叫白地呵。

甲：你咋想出来的？

乙：你甭管！反正你黄我就白，你山我就地，怎么样，还行吧？

甲：行！这个算你行！

乙：嘿！这个可以行！

甲：听好啦，下一句是：黄山白地前黄后白，前面山是黄的，后面地是白的，前黄后白，你就对吧！

乙：我说的是地名呀，从宁国旌德到太平，中间经过一地方，叫白地。那是进黄山的入口处，我老丈人家就住那儿。

甲：我知道，前黄后白也是地名呀，前黄是常州武进，后白是镇江句容，不是地名吗？我丈母娘家就住那儿。

乙：你几个丈母娘啊？

甲：去去去！别胡扯，快点儿答题！

乙：你这家伙，尽出些怪题难题加偏题。

甲：嘿嘿，谁让你骄傲自负，神气活现！我今天就要当着大家面，打击打击你的骄傲自负。

乙：我骄傲我有本钱！我就不信对不上你！我……我一定会对上你！

甲：别说废话，有本事你对上来，没本事，我让大家做个评判。

乙：等一等！

甲：别说等一等，就是等二等、等三等都行，现在我数一二三，你答不出来，等三等都过去了，嘿嘿，那就拜我为师吧，（问观众）大家说，好不好？

【台下起哄：好！】

甲：快叫师父吧！现在看的人多，磕头进礼的事就免了，给你留点面子，你就弯个腰，鞠个躬行了。让台下观众做个证人，今天我老要收徒弟了。

乙：别急别急，我先问你，你到底是哪里人？

甲：江苏省溧阳市人，市不大，还没你住的那个石家庄子大，但咱老家有天目湖、神女湖、长荡湖三个湖，还有两个中型水库，一个叫前宋水库，一个叫塘马水库，不大不大，鸡叫一声，三省打更。不信你去南山竹海鸡鸣村去看看，咱那地方，可美了！（唱）谁不说俺家乡好，得儿哟，依儿哟……

乙：别唱了，我知道，你那溧阳位于苏浙皖三省交界处。

甲：你去过？

乙：去过，你家住溧阳哪儿？

甲：什么意思，你查户口呀？打破砂锅问到底，有完没完？

乙：随便问问，又不公布你财产，又不是问你有几个老婆，你怕什么？再说刚才你不也是问我老家在哪里嘛！

甲：告诉你我也不怕！我就一套房子，一个娘子，还有一个儿子，属“三子”家庭。我告诉你，我家就住溧阳马垫村，就在城东门外，你去查吧！你就是能查出个小偷逃犯来，我就不信你还能查出个对子来！

乙：溧阳不是还有个周村吗？

甲：不叫周村，叫周城，还有前马村、后周村，都挺大的。

乙：谢谢你！谢谢你！

甲：谢我干什么？

乙：谢谢你帮我答出来了。

甲：什么意思？

乙：马垫周城前马后周呀！前面是马垫后面是周城呀，都是地名呀！（向观众问道）对不对呀？

【众：对！】

甲：嗨，我这是奥运会踢足球呀！

乙：什么意思？

甲：自摆乌龙呀！

【2014年5月15日完稿于崔桥】

第六部分

附 录

德艺双馨　音容宛在

——怀念锡剧姚派艺术创始人姚澄老师

□ 宋仁年

惊闻著名锡剧表演艺术家、姚派表演艺术创始人、锡剧皇后姚澄老师今日因病逝世，顿时悲从心来，不禁潸然泪下。

我和姚澄老师的熟识，是在八年前了。那时我因为写了几个剧本，在锡剧圈内传阅，南京朋友丁鸣江打电话给我说："姚澄老太太看了你写她的文章，想再见见你，问你愿不愿意再去看看她。"我一听是锡剧皇后姚澄叫我去，当然十分高兴，便随同他再去看望姚澄老师。

姚老师那时已经85岁了，精神很好，我觉得机会难得，便又把拜访变成了采访。姚老师和我谈了三个多小时，意犹未尽，讲了她从艺路上的许多人生经历和趣事，后来我稍加整理，发了一篇专稿——《再访锡剧皇后姚澄》。

自此之后，我和姚澄老师便结了缘，每到南京总去看她，情同母子一般。姚澄老师经常催小丁打电话给我，叫我去玩。每次见面，她总是十分高兴，像哄孩子似的让我吃这个吃那个，总不愿让我匆匆离开。

说起姚澄，不得不先说说她这一家子。

从这个家庭出来的人，个个闻名江苏，名动全国。

姚澄的公公是叶圣陶，苏州人，现代作家、教育家、出版家和社会活动家。叶老有两个儿子，一个女儿。大儿子叶至善，在出版部门任要职，是第六、七届全国政协常委、副秘书长。叶老的女儿叫叶至美，在中央人民广播电台工作，是个元老级的资深编辑，也是个大名人，在叶家排行老二。叶至善的弟弟叫叶至诚，是姚澄的丈夫。叶至诚解放前参加新四军，前后历任九分区文工团文艺教员，苏南区党委宣传部文艺处干部，中共江苏省委宣传部文艺处干事，江苏省文联创作委员会副主任，南京市文化局剧目工作室秘书，南京市越剧团编剧，江苏省锡剧团编剧，《雨花》杂志社副主编、主编。1988年曾获中国作家协会颁发的全国老编辑荣誉奖。叶至诚自20世纪30年代就开始发表作品。1980年加入中国作家协会，是个大名鼎鼎的编剧和作家。

在这个名动全国文化界的家庭中，叶至诚总是调侃自己还没名气。说别人介绍他时，总说他是叶圣陶的儿子，或是叶至善的弟弟。后来和姚澄结婚后，人们又都说他是姚澄老公，没人介绍他是叶至诚。后来儿子叶兆言成名了，人们又说他是叶兆言的爸爸。可见姚澄的名气之大，连大作家的名气都盖不住她！说起名气，叶至诚总是一脸的无奈表情。

姚澄，江阴人，著名锡剧表演艺术家，姚派艺术的创始人。1926年出生，1938年随父投入顾家班学唱常锡文戏，以后在江苏、上海一带乡镇演出，受到观众喜爱。解放初参加苏南文工团，投身革命工作。1952年参加筹建江苏省锡剧团，在锡剧界是个元老级的人物。

姚澄曾和我两次说起她第一次登上舞台演出时的趣事："当时演的是《合珠记》，我才十二三岁，饰演老太太那里的小丫头，小姐为了逃婚，躺在闺房里装病。我领着老太太去楼上看小姐，我一看台下面黑压压的都是人头，一紧张就把唱词忘了，我就在台上多转圈子，后来又想起来了。我于是就唱：‘丫鬟领路前头走，老太太接脚后面跟，将身来到高楼上，小姐房里去探病。’我初次登台，忘了台词，难为情极了，进场时我就用手绢打老太太的背，下面观众知道我是小孩子，也不笑我。扮演老太太的是我师叔，他说：‘你怎么打我呀，你是丫鬟，我是太太呀！’这样才解了我的窘境。”

说到这些往事，她便像个孩子似的哈哈大笑。

姚澄严格要求自己，认真对待每一场演出。一天，由她主演的《败子回头》在苏南农村巡回演出时，姚澄突然肚子痛，直痛得满头大汗，她仍坚持演出，在台上时大家看不出她有病，在后台她痛得又滚又吐，三个钟头的一台大戏，她硬生生坚持下来。后来医生说再过一个小时，就成腹膜炎了。阑尾手术结束时，天都亮了。

姚澄出生在江阴东门外的姚家埭，村上的人家都姓姚，村里的人在闲暇时特别喜欢当地的滩簧戏，也就是现在锡剧的前身。姚澄后来之所以能够走上锡剧艺术的道路，与她的父亲姚根宝是分不开的。姚澄的启蒙老师，就是她的父亲。平时有空，爸爸拉胡琴，她就唱戏。7岁时就唱得很有名气，村上人一有空就叫她唱戏。12岁时，父亲把姚澄送进了无锡的顾家班学戏，从此她便开始了艺术生涯。

姚澄说，那时她还小，舍不得离开家。在去戏班子前的一天晚上，姚澄把想法告诉了疼爱她的奶奶，她巴望借奶奶的力量能把自己留下来。那时社会上叫演员为滩簧婆，她说："我不愿意去做滩簧婆！"奶奶说去唱戏总比在家里饿死要好。于是她就去学戏了。从此，姚澄走上了一条艰难、曲折，既有眼泪，又有欢笑，既是卑微，又是光荣，饱含着酸甜苦辣的从艺道路。

一次在太仓演出，由于当时正场花旦是位常州人，唱和念都带着浓重的常州口音，观众不喜欢。于是主角临时换上了姚澄，当时演出的戏目是《昭君出塞》。演出很成功，结束后，观众特地请姚澄吃饭，还带上了她的师傅和师母，那个时候姚澄才14岁。《昭君出塞》这出戏，让姚澄一下子唱红了，从此，姚澄经常在《玉蜻蜓》《劈山救母》《半夜夫妻》等戏中扮演主要角色，她也逐步登上了正场花旦的位置。

在演戏的过程中，她逐步感到没有文化是不行的，首先是剧本看不懂，很难理解和把握戏中人物的角色感情。姚澄没上过学，她不会读剧本，急得直哭，后来她每天坚持学五个字，几个月下来，还真的能看书了！连《红楼梦》她都能看懂了。

1953年，在省城南京成立了江苏省锡剧团，这年春节，由姚澄主演的《梁山伯与祝英台》，在南京跟广大观众见面了，这也是南京观众第一次观看锡剧，从此打开了锡剧在非吴语地区站住脚跟的局面。姚澄说："来南京成立省团后，我唱的第一个戏是《梁山伯与祝英台》，那时南京人没有看过锡剧，演出后，大家喜欢的不得了。第一次招待外宾也是这出戏。当时谭君卿演的是梁山伯，我演的是祝英台，演出很红火。后来我又排了《罗汉钱》，用《罗汉钱》招待了外宾好几年。”

1954年，华东地区首届戏曲观摩演出大会在上海举行。姚澄主演的《走上新路》获得六个一等奖。姚澄由于成功地塑造了女主角李瑞珍的角色形象，而荣获演员一等奖。在大会闭幕式上，姚澄作为三十五个剧种、一百五十八个剧目、一千余名演员中的唯一代表，上台讲了话。

这次演出的成功，奠定了姚澄在江苏省锡剧团众多演员中领军人物的地位。

姚澄说，那时为了表现女主角李瑞珍犹豫不决的为难心情，传统的表现方式是搓手或搓腰部，她觉得不能充分表现人物复杂的心情，便设计为沿着桌子向左又向右的大幅度往返动作，收到了很好的效果。说到这里，姚澄站起身来，沿着桌子表演给大家看，在场人员纷纷拍手鼓掌叫好！

姚澄的戏路非常宽广，在舞台上她不仅塑造了很多优秀的女性角色，而且她还成功地扮演了《双珠凤》中的男主角文必正，《红楼梦》中的男主角贾宝玉。其中，《双珠凤》还被拍成了电影。1957年，姚澄在《红楼梦》中饰贾宝玉一角，又获江苏省首届戏曲会演一等奖。

锡剧《红楼梦》比越剧《红楼梦》要早好多年，姚澄饰的宝玉，沈佩华饰的黛玉，轰动江南，很受观众喜爱，可惜没能拍下电影资料，只存有录音资料。姚澄的成功，是吃了大苦，下了大力的。她没有进过科班，没有受用一生的童子功，也没有遇到点石成金的名师，但姚澄养成了一种好学的习惯，台下学，后台学，扯着翼幕学，跑丫鬟站在台边学；向锡剧艺人学，向姐妹剧种学，向旦角学，向生行学。如饥似渴，勤学苦练，博采众长，如蜂酿蜜。

姚澄之所以能够在艺术上取得巨大成就，创立锡剧姚派表演艺术流派，这也与她的爱人、中国教育家叶圣陶先生之子、著名剧作家叶至诚的帮助是分不开的。两人同风雨共患难，相濡以沫半个世纪。谈到爱人叶至诚，姚澄回忆说：“他在文化上影响了我，他借名著给我看，帮我提高了不少。他还是我的活字典，我写信写不出字来就空下来，然后就去问他。我跟老头子生活40多年，我们夫妻没有发生过任何争吵，关系很好，我觉得很幸福。”

后来我又和著名锡剧表演艺术家李桂英老师等人，几次去省锡剧团拜望姚澄老师，对她在锡剧界的地位和声望，有了全新的认识。通过接触和交流，对她的人生之路和人品，有了更深入的了解和深刻的感受。

每次分别时，姚澄老师总会送我一些她的影像资料和书籍文稿。

我因为年龄代差，过去并没有看过多少她在舞台上塑造的艺术形象。20世纪70年代末80年代初，我因为在剧目工作室任编剧，参加省中青年剧作家编剧读书班，并两次参加过省戏剧会演，有幸几次观摩省锡剧团的参演节目，但是因为与她没有单独交集，也不太关注姚澄老师，所以也没留下多少印象。后来在网上和影像资料中反复观看了她的作品后，才对她的表演艺术特色有了深刻而难忘的印象。

姚澄的表演，以善于深刻细致地表现人物的内心活动见长；她的唱腔，吐字清晰、准确，嗓音甜糯柔美，运腔委婉多姿、华丽典雅，具有苏南民间小调的特色。她数十年如一日的不懈努力，形成了独树一帜的姚派唱腔艺术，她为丰富锡剧的唱腔艺术，做出了巨大的贡献。她所创立的锡剧姚派艺术，如今正在她的众多学生中传承发展。如著名锡剧表演艺术家倪同芳、许美霞等，都是她的学生。

姚澄从艺至今已有81年，她独创了锡剧姚派表演艺术，并多次获得全国戏曲大奖，许多作品被拍摄成电影，灌制成唱片。她的戏迷遍布大江南北，她的学生大都成了名家大腕，如吴小英、许美霞、袁菊芬，再传弟子董红，等等。她为人谦虚好学，博采众长，独树一帜，在表演艺术上不断探索，精益求精，形成了独特的姚派表演艺术，她是锡剧界十八流派中的领军人。她摘取了锡剧皇后的艺术桂冠并非偶然，她是德艺双馨的表演艺术家。

敬爱的姚澄老师，您一路走好，我们永远怀念您！

（原载《溧阳时报》）

与时俱进、推陈出新的成功尝试

——读宋仁年新编锡剧《庵门试卿》

□ 张国擎

锡剧又称滩簧戏、常锡文戏，主要在苏浙皖沪地区流行。因其演出剧目多，演出班子多，覆盖面广，观众人数多，因而影响很大，一直被戏曲界誉为“锡老大”。

由于锡剧在剧本创作和艺术创新上尚停留在20世纪50年代初的作品上吃老本，昔日的“锡老大”，如今已变成了“小老弟”。当年戏曲界的几朵姐妹花，如越剧和黄梅戏，都在不断推出闻名全国的创作新品，先后挤进了全国五大剧种之列，越剧已在全国排名第二，黄梅戏排名第五。反观锡剧，几十年来少有影响巨大而又能传存下来的优秀剧目，仅靠20世纪50年代初一批老艺术家整理改编的《珍珠塔》《双推磨》等十几个传统戏，维持着剧种和剧团的生存。锡剧原来的观众群，已被越剧、黄梅戏、沪剧、花鼓戏等剧种抢走了大半。锡剧不振的原因，也许能找出几十个，但依我看来，剧本创作的落伍，则是锡剧衰败不振的最主要原因。

搞戏剧的人都知道，剧本是一剧之本。只有剧本创作繁荣，才能带来戏剧艺术的繁荣。一个好演员，能演活一个角色，几个好演员，就能演出一台好戏。而一台好戏，则能给剧团带来稳定收入，也往往能救活一个剧团。这一切都依赖一个前提，即必须有一个好的剧本。好剧本能拉住观众，有了一批好剧目，则能救活一个剧种。回想当年锡剧的影响之大，正是由《珍珠塔》《双推磨》等近两百个剧本撑起来的。如今锡剧的存在，仍是靠着老祖宗留下的传统剧本维持生存。这些剧本，都是在改编推陈出新后才活下来的，否则也都死了。所以每个剧种，都有它赖以生存的代表性剧目。随着时代发展，当年许多锡剧老剧本，因为不能推陈出新，跟不上时代发展需要，被陆续淘汰了。这几十年来创作的新剧本，能被保留下来的，更是少之又少，屈指可数。这就导致现在各个剧团的生存，不得不靠吃老本过日子。可以说，昆剧的消亡不是因为没有观众，而是无创新剧目可演造成的。从昆剧逐步消亡的过程看，锡剧的明天，是生存还是消亡，真令人感到深深的担忧和不安！

最近我在微信上看到一则消息，是著名锡剧作曲家章德瑜老先生，写给宋仁年的一封信，对其创作的独幕锡剧《庵门试卿》推崇备至，赞不绝口。这使我惊奇不已。我知道章老先生曾任无锡锡剧团的副团长，曾是著名锡剧《珍珠塔》《红花曲》等许多经典作品的音乐创作者之一，是锡剧界资深的专家级人物，也是锡剧界仅存的和钱惠荣、姚澄、王兰英、沈佩华、丁甲飞并列的几个国宝级老艺人之一。是什么原因使他对《庵门试卿》这个剧本如此高度重视？并在酷暑高温之中，主动表示愿无偿为这个剧本全场谱曲，并且后来真的为全场戏作了新曲呢？要知道在目前市场上，一些知名戏剧作曲家，为一个新剧本全场谱曲，市场价格都在20万左右呀。

我立刻在新浪博客网上，找出了宋仁年的独幕锡剧《庵门试卿》的剧本，一口气看完之后，才知道了章老先生对《庵门试卿》这个剧本高度重视的根本原因：作者在继承的基础上推出了新的创意，为老题材赋予了新生命。章老先生的热荐，正是看中剧本能与时俱进、推陈出新。

《珍珠塔》是江南地区乃至全国都家喻户晓的一个好剧本，有着广泛的观众基础，人们都百看不厌。剧本写方家落难之际，姑母势利为人，羞辱侄儿方卿。而方卿发愤苦读，三年后得中状元，以牙还牙，又上门羞辱姑母，以泄心头之愤。虽然是大快人心，但实际上还是当时封建社会有官就为大、有权就为大、有钱就是大的封建思想的体现，有着其不可否认的历史局限性。在今天的社会上，这与执政为民、干群平等的新观念是不一致的。这种落后于社会发展的陈旧观念，也是不宜再继续提倡和宣扬的。

宋仁年最近推出的新编锡剧《庵门试卿》，对此做了大胆的探索，为传统锡剧《珍珠塔》赋予了一种全新的立意和理念。剧中的主人公采苹和师太，对方卿狭隘报复的思想观念，进行了猛烈的揭露和无情的批判，坚持毫不退让的立场。而剧中的幕后主角陈翠娥，始终坚持有官无官都一样的官民平等观念，反对方卿以官压人、恃官报复、发泄私愤的狭隘思想和错误行为，坚持批判方卿的错误思想言行，试探他为人善恶的底线，抨击他得志之后便张狂的骄矜心态，终于使得方卿幡然悔悟，深刻认识到自己的错误，并以实际行动痛改前非。

这就是作者的神来之笔，这就给剧本的主题，赋予了一种全新的正能量和积极的社会教育意义。据我后来了解所知，宋仁年对于原《珍珠塔》剧本立意的推陈出新，正是在他的恩师、《珍珠塔》的原作者钱惠荣老师的指导下完成的。这也反映了老作家与时俱进的思想精神面貌，对于当前社会传统文学文艺作品的创作和改编，具有一种推动促进和示范的积极作用，也证明了老作家在收徒时的独到眼光和授徒时的宽广胸怀。

《庵门试卿》的剧作者，在剧本构思语言特色和主题表达上，都有不俗的创新和发展。剧中的主人公陈翠娥，组织策划了三试方卿的考试，牢牢掌握着剧情的发展方向，不断对方卿自负骄慢的报复思想行为进行批判教育。陈翠娥虽自始至终都未现身在演出舞台上，但观众无一不时刻感受到她在舞台上的存在。而采苹的率真和师太的持重，更表现了两个正直善良的艺术形象。剧中的主要人物方卿，以一个骄傲自负、报复心强的新科状元及巡按大人形象出场，到悔恨自己的不当行为，仍然坚持对表姐的一片真情的角色转换，完成了他对自己人格的救赎和情操的升华。

我想这个剧本的成功之处，就在于塑造了一个与前不同、与众不同的新的方卿的人物形象，在没有脱离人物原型的前提下，表达了一种积极健康、适应现代社会的思想观念，弘扬了正气，达到了对作品传承发展、推陈出新的效果。就像当年宋仁年的恩师钱惠荣老师，紧紧扣住批判势利思想，提倡人格平等、穷富一样的主题，使当年《珍珠塔》的剧本主题和人物形象，达到了一个新的高度。

据我所知，宋仁年在20世纪70年代和80年代，长期从事基层群众文化工作，他在溧阳文化馆工作近十年，多年主编文艺刊物和报纸，参与群众文艺会演节目的编创及演出，有着丰富的创作经验。他在20世纪80年代，就在许多正式出版的刊物上，发表中短篇小说、散文等文学作品，与许多知名作家都是挚友。他在20世纪80年代调离江苏到外地工作后，才离开了江苏文学文艺界的圈子。他热爱戏剧创作，曾是剧目创作工作室专业编创人员，为了参加省地区文艺会演，他创作过多部戏剧剧本和曲艺节目。其中《相亲》由县京剧团演出，还在地区会演中获得了创作奖、表演奖。他为配合平反昭雪所写的大型九场锡剧《雪冤记》，被上沛民间剧团售演许多年，经久不衰。他因此在20世纪80年代初，就被省文化厅选派去江苏省首届中青年剧作家编剧读书班学习深造。

2008年以后，他在好友、同学、同行们的督促说服之下，开始恢复文学文艺作品的创作。2012年之后，他以天目湖客为笔名，在博客上开始上传发表作品。不到十年时间，他就发表了两千余篇各种题材的原创文学文艺作品，平均每年达两百余篇。有长篇、中篇、短篇、微型小说数百篇之多，其中大型戏剧、独幕戏、小品、相声、演唱、小调等表演作品就有六十余部。他还开设自己的微博，发表了一万三千多篇各种文稿，至今已经有了上千万的点击阅读量，在读者中有着广泛的影响。平均每篇文稿的点击阅读量都在近千人次左右，多的甚至达到两万多人次。

而这些文稿，都是他在工作之余完成的。因为他进了企业工作之后，由专业作者又变成业余作者了，创作则成为他的业余爱好。

不可否认的是，宋仁年是一个经历丰富、知识全面，作品跨度宽广、题材广泛、形式多样的高产作家。他的作品从长篇到短篇，从电视剧到电影，从戏剧到相声，从小调表演唱到快板对口词，几乎所有形式的文艺作品都有。他的写作涵盖文学文艺两界的几十种主要体裁和表演形式，这是非常不容易的，也是一般专业作家都很难做到的。这不仅需要有丰富的生活知识，更需要掌握各种文体的艺术特点，以及娴熟的写作技巧。这次出版的《宋仁年戏曲影视作品选》，只是他原创戏曲影视作品中的一部分。我们期待他有更多的文学文艺作品结集出版，以飨读者；也期望他在推动锡剧传统戏曲的创作创新等方面，做出更多的努力和尝试，收获更多的戏曲影视创作成果！

（原载于《溧阳时报》）

作者张国擎简介：

当代著名作家、书法家，浙江湖州人。毕业于南京大学中文系，中国作家协会会员，现为江苏省文联驻会专业作家。

著名锡剧老前辈章德瑜老师致信作者

宋老师：你好！

《庵门试卿》这个小剧本，我看了几遍，觉得写得不错。它批判了方卿的报复思想，同时又描写了他知错能改、轻官位、重亲情、重爱情这一面，弥补了他性格上的不足。陈翠娥虽然没有出场，但却通过师太与采苹的交代，反映了她知书达理、轻官位、重情义的大家闺秀的高贵品质。师太和采苹性格活泼幽默、热心善良、善于助人为乐。剧本虽小，但寓意深刻。

如果把师太和采苹的唱词减少一些，方卿的唱词再精练一些，那就更好了。

你如有打印好的本子，寄一本给我。

祝夏日安康！

章德瑜

2018 年 8 月 18 日

清扬路扬名一村 77 号

章德瑜，1936 年 5 月生于浙江湖州，江苏省戏剧家协会会员，著名锡剧音乐作曲家。章德瑜自幼酷爱音乐，15 岁入无锡市文联首先实验锡剧团，今无锡市锡剧院前身。他酷爱锡剧音乐，参与了许多锡剧剧本的音乐创作。1982 年至南京艺术学院音乐系进修学习两年。1984 年回无锡市锡剧院任专业作曲，兼任演出团副团长。1987年借调至无锡市文化局参加《江苏戏曲志·无锡卷》编纂工作，曾在郑桦、徐澄宇老师的指导下参加锡剧《珍珠塔》《孟丽君》《江姐》等剧目的音乐唱腔创作，其中《珍珠塔》1957年获江苏省第一届戏曲会演音乐奖，1989年荣获金唱片奖。其主要作品有锡剧《太湖儿女》《骗婚记》《豆腐郎》《陈阿尖》等。在中国戏剧出版社出版的《锡剧文集》等专业刊物上，发表《优美动人的王彬彬唱腔》《论“彬彬腔”》《“红花”“唱彻”“梅腔”韵——梅兰珍声腔艺术学习札记》等论文；2013年著有《章德瑜创编锡剧唱腔选》《锡剧经典唱段101首》等专著，并先后出版发行。

文　缘

（代后记）

□ 宋仁年

那天，我用本厂的东南得利卡面包车，装了自产的鸭蛋小包装盒，在收费站出口处，被当地运管人员拦下扣住，说我私车带私货，没有运营证，属于非法运输，开口要罚款14000元。

怎么办?

得赶紧找个关系打通渠道，把这事儿处理好。

我记得有个大学同学安荣，好像在当地政府的机关工作。我立即打电话给文友，查问安荣的电话号码，一会儿就收到短信息：“安荣在市文联当主席哩，名气可大啦！”

我知道，文联那地方，都是书呆子们钻的地方，跟圈外人连话也不讲的。但文联主席好歹也是个官，咱又没有别的关系好动用，只好去找他试试。

终于在《洮湖》文学杂志编辑部里，找到了安荣。

他旁边有个小姑娘问他：“谁呀？”

安荣自然把我乱吹一顿。

我立刻觉得自己像个充了气的橡胶塑料人，开始膨胀起来，有点儿飘飘然的感觉。

那小姑娘哦了一声：“哦！听你讲到过他的，还是你师兄哪！”安荣说：“是的，他一直在外地工作。他是老顽童，会双手互搏！”

吓得小姑娘像见了武林高手一般，毕恭毕敬，立即改称我“宋老师”，叫得我骨头都酥了，汗毛孔根根透着气，舒服极了。

经商20年了，又有人叫我宋老师了，这都是借了安荣的光。

于是，我跟他们神侃起来，滔滔不绝，急得同事小赵小王，又是咳嗽，又是挤眼，又是扯我衣角，又是用脚直踢，说我歪嘴唱歌，又跑掉（调）了。

我却一个劲翻他写的小说集，一本接一本，还向他要了一套《洮湖》文学杂志，才知道他现在是国家一级作家，长篇小说又在省里得奖了，短篇小说满天飞，现在是中国作家协会会员，在市县文联都戴着官帽，担着公职。

我离开文化系统20多年了，孤陋寡闻，患了自闭症，听说中国文学界又出了个诺贝尔奖得主，我至今不知道是姓啥名谁，是男是女。对文学艺术四字，除了唱歌自娱，其他都是不看不问不听不闻，更是不读不写，真正是敬而远之，避而远之。

为此，我一个劲向他致歉：“安荣，真不知你这么长进，出了那么多成果，可喜可贺。要不，我早就会来恭贺的，太晚了！对不起！真对不起！实在对不起！”

可他一脸不屑：“别跟我来这一套，你那嘴里，吐不出象牙来。”

他把“狗”字给省掉了，以此表示对我这个老同学的尊敬。

也许是编辑部里边小姑娘们多，陌生人多，他得为我这个老同学顾全点面子。他是个大作家，肚子里全是墨水，说话得文明礼貌，不像我这般的老土老冒，说话咋咋呼呼，声音像敲锣打鼓。

“老兄，你今天好像还有事吧？”

我认真地说：“真的有两件大事，要请老弟援手相助。”

“说。”他很爽快。

“一是没钱吃中饭了，二是车子载货被罚款14000元，想请你找个关系通融一下，减免一点。”

他点点头，摘下耳朵上的眼镜腿，仔细折好，说：“一件一件解决，先吃饭。”

于是，他把我们拉到市区十字路口一家高档大酒店，当然他掏腰包，6个人吃了他半个月工资，500多元。虽然今天已记不得那些特色菜肴的名称，但我吃到了满足，吃到了情谊，脸上也吃满了笑容，心里装满了舒畅和感激：“老同学算是给足面子了！”

席间，自然也谈到了罚款……

他接连打了五六个电话，关系七转八转，但总在最后关头断了线。

书到用时方恨少，人到求人关节多，他也没能解决问题。反馈过来的信息是：“因为已经做了材料，已经立案，无法撤销了。”而且一个个都埋怨我：“你们不该在他们做的材料上随意按上手印，现在你就是大头亲家公，我们也帮不上你忙了。”

倒是中国移动公司的老总渔翁得利，趁机混了他几十元话费。

他那一张老脸上，挂满了对不起我的表情，说：“平时井水河水不搭界，从不往来，毫无交情，现在一时真难住了！”

席间，他建议我找兰陵市顾同学试试，说：“他官大，在市四套班子里当了个头头，也许会有办法。实在没办法，可再找在省委办公厅里工作的老同学试试！”

我想，人微言轻，官大路宽，也许他真能有办法。

我就硬着头皮打了兰陵市电话。

秘书长说：“他正在开会，请等一会儿。”

不一会儿老同学就回了电话，说：“你别急，我了解一下，再答复你！”半小时后又来电话说：“罚14000元是唬唬你的，现在你带4000元去提车。”

他怕我不认可，还做我工作：“我是远水救不了你近火，只能这样了，有时间过来吃茶。”

他不说吃酒，大概老婆看得紧，手上也没零花钱。

我当年在机关里工作时，也总靠报点儿出差补贴、夜餐加班费，混点豆腐干般大的小文章稿费，或者卖点废旧书报杂志来买茶叶。一旦有点好茶叶，小气得很，像防小偷似的防同事来揩油，把好茶叶锁在柜子里，让他们看到拿不到，干瞪眼。

也许他真没钱，是个清汤清水官。

他扯起了篱笆，怕我得寸进尺，缠个没完，逼着他犯错误，我心知肚明。

罚4000元，也是沪深股指高台跳水：触底了！

我像突然捡了个金元宝似的，十分高兴，站起来和安荣连干三杯。

接着又忙给顾同学打电话，并向着兰陵市方向鞠了躬，致了敬，行了礼。再四表示感谢："顾兄，等我发了财，一定请你和安荣到新街口碑亭巷里去吃豆腐花，咱男子汉大丈夫，说话算数，有恩必报！"

我把胸脯拍得山响，叫安荣作证。

在师大中文系念书时，我们常结伴去吃鸭血汤、豆腐花，才五分钱一碗。今天省下一万元罚款，够吃二十万碗啰！每天一碗，等到吃完时，我都六百多岁了！

他说："那好，我就耐心等吧！"

他不知道，那碑亭巷早拆了。我是糊他哄他，许个空愿骗他的。像我这种人，怎么会发大财呢？没钱玩股票，不把房子倒，贪污没门道，又不买彩票。

直到今天，他的耐心也没收获。

他忘了咱中国古代有个画饼充饥的故事。

也许他不相信我会骗他，相信下辈子我一定会还他的。

就像安荣硬要给我代付罚款一样。

现在我坚信不疑，安荣上辈子肯定是欠我债的，只是他投胎时匆匆忙忙，忘了把那欠条带来，又没印在他屁股上的胎记里，所以至今也没啥凭据。

我真心谢谢当地运管们，是他们帮我和安荣恢复了联系，续上了友情。

几年来，他一遍又一遍，一次又一次，动员我重新拿起笔来，再写点儿东西。

他说，只有东西才能救你的生命，说你写下一篇好文章，比留下一个小工厂，更有社会意义。还说你那性格脾气，既不适合走官道，也不适合走商道，你只有走文学创作之路，才会有价值。

说得我一愣一愣，脸憋得通红，像被点中穴道一般，竟是哑口无语，半天说不出话来。

我那双手互搏的神功，被他几句话就废了。

他说："你70年代中，80年代初，在《翠苑》《青春》《作家天地》《乡土》等刊物发小说、发散文、发故事、发戏曲时，我连一个铅字也没发过呢！那时候真眼红你，一篇又一篇，又写戏又写小说。"

我说："你不知道我这臭脾气，心里虽不怨人，可嘴上却不饶人。一抓起笔，把笔当枪胡乱使，反帝反修反封建，反贪反腐反不正之风，往往伤了无辜之人，尽做些不起作用损人又不利己的蠢事儿！"

至今不闻兴亡事，
但笑屈原枉事非。
陶潜采菊到东篱，
夫随青山归不思。

一晃，20多年过去了。咱躲到大别山中游山玩水去了，酒淹去功名两字，茶泡尽年少之气，我长年游走于山水之间，自得其乐。

20多年来，我的老师、同学、文友、同事、领导，包括亲戚、朋友，他们都找不到我，都说我失踪了，不在了。以至许多好心人都劝内子："你不如再找一个，老来没伴不行啊！"

有一次，我从大别山里坐车到温州瑞安去，在半途上遇到一个在市里工作的老乡，说："你们溧阳有个宋仁年，现在哪儿呢？”那人问我：“你怎么知道他？”我说：“是大学同学，好多年不见他了，怪想他的！”那溧阳人很认真地对我说：“有，以前常写写东西的，我小时候看过他（写）的九场锡剧《雪冤记》，京剧《相亲》，中篇小说《豆腐情》，可现在早不在了，死了多年啰，都几十年不见他（写）的东西了。”

我十分感慨，说：“天有不测风云，人有旦夕祸福啊。他死得真有点不明不白，真是可惜了！”

那老乡也长吁短叹，说：“宋仁年要是不死，会写好多东西的，那时候常在报纸杂志上看到他的名字。我小时候在剧场的舞台上，曾经见过他，他个子蛮高的。”

他用手比画着：“有这么高，比你还要高一点。”

我那时候写过几个剧本，只有《雪冤记》《相亲》两个剧本分别被锡剧团和京剧团演出了，还在地区得了个编剧创作奖。

安荣曾多次劝我重新拿起笔来，不为别人，就为自己，也该再写点儿东西。

春节前，天老冷。安荣突然一个人跑到兰陵市来，开了个蛮高档的宾馆房间，打电话叫我去“三陪”：陪吃陪喝陪聊天。

当时我正在上海西岑朋友周雪良那里，接到电话，急匆匆连夜开车往兰陵赶，半夜十二点才赶到，他还在傻等。

两个人一夜神吹，把太阳公公都吵醒了，探头探脑到纱窗前瞧我们：“这两个老小孩吹什么吹，到现在还不睡觉！”

直到今天，我仍然觉得心疼，他那三百块钱一夜的住宿费，是不是浪费了。咱们俩坐公园长条凳上，不也照样吹吗？

可安荣觉得大有收获，他终于唤起我失去多年的创作热情，我答应他关掉那个小工厂，重新起步，学习写作。

记得长篇小说《蟹道》初稿一出来，粗糙得像块没烧过的九五砖坯，实则上只是个故事大纲，我就迫不及待地拿去征求他的意见。他耐心地看完，然后提出许多中肯的修改意见，建议我先把长篇压缩成中篇，可在《洮湖》上先发出来。他不断鼓励我，说："山有垒石方始高，江有涓水才及远，只要你沉静下来，坚持不懈，以你丰富的人生经历和原有的写作功底，一定会有收获的。"

安荣知道我离开写作近30年了，一下子赶不上趟儿，却从不对我说泄气的话，才有了后来的散文《理发》《踏腌菜》《姑父》《心中飘过思念的云》及长篇小说《蟹道》、中篇小说《卖蟹》《福星高照》、儿童文学《雨点儿的故事》、《天目湖客山水诗词选》《大林禅寺文稿选》和这本《宋仁年戏曲影视作品选》问世。

安荣还有一个特点，对别人的作品，总是鼓励多于批评，肯定多于否定，让你不断增强信心，调整心态。

10年时间，我一边工作，一边写作，写下了三千多篇各类文稿。后来又以天目湖客为博客名，大多发在新浪博客和微博上，这都是当年对他的承诺，没有安荣，便不会有这些东西。所以在此书出版之际，特写下以上文字，以示真心感谢！

酒醉方把相思抛，
谁知酒醒它又到。
月缺花落情伤怀，
何处筑得燕雀巢？
痴心作得千年调，
哪夜等来红烛烧？
忘不掉的，是情。
抛不掉的，是缘。
这次，是文缘。